실화소설

악마의 영혼 야마토 다마시(大和魂)

퉁저우(通州) 인종청소와
지난(濟南) 백색캠프의 인체실험

실화소설

악마의 영혼 야마토 다마시(大和魂)

퉁저우(通州) 인종청소와 지난(濟南) 백색캠프의 인체실험

이용우 著

지우출판

실화소설

악마의 영혼 야마토 다마시(大和魂)

퉁저우 인종청소와 지난 백색캠프의 인체실험

인쇄 / 2023. 8. 05.

발행 / 2023. 8. 15.

지은이 _ 이용우

발행인 _ 김용성

발행처 _ 지우출판

출판등록 _ 2003년 8월 19일

서울시 동대문구 천장산로 11길17. 204-102

TEL: 02-962-9154 / FAX: 02-962-9156

ISBN 979-11-980102-9-2 03810

lawnbook@hanmail.net

값 17,000원

머리말

86년 전 중일전쟁(1937년) 발발 이후 일본군에 의한 난징 대학살과 731부대의 인체실험은 널리 알려졌지만, 이보다 훨씬 앞서 자행된 '퉁저우 인종청소와 지난济南지구 백색캠프의 인체실험'은 아직도 베일에 가려져 있다.

그 당시 희생된 조선인 동포만도 500여 명. 퉁저우 학살사건이 없었다면, 난징 대학살도 일어나지 않았을 것이고, 731부대의 모태가 된 일본군 최초의 인체실험장인 지난济南지구 방역급수반도 생겨나지 않았을 것이다. 그런데도 일본은 모든 공식적인 역사 기록물에 '퉁저우 학살사건'을 단순한 '퉁저우 사건通州事件'으로 축소시켰고, 퉁저우 학살의 희생자는 일본인으로만 기록하고 있다. 이것은 사실이 아니다. 또한 일본 특무대의 이간질로 일어난 퉁저우 학살사건을 중국 퉁저우 자치공안군이 자행한 것으로 조작했다. 그 진실은 중일 양국의 정치적인 사안으로 역사 속에 가려져 있다. 그 이유는 이들 양국에 의해 희생된 최대 피해자는 조선인들로 귀결되기 때문이다.

필자는 이 사실을 중앙일보 사회부 기자 시절이던 1989년 7월 20일, 중국어 통역관으로 일본군에 징발돼 만행의 현장을 직접 목격했던 故 최형진 씨와의 인터뷰를 통해 세상에 처음으로 알렸다. 이어 같은 해 8월 15일, 1992년 8월 14일 잇따라 후속 보도를 전했지만 안타깝게도 지면 사정상 전체적인 스토리는 게재할 수 없었다. 하여 이번에 그 당시의 퉁저우 학살사건과 지난 済南지구 방역급수반의 인체실험, 그리고 정신대(종군위안부) 만행 등 역사의 뒤안길로 사라진 디테일한 내용을 재조명하여 중일전쟁 당시 일본 군국주의의 발악적인 만행을 세상에 공개하고자 한다.

프롤로그

중일전쟁의 전면전이 발발하기 5개월 전인 1937년 7월. 일본 북지나 파견군이 중국대륙 침략의 야망을 불태우며 루거우차오蘆溝橋 사건을 일으켜 베이징北京을 침공한 데 이어 톈진天津을 무차별 공습해왔다.

그 무렵 톈진 시립초급중학교 2학년에 재학 중이던 16세의 어린 조선인 유학생 최형진崔亨振은 휴교령이 내리자 조선인 동포들이 많이 살고 있는 인근 허베이성河北省 퉁저우通州로 피란을 떠났다. 그러나 그가 퉁저우에 도착한 지 이틀 만에 제로센零戰 전투기의 공습과 함께 일본군 가네무라金村 부대가 진주해 오고 중국 군벌 쑹저위안末哲元 휘하 퉁저우 자치 공안군이 일본의 허베이성 지배에 대한 반발로 폭동을 일으키고 만다.

그들의 공격 목표는 퉁저우 시내에 거주하고 있는 일본인 거류민과 조선인 동포들. 폭도들이 시가지 번화가인 일본인 거류지역을 쑥대밭으로 만든 데 이어 조선족 부락으로 쳐들어가 '까오리펑즈高麗帮子(고려 상놈)들을 다 죽여라'며 남녀노소 가릴 것 없이 닥치는 대로 살륙을 자행했다. 이때 마침 지붕 위로 피신했던 최형진은 어둠을 뚫고 마을을 빠져나와 무작정 가네무라 부대를 찾아간다. 천신만고 끝에 가네무라 부대에 도착한 그는 저간의 폭동사건을 고발하고 도움을 요청한다.

그러나 폭도들의 난동을 피해 일본군 캠프로 피신한 그는 살아났다는 안도의 한숨을 돌리기도 전에 뜻밖에도 일본어와 중국어를 동시에 구사할 줄 안다는 이유로 일본군 오장 모리森 하사에 의해 군속으로 징발되고 만다. 그리고는 중국어 통역관으로 저들을 따라다니며 사나운 들 짐승처럼 날뛰는 일본군의 양민학살과 인체실험, 집단윤간 등 온갖 만행을 목격한다.

반란은 하루 만에 진압되었으나 폭도들에 의해 목숨을 잃은 일본인 거류민 110명에 대한 퉁저우 자치정부의 사죄와 120만 엔의 위자료 배상으로 사태를 수습했다는 것이 중국과 일본 양측에서 밝힌 공식적인 견해였다. 하지만 조선족 희생자 420명에 대한 피해보상은커녕 진상조사마저 이루어지지 않은 채 역사의 뒤안길로 묻혀버렸다. 파리 목숨보다 못한 일본 식민지 조센진이 겪은 참혹한 비극이었다.

한편 가네무라 부대장 도야마頭山 대위는 퉁저우 시가지를 탈환하자마자 일본인 거류민들의 참사 현장을 둘러보면서 피바람을 일으킬 보복을 다짐한다. 이는 처음부터 한일합방 이후 중국대륙으로 이주해 뿌리내린 조선족과 중국인들을 이간질하여 침략전쟁의 구실로 삼기 위한 일본군 특무대의 음흉한 계략에서 빚어진 사건이었고 도야마는 특무대의 사전 각본에 따라 중국인과 조선족의 인종청소에 나선 것이었다.

때문에, 조선족 동포들은 중국 자치 공안군인 폭도들에 의해 '일본군 스파이'로 몰려 떼죽음을 당하고 일본군에게는 중국인들과 내통해 자국의 거류민들을 학살했다는 터무니없는 누명을 쓰고 몰죽음을 당했다. 따지고 보면 중 ·

일 양측에 의해 자행된 퉁저우 학살사건의 최대 희생자는 조선민족이었다.

주로 일본인들이 경영하던 료칸旅館이나 료테이料亭, 류가코遊廓 등에서 빚어진 참사 현장은 한마디로 목불인견이었다. 누더기처럼 찢겨진 기모노 차림의 여인들과 아예 실오라기 하나 걸치지 않은 알몸의 여인들 시신이 겹겹으로 쌓여있는 데다 날씨가 더운 탓에, 불과 하룻밤 사이 악취가 풍길 정도로 부패해가고 있었다. 게다가 쉬파리며 땅벌이며 집게벌레가 몰려들어 피고름을 빨아먹고 쉬까지 슬어 구더기가 들끓는 등 생지옥을 방불케 했다.

여인들의 시신은 대부분 하국부에 쇠꼬챙이가 박힌 상태에서 양손으로 그 쇠꼬챙이를 움켜 쥔채 널브러져 있었다. 시신 중 일본인인 게이샤藝者 차림의 오카미女將(마담)를 제외한 기모노 차림은 거의 조선인 위안부들로 일본군의 성노예가 되어, 스파이 노릇을 한다는 이유로 발가벗겨진 상태에서 중국인 폭도들이 무참하게 국부를 난도질해 살해한 것으로 추정됐다.

일본군의 진압 작전이 끝나고 피해 상황을 점검한 결과 피살된 주민 수는 500여 명에 달했다. 료칸이나 료테이 등 일본인 유흥업소에서 발견된 시신은 모두 97구. 그중 일본인 시신은 10여 구에 불과했고 나머지 80여 구가 조선인 위안부들로 밝혀졌다. 게다가 조선족 부락 인근 저수지 가에는 예리한 흉기로 남근男根과 음낭陰囊이 잘려 나가고 양쪽 눈알까지 빠진 남성들의 시신과 국부에 화저봉火箸棒과 목봉木棒이 꿰어 있거나 꽂혀 있고 유방이 처참하게 잘려나간 여성들의 시신 등 100여 구가 시산혈해를 이루고 있었다. 이들 희생자 역시 조선 민족이 대부분이었다.

그러나 보복 학살에 나선 가네무라 부대 지휘관 도야마 대위는 중국인과 조선족을 선별하지 않고 생존자들을 모조리 끌고 나와 '야마토 타마시大和魂의 정신으로 덴노헤이카天皇陛下의 강병을 육성한다'며 일본도와 총검술로 대량학살을 자행했다. 중국 자치 공안군에 이어 일본군에 의해 희생된 양민만도 어린

아이에서 노약자에 이르기까지 남녀노소 가릴 것 없이 500여 명에 달했고 그중 절반 이상이 우리 조선족 동포들이었다. 일본군에 의한 '난징南京대학살(1937년 12월)'이 자행되기 5개월 전에 일어난 최초의 만행이었으나 난징대학살의 엄청난 소용돌이에 묻혀 세상에 알려지지 않은 채 86여 년의 세월이 흘렀다.

그로부터 4년 후 태평양전쟁이 발발하고 가네무라 부대가 남방 전선으로 이동하자 최형진은 북지나 파견군 예하 지난濟南 지구 방역급수반으로 전속된다. 군의 장교 와타나베渡邊 중좌가 지휘하는 지난 지구 방역급수반. 극비의 베일에 가려져 있는 이른바 '백색캠프'다. 악명높은 관동군의 731부대와는 전혀 다른 북지나 파견군의 인체 실험부대였다.

그는 주로 인체실험 대상인 중국군 포로들을 상대로 포로심문과 군의관들의 인체실험에 참여해 중국어 통역을 맡았다. 저들은 토벌 작전에서 생포한 국부군과 팔로군 포로 또는 죄 없는 양민들을 대상으로 페스트균을 비롯한 콜레라·발진티푸스·천연두·풍토병 등 각종 전염 병원균을 투여, 왁친(백신)을 개발하는 등 특수임무를 띤 인체실험을 은밀히 자행해왔다. 그러나 이들 인체실험 대상자 가운데에는 중국의 국부군이나 팔로군에 입대한 조선족들과 중국인으로 가장해 대륙을 유랑하던 독립운동가와 유민들도 상당수 포함돼 있었다.

최형진은 오직 살아남기 위한 욕망 하나로 버티며 이 백색캠프에서 2년 간 중국어 통역관으로 사냥개 노릇을 하던 중 우연히 인체실험의 실상을 훤히 꿰고 있던 전임 통역관이 증발되었다는 사실을 알고 탈출을 결심하게 된다. 급성 맹장염으로 위장해 카이펑開封 야전병원으로 후송된 후 병가를 얻어 극적으로 남행열차에 오른다.

차 례

참고자료
• 일군 중국어 통역관이 폭로_ 중국 제남에 「제2 세균전부대」
• 중국 「통주학살」은_ 일군조작극_ 현장목격자 최형진 옹 52년 만에 진상 밝혀
• 당시 일군 통역관 최형진 옹 폭로
• 퉁저우학살, 지난 백색캠프(세균전부대) 자료사진 설명

1. 황진풍黃塵風

1937년 7월 7일 밤.

중국 베이징에서 '루거우차오蘆溝橋' 사건이 발생하면서 중일전쟁의 조짐이 급속도로 확산하고 있었다. 베이징을 중심으로 중국 북부지역 곳곳에서 민심이 흉흉해지고 이 틈을 노린 약탈과 학살이 자행되기 시작했다.

'루거우차오'란 베이징 남서쪽 20km 지점에 있는 하얀 돌다리石橋의 이름이다. 1192년에 축조된 이 다리는 마르코 폴로의 동방견문록에도 소개될 만큼 아름다운 다리로 난간 기둥에 각기 다른 모양새의 사자상이 485개나 조각되어 있어서 보는 이로 하여금 감탄사가 절로 나오게 한다고 했다.

바로 이 아름다운 다리 주변에서 일본 황군皇軍이 야간훈련을 하던 중 다리 건너편 중국 국부군의 중앙군 진지에서 총성이 울렸다. 이어 황군 병사 한 명이 행방불명되자 황군은 이를 구실로 국부군을 공격하기 시작했다. 쌍방 간에 치열한 교전으로 희생자가 속출한 이른바 '루거우차오' 사건이다.

이 사건이 발생한 지 이틀 만인 7월 9일 중·일 양국 정부 간에 정전 교섭에 들어가 11일 정전협정이 성립되었다. 그러나 일본 정부는 이를 계기로 북지나 파견군北支那派遣軍 3개 사단을 일방적으로 파병하게 되고 마침내 선전포고도 없이 베이징北京과 톈진天津에 제로센零戰 전폭기의 공습을 시발로 총공격을 감행한다. 전면적인 중일전쟁의 서막이 오른 것이다.

일본의 최신예 전폭기인 제로센 편대가 베이징을 공습한 데 이어 톈진까지 공습을 감행하면서 곳곳에서 검붉은 화염이 치솟고 무고한 양민들이 죽어 나가는 등 전쟁상황이 급박하게 전개되고 있었다. 이런 와중에 황군이 무차별로 쏴대는 포탄과 총탄에 혼비백산한 주민들은 남부여대하고 피란 길을 떠나기 시작했다.

이때 조선인 유학생 최형진崔亨振도 피란민 대열에 휩쓸렸다. 그는 당시 톈진 시립초급중학교 2학년에 재학 중이었으나 임시 휴교령이 내려 등교도 못 하고 피란길에 나선 것이다. 그의 나이 만 16세. 요즘 세대로 치면 지각 없는 철부지 청소년에 불과했지만, 그 당시 시골에서는 장가들 나이였다.

일제 강점기인 데다 또래가 대부분 그랬듯이 이른바 '황군(일본군) 소년병' 으로 끌려가는 경우가 허다했기 때문이다. 그래서 강제징병을 피하기 위한 수단으로 보통학교(현 초등학교)만 졸업하면 서둘러 혼사를 치르는 것이 그 무렵 식민지 조선인들의 조혼 풍습이기도 했다.

하지만 그는 14세 되던 1935년 고향인 평안북도 의주義州에서 어렵사리 의주 공립보통학교를 졸업하고 학업을 계속하기 위해 혈혈단신 삼촌 최준 식崔俊植(당시 26세)이 사는 중국 허베이 성河北省 톈진으로 건너갔다. 그것이 운명에 희롱당하면서 기구한 청년기를 보낸 인생의 시발점이 된 것이다.

그의 삼촌 최준식은 3·1 만세 사건(1919년 3월 1일) 이후 '의주만세운동' 에 휩쓸렸다가 고등계 형사들의 검거령을 피해 중국으로 건너간 의혈 청 년이었다. 원래 장사 수완이 좋았던 삼촌은 톈진에 정착한 뒤 소금 도매 상을 경영하며 돈도 제법 모았고 그 당시 상권을 쥐고 있던 중국 상인들 의 틈바구니에서 상당한 재력가로 성공했다. 형진은 그런 삼촌 덕분에 톈 진 시립 초급중학교에 진학해 별반 어렵지 않게 중국식 중등교육을 받을 수 있었다.

텐진은 허베이 평원 동북단에 있는 중국 최대의 무역항으로 상하이, 베이징과 더불어 중국의 3대 도시 중 하나이며 북부지방의 경제중심지이기도 했다. 특히 텐진은 명조明朝 이후 베이징의 외항으로 발전하면서 미국 · 영국 · 프랑스 · 독일 · 일본 등 선진 8개국의 조계租界가 자리 잡고 있을 만큼 국제항으로도 널리 알려져 있었다.

그러나 예기치 못한 전운戰雲이 하루가 다르게 중국대륙으로 몰려오고 있었다. 만주에서 시작된 일본 황군皇軍의 국지전이 점차 확전의 기미를 나타내고 있었기 때문이다. 하여 학업을 중단하게 된 형진은 '소금 점포와 가산을 정리하여 뒤따라 가겠다'는 삼촌의 말만 믿고 먼저 텐진을 떠나 베이징 동부지역에서 40여 킬로미터 떨어진 퉁저우通州로 피란을 떠나게 된 것이다.

삼촌이 그를 굳이 퉁저우로 피란을 보낸 까닭은 퉁저우가 텐진과 가까운 거리에 있는 데다 조선인 동포들이 많이 사는 비교적 안전한 지대라고 판단했기 때문이다. 전쟁을 피해 텐진을 떠난 것은 7월 25일, 중일전쟁이 전면전으로 확산한 지 18일째 되던 날이었다. 당시 그와 함께 피란행렬에 오른 사람은 텐진에 거주하던 일본인 30여 명과 그들에게 고용된 조선인 70여 명 등 이른바 거류민居留民이 모두 100여 명에 달했다.

황군이 진주해 오는 데 왜 하필이면 일본인 거류민들까지 피란을 떠나야 하는가? 형진은 어린 나이에도 그것이 궁금했다. 그러나 황군이 제로센 전폭기의 공습에 이어 텐진 시가지를 향해 무차별로 야포를 쏴대는 바람에 사전에 일본인 거류민들의 안전을 위한 민사선무民事宣撫가 전혀 이뤄지지 않았다. 때문에, 일단 피란을 떠나 목숨부터 구하고 보는 수밖에 달리 묘책이 없다는 것이 일본인 거류민들의 대체적인 판단이었다.

당시 퉁저우에는 조선인 거류민 150여 가구 500여 명이 변성명變姓名으로 중국인 행세를 하며 살고 있었다. 일부 지식인들은 국권을 상실한 일제 식민이 돼버린 신세를 한탄하며 분노와 억울함에서 벗어나지 못해 독립운동에 투신하고 더러는 농사를 짓거나 날품을 팔면서 불가피하게 신분을 숨겨야 했다. 이들 저항적인 조선인들은 하나같이 황군 헌병대나 경시청 고등계의 요시찰 대상에 올랐고 유민들은 대개가 조선총독부의 토지개혁과 강제이주정책에 따라 문전옥답을 다 빼앗기고 무작정 중국대륙으로 건너가 먹고 살기 위해 곳곳을 떠돌고 있을 무렵이었다.

동병상련이랄까, 그나마도 같은 처지의 중국인들과는 비교적 가깝게 지냈으나 황군 헌병대나 경시청 주재소 순사들은 이를 빌미로 조선인들을 연행해다 터무니없는 치안유지법 위반 혐의로 모진 고문을 가하고 감옥살이를 시키기 일쑤였다. 때문에, 당시 조선인들 사이에는 겐페이憲兵나 준사巡査라는 소리만 들어도 경악하며 소스라치곤 했다. 심지어 젖먹이 아기에게 '저기 준사가 온다'고 말하면 울음을 뚝 그칠 정도였다니 저들은 조선인들에게 악랄한 공포의 대상이 아닐 수 없었다.

지은 죄도 없이 다만 조센진朝鮮人이라는 이유 하나만으로 무조건 붙잡아다 매타작부터 하고 보는 난폭한 짓을 저들은 다반사로 되풀이하기 일쑤였다. 하지만 형진은 이번 피란길에서 다행히 나이도 어린 데다 톈진에서부터 동행한 일본인 거류민들 덕분에 황군 겐페이 주재소나 검문소를 지날 때마다 그런 수모를 당하지 않았고 무사히 톈저우까지 갈 수 있었다. 그렇지만 저들의 눈에 비친 이른바 조센진인 그로서는 각별히 몸조심에 신경을 쓰지 않을 수 없었다.

조센진? 그가 톈진을 떠날 때 삼촌이 신신당부하던 말이 불현듯 생각나곤 했다.

"야, 왜놈들이래 우리 조센진을 인간 취급도 하디 않아야. 개, 돼지보다 못한 하등동물로 보는 기야. 기러니까니 왜놈들한테 각별히 말조심, 몸조심하라우. 기래야 살아남는단 말이야. 어카든(어떡하든) 이 모진 세상 살아남구 봐야 하디 않갔어."

강한 서북 사투리로 침까지 튀겨가며 입버릇처럼 되뇌던 삼촌의 말이 항상 그의 머릿속에 똬리를 틀고 있었다.

삼촌은 일종의 자괴심에서 입버릇처럼 조선인을 스스로 조센진으로 비칭했지만 만세운동에 앞장설 만큼 누구보다 배일사상排日思想과 민족의식이 강했다. 그 무렵 중국대륙의 시국 상황은 불안과 긴장의 연속이었고 특히 일본 겐페이나 준사(순사)들은 우리 조선인들을 볼 때마다 무조건 죄인처럼 취급하기 마련이었다. 그것은 어쩌면 결코 잊을 수 없는 정복자의 자만심과 그에 따른 상대적인 피해의식 때문인지도 몰랐다.

그로부터 5년 전인 1932년 4월, 윤봉길 의사가 일본의 전승戰勝축하 기념행사가 거행되던 상하이 훙커우虹口공원에 잠입하여 시라카와白川義則 대장을 비롯한 황군 수뇌부를 폭살했었다. 그러한 기억이 겐페이들의 뇌리에 생생하게 박혀 있었던 탓인지도 모른다. 황군 특무대와 헌병대, 경찰 등의 식민지 조선인들에 대한 감시와 탄압이 극에 달한 연유다.

당시 상하이에서 암약하고 있던 김구 선생을 비롯한 우리 임시정부 요인들이 홍커우 폭파사건을 계기로 일제의 추적을 피해 저장성浙江省 항저우杭州로 피신했다는 소식도 조선인 동포들 사이에 은밀히 전해지고 있었다. 그후 김구 주석은 다시 중화민국의 임시수도인 충칭重慶으로 임시정부를 옮겨 광복군을 창설하고 장제스蔣介石의 국부군과 함께 항일독립투쟁에 나선다. 이에 고무된 우리 동포들 사이에서도 배일사상과 함께 독립운동이 요원의 불길처럼 번지기 시작했다.

그러나 당시 우리 임시정부도 일본군에 쫓기는 상황이어서 재중在中 동포들을 안전하게 보살필 손길이 미치지 못했다. 이 때문에 구심점을 잃어버린 조선인 동포들은 이념에 따라 장제스의 국부군 또는 마오쩌둥毛澤東의 인민해방군 등에 자진 입대하거나 대륙 곳곳에 흩어져 무장투쟁에 나서기도 했었다.

우리 임시정부는 1920년 남만주에서 조직된 항일무장군인 광복군 총영光復軍總營을 모태로 독자적인 광복군 창설을 서두르는 등 서서히 세력을 키워나가던 터라 황군으로서는 식민지 조선인들이 눈엣가시처럼 보였던 게 사실이다. 그래서 황군은 중국대륙의 점령지마다 친일 괴뢰정권을 앞세워 자체적으로 치안을 유지하도록 하면서 조선인 독립운동가들을 색출하는 공작도 병행하고 있었다.

퉁저우는 중국대륙의 농산물 집산지이면서도 경공업 지역으로 톈진과 베이징을 오가는 징타이京泰 철도가 놓여 있었고 사방으로 간선도로가 뚫린 현대적 도시로 발전해가고 있었다.

피란길을 함께 떠난 최형진 일행은 베이징 창핑昌平에서 퉁저우를 거쳐 바이허강白河과 연결되는 퉁후이허通惠河 운하를 이용하는 것이 훨씬 수월했으나 톈진에서 무작정 떠나는 바람에 베이징과 퉁저우 사이의 육로를 이용할 수밖에 없었다. 퉁저우는 고비사막과 중국 북부를 흐르는 황허黃河 상류의 황토 먼지가 계절풍을 타고 고스란히 날아오는 터에 날이면 날마다 시가지 전체가 누렇게 탈색되고 황진黃塵에 뒤덮이기 일쑤였다.

때문에, 주민들 대부분이 열악한 환경 속에서 만성적인 호흡기 질환이나 눈병에 시달리며 살아가고 있었다. 게다가 황진풍黃塵風이 휩쓸고 간 뒤에는 현청縣廳의 지시에 따라 가가호호 모든 주민이 동원되어 주택은 말할 것도 없고 성벽城壁이며 도로와 하수구에까지 쌓인 황진 제거작업에 며칠씩 날밤을 지새워야 하는 등으로 톈진과 비교하여 주거환경이 상당히 열악했다.

퉁저우는 본디 춘추전국시대 초기 주周 나라 때부터 도시의 규모로 축성된 전략적 요충지였다. 그러나 몽골족의 원 세조遠世祖 쿠빌라이가 중원을 장악하고 수도를 베이징으로 정해 퉁후이허 운하를 건설하면서 퉁저우 주민들을 노력 동원에 혹사하는 등 탄압이 심했던 어두운 역사의 그림자가 드리운 곳이기도 했다.

그래서인지 퉁저우 주민들은 누대에 걸친 침략자들의 폭압 정치에 시달려 온 탓으로 집단촌을 이루고 자치 공안대自治公安隊까지 조직하여 자체적인 안

보태세에 익숙한 편이었다. 하지만 강자에게는 그럴 수 없이 순종하고 약자에겐 무자비할 정도로 군림하려는 그런 속성이 있는 민족이었다. 때문에, 나라 잃은 우리 조선인들을 언제나 얕잡아 보고 거들먹거리며 천대하는 속성이 있었다.

하지만 조선인들은 재난이 닥쳐 현청에서 주민동원령이 내릴 경우, 으레 게을러 빠진 시나진(중국인) 보다 한발 앞서 어른, 아기 할 것 없이 빗자루와 부삽을 들고 선착순으로 달려가기 마련이었다. 퉁저우의 도심지 번화가에는 언제나 그랬듯이 여느 도시들처럼 숙박과 식당을 겸한 판텐飯店들이 즐비했고 일부 판텐에서는 공공연하게 매음굴인 피야婢屋를 운영하면서 은밀한 아편(모르핀) 밀거래가 성행하고 있었다.

'피야'란 일본인이나 중국인들이 흔히 쓰는 비속어로 하층민 여자의 치부女根谷를 뜻하는 용어. 그러나 여색을 즐기는 재중在中 일본인들 사이에는 일종의 우월감에서 공중변소라는 뜻으로 구사하는 천박한 용어로도 사용하고 있었다. 중국에서는 영국과의 아편전쟁 이후 그동안 아편 원료인 앵속罌粟(일명 양귀비) 밀경작과 모르핀 밀거래를 법적으로 엄격하게 금지해 왔었다.

그러나 청나라 말기이던 1898년 '부청멸양扶淸滅洋'의 기치를 내걸고 농민운동으로 확산한 '의화단義和團 사건'이 발발하면서 치안의 공백기를 이용해 다시 모르핀 밀거래가 성행하게 되었다고 했다. 청국淸國 정부가 열강과 맞서기 위해 의화단을 베이징으로 끌어들이자 미국·영국·독일·일본 등의 연합군은 이를 구실로 베이징을 점령하고 의화단을 진압했다. 그 과정에서 농민들은 전국 각지에서 쫓기는 신세가 되었고 궁여지책으로 먹고살기 위해 깊은 산속으로 숨어 들어가 앵속 밀경작에 나서기 시작했었다.

이후 열강의 틈바구니에서 국력이 쇠퇴해진 가운데 장제스의 국민당 정부와 마오쩌둥의 공산당 정부가 이념 갈등으로 국론이 분열된 데다 국공내전으로 국민경제마저 극도로 피폐해지고 말았다. 이로 인해 대다수 인민은 정부다운 정부의 보호를 받지 못한 채 의지할 곳이 없어서 방황하기 일쑤였고 고단한 삶에 지친 나머지 현실 도피의 목적으로 모르핀에 손을 대는 악순환을 되풀이하고 있었다.

2. 퉁저우通州의 암운暗雲

마침내 중국의 전 대륙이 일본군의 말발굽에 짓밟히게 되자 장제스의 국민당 정부와 마오쩌둥의 공산당 정부가 뒤늦게 내전을 중단하고 '항일抗日 민족통일전선'을 결성, 이른바 제2차 국공國共 합작을 이루고 항일무장투쟁에 나선다. 1927년 8월 중국 공산당이 무장 폭동을 일으킨 이른바 난창南昌사건으로 제1차 국공합작이 붕괴한 이후 10년 만의 일이었다.

국민당 정부는 정예 국부군인 신사군新四軍을, 공산당 정부는 게릴라전에 능한 인민해방군의 팔로군八路軍을 각각 최전선에 배치하였으나 특히 전투 경험이 부족한 국부군은 침략군인 일본 황군과 맞닥뜨렸다면 연전연패하거나 아예 항전을 포기하고 달아나기 일쑤였다. 그래서 피아彼我에 관계없이 기합이 빠졌거나 전의를 상실한 군인을 보고 으레 '장제스 군대'라고 비칭 하기도 했다.

그뿐만 아니라 국민당 정부에서는 국가 기강도 해이해져 시중에서는 별다른 기술과 자본이 없어도 손쉽게 폭리까지 취할 수 있는 아편 장사에 눈독을 들이는 무리가 우후죽순처럼 생겨났다. 이에 덩달아 아편전쟁 이전처럼 국민 사이에 모르핀 중독자가 전염병처럼 번져 남녀노소 불문하고 모르핀에 취해 흐느적거리는 군상들이 날로 늘어갔다. 도심 곳곳에 진을 치고 있는 각 피야에는 모르핀 주사나 담배를 구하기 위한 아편 중독자들로 문전성시를 이루곤 했다.

모르핀 살 돈을 마련하기 위한 강도와 절도, 사기 등 각종 범죄도 다반사로 발생해 퉁저우는 범죄도시라는 오명까지 생겼다. 심지어 형진이 또래의 청소년 범죄꾼들까지도 대낮에 피야로 숨어들어 모르핀 담배에 취한 상태에서 벌거벗은 창녀들과 나뒹구는 일도 허다하게 목격되었다. 한마디로 어른, 아이 할 것 없이 막가는 인간군상과 다름이 없었다.

여기에다 현청의 자치정부나 공안(경찰) 등 행정당국과 사직당국에서도 부패할 대로 부패해 매음이나 모르핀 밀매행위를 적발하고도 뇌물만 주면 적당히 풀려나기 마련이었다. 게다가 강도·살인 등 중범죄를 저질러 체포된 경우에도 두둑한 뇌물만 주면 재판에 회부하지 않고 퇴거명령을 내려 퉁저우에서 추방하는 것이 고작이었다. 그만큼 치안 상태가 엉망이었으니 그야말로 망해가는 대국의 법치가 실종되고 기강이 말이 아니었다.

형진은 퉁저우 현지에 도착하고 나서야 안전지대라고 말하던 삼촌의 판단이 잘못되었다는 사실을 깨닫게 되었다. 그때까지만 해도 황군이 퉁저우에 진주해 오지 않았다고는 하나 서북만西北滿 국경지대에 포진하고 있는 관동군이 이미 본토로 기동을 시작했다는 소문이 파다하게 번지고 있었다. 게다가 어딘지 모르게 불안한 시가지의 분위기로 보아 톈진과 못지않은 긴장감이 고조되고 있는 사실을 직감했다. 거리를 오가는 사람들의 눈동자는 벌겋게 충혈돼 있었고 곳곳에서 살기마저 배어나는 등 당장이라도 무슨 일이 벌어질 것만 같았다.

그는 퉁저우에 도착하자마자 점차 불안에 휩싸이기 시작하면서 삼촌이 써준 쪽지를 들고 더듬거리며 도심에서 훨씬 벗어난 퉁저우 성城 남문南門 인근 조선인 집단부락에 있는 '진가숙'이라는 여인숙을 찾아갔다. 여인숙 입구에는 조그만 편액처럼 붓글씨로 쓴 초라한 입 간판이 붙어 있는 낡은 목조 2층 건물이었다.

다소 우락부락하게 생긴 여인숙 주인 진 씨는 삼촌이 써준 쪽지를 퉁명스럽게 건네받아 그리 길지도 않은 내용을 한참 들여다보더니 이윽고, '으음, 자네가 톈진의 소금쟁이 최 사장 조카란 말이지?' 하고 확인이라도 하듯 한마디 내뱉는 거였다. 그러고 나서 고개를 끄덕이며 허름한 2층 방으로 형진을 안내하면서 바깥에 나갈 때에는 특히 '시나진(중국인을 비칭하는 일본어)을 조심하라'는 당부도 잊지 않았다.

"그동안 우리 조센진과 시나진의 사이가 별로 나쁘지 않았지만, 최근에 자치 공안군이 조센진을 황군의 스파이로 지목하며 여론을 나쁘게 몰아가고 있단 말이지. 내가 알기엔 이게 모두 우리 조센진과 시나진의 우호 관계를 이간질하기 위한 황군 특무대의 중상모략인데 어리석은 시나진들이 그걸 모르고 무조건 우릴 배척한다니까."

"……?"

"그러니까 여기 머무르는 동안 시나진들을 경계하고 특히 말조심하라고. 최근에 갑자기 살벌한 분위기가 조성되고 있단 말이야."

이렇게 강조한 진 씨는 아마도 생판 처음 보는 형진에게 아무런 조건이 없이 침식을 제공할 만큼 삼촌과의 인간적 관계가 막역한 사이였던 모양이었다. 마치 벌집처럼 생긴 비좁고 어두컴컴한 방에 짐을 풀고 마침내 안도의 한숨을 돌리긴 했으나 형진은 중국인을 각별히 조심하라는 진 씨의 말에 괜스레 찜찜한 생각이 들어 좀체 긴장을 풀 수가 없었다. 게다가 전시상황은 언제 어디서나 예측을 불허했다.

진 씨의 말마따나 자치 공안군의 움직임이 수상쩍고 시가지 분위기가 살벌한 가운데 그동안 나돌던 소문처럼 중무장한 황군이 퉁저우 성 외곽으로 진주해 왔다는 소문도 파다했다. 형진이 퉁저우에 도착한 지 이틀 만의 일이었다. 서북 만에서 일본 관동군이 기동했다는 소문과는 달리 북지나 파견군 예하 가네무라金村 부대 1개 중대 병력이 선발대로 도착한 것이었다.

여기에 때맞게 히노마루日丸도 선명한 일본 항공대의 최신예 제로센零戰 전폭기 편대가 날아와 퉁저우에 주둔하고 있던 중국 군벌 쑹저위안宋哲元 휘하 자치 공안군을 소탕하기 위해 소이탄과 기총소사로 공습을 감행했다. 자치 공안군 본부 주변인 퉁저우 도심지가 순식간에 불바다로 변하고 주민들이 비명을 지르며 우왕좌왕하는 등 피신하기에 혈안이 돼 있었다.

일본의 괴뢰정권인 기둥冀東 자치정부가 있는 퉁저우는 원래 탕구塘沽협정에 의해 비무장지대로 선포했으나 일본 북지나 파견군이 퉁저우 자치 공안군은 현지 일본인 거류민들을 보호한다는 명목으로 무장 주둔을 묵인해 왔다고 했다. 그런데도 제로센 전폭기가 기습적으로 날아와 자치 공안군 본부에 공습을 감행한 저의는 어쩌면 본격적인 대륙침략의 야욕을 드러낸 것인지도 몰랐다.

어쨌든 제로센 전폭기 편대의 퉁저우 공습이 있은 지 얼마 안 돼 황군이 이미 퉁저우 성으로 입성했다는 소문이 파다하게 번지더니 웬걸 가네무라 부대가 서문西門 밖 광야에까지 진출했다는 소문이 돌고 있었다.

그러나 황군은 성문을 뚫지 못하고 퉁저우 자치 공안군이 방어하고 있는 성벽을 사이에 두고 팽팽한 긴장감 속에서 대치 상태에 들어가 있었다.

가네무라 부대는 성벽의 망루를 장악하고 있는 자치 공안군에 비해 전략상 불리한 위치에 놓여 있어 당장 공격을 감행하기에는 무리가 따랐기 때문인지도 몰랐다. 하지만 고작해야 노후 박격포 2문과 소총 등 개인화기만을 소지하고 있는 자치 공안군과는 달리 황군은 최신 박격포에 기관총 등 중화기까지 갖추고 있었다.

가네무라 부대는 절대 우위의 중무장한 화력을 과시하며 비록 성벽이 가로막고 있긴 했으나 비교적 시가지 관측이 쉬운 광야에 베이스캠프를 설치하고 경계 태세에 들어갔다. 그런 한편으로 일본의 괴뢰정부인 기동자치정부는 공안국 요원들을 동원해 퉁저우 성 주변 외곽 경비를 맡기고 일촉즉발의 위기감을 고조시키고 있었다. 가네무라 부대는 북지나 파견군 최고사령부의 별동대로 그동안 일본의 괴뢰정부가 들어선 서북만西北滿 국경지대에 대기하고 있다가 루거우차오蘆溝橋 사건 발발과 함께 긴급출동 명령을 받고 중만中滿 국경을 넘어 파죽지세로 퉁저우에 진주한 것이었다.

그 당시 황군은 주로 산악지대에서 게릴라전을 전개하고 있는 마오쩌둥의 인민해방군, 즉 홍군紅軍과 조우를 피하는 대신 전략 전술 면에서 비교적 약세인 장제스의 국부군을 주공격 목표로 삼고 있었다. 국부군은 황군에 쫓기면서 극도로 사기가 떨어진 데다 개인화기와 중화기 등 각종 무기마저 낡아 황군과 조우할 경우 가능하면 항전태세에 돌입하기 전에 도망치기 일쑤였다.

황군 가네무라 부대가 퉁저우 성 외곽에 입성했다는 소식이 전해지자 두려움에 떨며 술렁이는 시나진들과는 달리 한동안 자치 공안군의 횡포에 시달려온 일본인 거류민들은 '이제야 살판났다'며 열렬한 환영에 나설 채비를 하고 있었다. 그러나 퉁저우 자치 공안군에 의해 성문이 굳게 잠겨 있어 직접 성문 밖으로 나갈 수 없었던 거류민들은 게다 짝下駄을 질질 끌며 일본 영사관 앞으로 몰려가 일장기를 마구 흔들면서 미친 듯이 '다이닛폰데이코쿠 반자이大日本帝國 萬歲!'와 '뎬노헤이카 반자이天皇陛下 萬歲!', '고군 반자이皇軍 萬歲!'를 외쳐대는 거였다.

게다가 뎬노헤이카(천황폐하)의 영원한 치세를 기원하는 저들의 애국가 기미가요를 우렁차게 합창하며 '고코쿠신민노 뎬노헤이카노 고이시노 마마니(황국신민의 모든 길은 천황폐하의 뜻대로)'를 맹세했다. 오직 천황폐하라는 살아 있는 신을 믿고 의지하며 목숨까지 기꺼이 바치겠다는 것이 저들이 내세우는 광적인 애국심이자 충성심이었다.

그동안 퉁저우 자치 공안군의 횡포에 시달려온 이른바 니혼진日本人들은 퉁저우에 진주한 가네무라 부대가 서문밖에 당도했다는 소식만으로도 한껏 고무되어 마치 천하를 얻은 듯 들뜬 기분을 맘껏 분출했던 것이다. 그러나 저들의 그런 경거망동은 결국, 질시와 피해의식에 사로잡혀 전전긍긍하고 있던 퉁저우 자치 공안군을 자극하는 역할밖에 하지 못했다. 그 당시 퉁저우에는 일본인 거류민이 60여 가구 100여 명이나 살고 있었다. 톈진에서 피란 온 일본인들을 포함 할 경우 그 수가 150여 명 가까이 되었다.

저들은 주로 일본 영사관의 비호 아래 중국인들의 피야와 비슷한 류가코遊廓나 료칸旅館, 료테이料亭 등 유흥업을 경영하면서 퉁저우 지역경제를 잠식하는 중이었다. 특히 료칸과 료테이의 단골들은 장사꾼으로 가장한 북지나 파견군 특무대 소속 비밀 첩보 요원들이나 고등계 형사 등 주로 일본인 관료와 군인·군속 이었다. 하지만 개중에는 나라가 망하든 말든 내 배만 부르면 된다는 식으로 마약 밀매와 매음 등 수단과 방법을 가리지 않고 돈벌이에만 혈안이 된 중국인 졸부들도 상당수 출입하고 있었다.

이런 혼란 속에 우연히 맞닥뜨린 대학살극이 피란 온 조선인 '최형진 소년'의 일생에 결코 잊을 수 없는 회한과 통한의 기억으로 남아 있을 줄이야. 이미 역사의 뒤안길로 사라진 사건이었지만 그의 기억 속엔 결코 지울 수 없는 악몽으로 평생 남아 있었다. 중일전쟁 전면전 직전에 벌어진 가장 잔혹했던 퉁저우 대학살사건!

퉁저우 자치 공안군이 성문을 걸어 잠근 채 진주해 온 황군과 일대 결전을 벌일 요량으로 대치 상태에 들어가 있을 무렵 일본 제로센 전폭기의 공습을 받게 되자 이에 대한 보복으로 친일 자치정부 장관 옌루겅殷汝耕을 체포하고 반란을 일으킨다. 저들은 주로 일본인과 조선인들을 상대로 남녀노소 가리지 않고 무자비하게 학살극을 자행하기 시작했다.

그러나 다수의 양민만 처형된 이 학살사건은 중국대륙에 정착한 조선인들과 중국인들을 이간시키기 위한 일본 북지나 파견군 특무대의 여론조작과 치밀한 계략에 의해 저질러진 참극이었다. 게다가 그 피해자의 상당수가 우리 조선인들이었다는 사실에 경악하지 않을 수 없었다.

7월 29일 자정 무렵. 퉁저우 자치 공안군이 제로센 전폭기의 공습을 받은 지 이틀이 지난 칠흑같이 어두운 밤이었다. 후덥지근한 열대야 속에서 소리 없이 부슬비가 흩뿌리고 모기떼가 극성을 부리는 바람에 내남없이 모두 잠을 못 이루고 팔이 아프도록 부채만 부치고 있었다.

이때 집주인 진 씨 부인이 느닷없이 남포불(램프)을 밝히고 2층 계단을 밟고 올라서며 목소리 높여 형진을 부르는 거였다.

"학생! 형진 학생!"

"예, 아주마니! 내래 여기 있시오. 무슨 일이외까?"

형진은 무심코 방문을 열어젖히며 2층 계단 쪽을 향해 입에 익은 서북 사투리로 대답했다.

"학생, 방 좀 비워 줘야겠어. 손님이 왔는데 오늘따라 방이 다 차 버렸네." 진 씨 부인이 그렇게 외치는 순간, 형진은 당혹감을 감추지 못했으나 사전에 방값을 지불하고 정식으로 투숙하지 못한 채 공짜로 얹혀 있는 처지라 거절할 명분이 없었다.

팬티 바람으로 누워 있던 잠자리에서 마지 못해 일어나 주섬주섬 옷을 갈아입는 데 바깥에서 갑자기 총성이 울리고 뒤이어 찢어지는 여인의 비명이 울려 왔다. 진 씨 부인의 목소리 같았다. 뭔가 끔찍한 일이 벌어졌다는 생각이 뇌리를 스치는 순간 형진은 거의 본능적으로 위험을 감지하고 앞뒤 가릴 것도 없이 창문을 뚫고 방을 뛰쳐나왔다. 그러고는 2층 지붕을 타고 올라가 납작 엎드리고 눈에 심지를 돋우며 어둠 속을 자세히 살펴봤다.

칠흑 같은 어둠 속에서 불꽃이 튀고 간단없는 총성과 함께 여기저기서 '사람 살리라'는 조선인들의 단말마적인 비명이 밤의 정적을 깨뜨렸다. 게다가 집마다 총성에 놀란 개들이 짖어대는 바람에 온 마을이 순식간에 혼란 속으로 빠져들고 있었다.

"까오리 펑쯔高麗帮子(고려 상놈)들 당장 나왓! 안 나오면 모조리 불을 질러 버리겠다."

"까오리 쇼툴라高麗小偸子(고려 도둑놈)들! 당장 요절을 내버려."

캄캄한 어둠을 뚫고 조선인들을 불러내며 미친 듯이 광기를 부리고 있는 무장 폭도들은 퉁저우지역 자치 공안군인 제29군 경비요원들이었다. 저들은 평소 거들먹거리며 조선인 동포들을 향해 '까오리 펑쯔'라는 비칭으로 멸시하고 천대하긴 했으나 불과 얼마 전까지만 해도 그다지 사이가 나쁜 편은 아니었다고 했다.

그런 저들이 갑자기 폭도로 변해 일본인 단골 료칸이나 료테이는 물론 우리 동포들의 주거지역으로까지 떼거리로 몰려다니며 닥치는 대로 일본인들과 조선인들을 구별하지 않고 무자비하게 살육하는 살인마로 변해 있었다. 게다가 폭도로 돌변한 자치 공안군들에게 동조하는 일부 과격한 시나진(중국인)들까지 죽창과 쇠스랑으로 무장해 선량한 이웃인 조선인들을 무조건 황군 스파이로 몰아 처형하는 데 앞장서는 게 아닌가. 북지나 파견군에서 침투시킨 이른바 황군 특무대의 간교한 계략과 여론몰이에 빠진 어리석은 시나진들이 일으킨 폭동이었다.

3. 광란의 생지옥

폭도들은 마침내 투숙객을 가장하고 진 씨네 여인숙에까지 들이닥쳐 먼저 2층 계단 입구에서 램프를 켜 들고 형진이 내려오기를 기다리던 진 씨 부인의 머리채를 잡고 내동댕이치듯 마당으로 끌어냈다. 순식간에 벌어진 날벼락이 아닐 수 없었다. 폭도들은 마당에 내동댕이친 진 씨 부인을 마구 짓밟으며 집주인 진 씨부터 찾았다.

그러고 보니 진 씨는 초저녁부터 보이지 않았다. 진 씨 부인이 개 끌리듯이 끌려 나와 '남편과 아이들은 친척 집 제사에 갔다'며 '지금은 투숙 중인 손님밖에 없다'고 말하자 폭도들은 방마다 샅샅이 뒤져 쑥밭으로 만들고 투숙객들을 모조리 밖으로 끌어내기에 혈안이 돼 있었다. 투숙객들은 대부분 조선인이었다.

지붕 위에서 끔찍한 광경을 지켜보던 형진은 부지불식간에 등골이 오싹해지며 오금이 저려와 견딜 수 없었다. 무언가 형언할 수 없는 본능적인 두려움이 엄습해와 등골이 오싹해지는 거였다. 만약 그가 총성을 듣고 미처 방에서 뛰쳐나오지 않았더라면 영락없이 죽임을 당하고 말았을 게 아닌가. 아니, 어쩌면 그는 죽은 목숨이나 다름이 없었다. 이미 폭도들의 천지로 변해버린 곳에서 어디 작은 몸뚱어리 하나 숨길 데가 없으니 말이다.

생각할수록 끔찍해 몸서리치며 공포에 질린 나머지 그만 자신도 모르게 오줌까지 싸고 말았다. 뜨거운 액체가 사타구니를 타고 줄줄 흘러내리는 것을 의식했다. 하지만 그게 무슨 대순가. 죽을 때 죽더라도 어디 살길부터 찾아야 할 게 아니냐고. 가슴을 짓누르는 공포 속에서 이상하게도 이 지옥에서 빠져나가야 한다는 궁리부터 생각하는 용기가 꿈틀거렸다.

여기저기서 '까오리 펑즈, 죽여랏!', '까오리 쇼툴라들, 씨를 말려버려!' 하는 고함이 들리고 찢어지는 비명과 함께 '살려달라'고 애원하는 조선인들의 목소리가 어둠을 뚫고 처절하게 울려 퍼졌다. 그러나 이미 눈이 뒤집혀버린 폭도들은 잔혹한 살인마로 변해 무자비하게 흉기를 휘두르고 있었다. 어른, 아이 가릴 것 없이 조선인이라면 무조건 총부리부터 들이대고 심지어는 죽창과 쇠스랑으로 가슴이며 배며 닥치는 대로 마구 찔러 무참하게 도륙을 내는 거였다. 차마 눈 뜨고 볼 수 없는 참혹한 정경이 전개되고 있었다.

도심 한복판에서 시작된 폭도들의 광란은 걷잡을 수 없이 전 시가지로 확산하고 있었고 유혈과 폭력이 난무했다.

'이러다가 날이 새면 나도 꼼짝없이 당할지도 몰라.'

이런 생각이 퍼뜩 뇌리를 스친 순간, 형진은 이 위기에서 벗어나는 길은 오직 하나, 서문밖에 진주해 있다는 황군 가네무라 부대를 찾아가는 길밖에 없다고 판단했다. 비록 왜놈들한테 천대받는 식민지 조센진이지만 명색이 나이센 잇타이(내선일체內鮮一體)라 하지 않던가. 일본과 조선은 하나… 어떻게 하든 그가 보호받을 곳은 황군 캠프밖에 없다고 생각했다. 이렇게 판단한 그는 지체하지 않고 몸을 일으켰다. 자칫 광란에 날뛰는 폭도들에게 들킬세라 어둠 속에서 바짝 긴장한 자세로 지붕을 타고 내려왔다.

그러나 그 와중에 그만 발을 헛디뎌 왼쪽 발목을 삐고 말았다. 심한 통증을 느꼈으나 그대로 눌러앉아 있을 수만은 없었다. 왼쪽 다리를 절뚝거리며 인적이 드문 골목길로 빠져나와 '걸음아 날 살려라' 하고 한없이 앞만 보고 달렸다. 인기척이 들리면 잽싸게 담벼락이나 길가 풀숲에 숨었다가

다시 몸을 일으켜 필사적으로 내달리곤 했다. 그렇게 어둠 속을 헤치며 얼마나 달렸을까, 허겁지겁 한참을 달리다 보니 마침내 부연 부슬비 속을 뚫고 거대한 물체가 어슴푸레하게 눈앞에 가까워져 오는 것이 보였다.

하지만 천신만고 끝에 가네무라 부대의 베이스캠프를 찾아간다는 것이 그만 방향을 잘못 잡아 엉뚱하게도 자치 공안군의 경비대가 주둔해 있는 서문 성벽의 망루 가까이에 오고 말았다.

'살겠다고 놈들을 피해 이를 악물고 달려온 곳이 바로 죽음이 기다리는 악마의 소굴이라니 아 아, 이럴 수가….'

절망적인 상황에 빠져버린 그는 그만 성벽 아래 무성한 잡초더미 속에 그대로 엎어지고 말았다. 한참을 죽은 듯이 엎드려 있다가 다시 이빨을 깨물며 정신을 가다듬고 보니 성벽의 망루에서 총을 멘 두 명의 자치 공안군 동초가 어슬렁거리고 있는 것이 보였다.

'저 놈들을 어떻게 피해 간다…?'

아무리 생각해 봐도 뚜렷한 묘안이 떠오르지 않았다. 하지만 그대로 주저앉을 수만은 없었다. 이렇게 생각한 그는 이를 악물고 으스러지듯 느껴지는 다리의 통증을 참아가며 가까스로 몸을 추슬렀다. 그러고는 망루에서 총을 겨눈 채 어슬렁거리는 동초들의 동태를 살피며 담벼락을 따라 인적이 드문 곳으로 절뚝거리며 달려가 성벽을 타기 시작했다.

마치 다람쥐가 떡갈나무를 타듯 높은 성벽을 날쌔게 뛰어넘는 순간 허공에 몸을 날리고 말았다. 온몸이 부서지는 한이 있더라도 그럴 수밖에 없는 상황이었다. 성벽을 넘지 못하면 영영 살아남을 수 없다는 생각이 퍼뜩 뇌리를 스쳤기 때문이다. 천우신조天佑神助라고 했던가. 땅바닥으로 곤두박질 치는 순간 발목이 부러지고 몸이 박살 날 줄 알았으나 뜻밖에도 기적이 일 어났다. 땅바닥에 발이 닿는 순간 몸에 탄력이 생기며 모래더미에 파묻힌 듯 쿠션을 받아 흙먼지만 펄썩 일었다.

천만다행히도 모래 무덤처럼 쌓여있는 황진黃塵더미 위에 떨어진 것이었 다. 별다른 충격도 받지 않았고 어디 한군데 다친 데 없이 멀쩡하게 몸을 일으킬 수 있었다. 살아났다는 안도감에서 긴 한숨을 삼키며 주변을 살펴 보니 사방은 쥐 죽은 듯 고요했다. 저 멀리서 이따금 간헐적인 총성과 함께 개 짖는 소리만 들려올 뿐이었다.

형진은 마침내 긴장 속에 한숨을 돌리고 일단 죽음의 고비에서 벗어났다 는 안도감에서 다시 갈 길을 재촉했다. 달빛도 없는 칠흑같이 어두운 밤길 을 허겁지겁 걷다 보니 돌부리에 차이고 무성한 가시덤불에 찔리면서 온 팔 다리가 피투성이가 돼 있었다. 게다가 모기떼와 이름 모를 풀벌레가 달려 들어 마구 쏘아대곤 했으나 그게 무슨 대순가.

그는 어린 마음에서도 그저 살길을 찾아야 한다는 본능적인 욕구와 집념 으로 미친 듯이 앞만 보고 발걸음을 재촉할 뿐이었다. 온몸이 땀에 절어 후 줄근했으나 결코 발걸음을 늦출 수 없었다. 절뚝거리며 이를 악물고 저린 다리를 참아가며 한참을 걷다 보니 마침내 성벽과 자치 공안군의 망루가 아스라이 멀어지기 시작하는 거였다.

"휴우… 이제 살았구나."

비로소 그는 안도의 긴 한숨을 토하며 혼잣말로 중얼거렸다. 일순 긴장이 풀리며 마음을 놓은 탓인지 잠시 갈 길을 멈추고 캄캄한 밤하늘을 바라보며 풀숲에 그대로 드러눕고 말았다. 소리 없이 흩뿌리던 부슬비는 멎었으나 온몸이 비에 젖고 땀에 절어 쉰내가 물씬 풍겼다.

기진맥진한 상태에서 긴장이 풀린 탓일까? 점차 의식이 몽롱해졌다. 이래서는 안 된다고, 빨리 황군 가네무라 부대를 찾아가야 한다고 안간힘을 써 봤으나 그럴수록 의식이 몽롱한 상태로 계속 빠져들고 있었다.

아련히 떠오르는 고향 산천… 부모님과 형제들의 모습이 눈에 밟혀 자신도 모르게 눈시울을 적시고 있었다. 시간이 얼마나 흘렀을까, 생사의 갈림길에서 비몽사몽을 헤매던 중 멀리서 섬광이 번쩍이고 우렁찬 포성이 울려왔다. 아주 가까운 곳에서 들 짐승들의 기분 나쁜 울음소리도 들려오고 있었다.

그제야 소스라치며 정신을 가다듬었다. 그러고는 다시 천근같이 무거운 몸을 일으켰다. 그의 머릿속에는 다만 살아야 한다, 살아남기 위해 가네무라 부대를 찾아가야 한다는 본능적인 욕구밖에 없었다. 눈에 심지를 돋우고 전방을 바라보니 멀리서 간헐적으로 비치는 서치라이트의 불빛이 어른거렸다. 어쩌면 황군 수비대인 가네무라 부대의 베이스캠프인지도 몰랐다. 어쨌든 그곳을 찾아가야 살아날 수 있을 것만 같았다. 그가 찾아가야 할 곳은 그곳밖에 없다고 생각했기 때문이다.

'빨리 가야 한다.'

한 가닥 희망의 끈을 잡고 또다시 절뚝이며 걸음을 재촉했다. 점차 가까이 다가갈수록 비상 나팔이 요란하게 울리는가 했더니 이내 호루라기 소리가 들리고 무장한 병사들이 집결하는 모습도 보였다. 어렴풋이 시야에 들어오는 서치라이트 불빛은 분명 황군 진지임을 밝히고 있었다. 무사히 또 한고비를 넘긴 셈이었다. 그러나 자칫 섣불리 잘못 뛰어들었다간 시나진 폭도로 오인당해 사살당할 우려도 없지 않았다.

'이럴수록 신중을 기해야 한다.'

그는 비록 어린 나이였지만 난리 통에 톈진에서부터 침착하게 상황에 대처하는 요령이 몸에 배어 있었다. 게다가 평소 '몸 조심하라'며 삼촌이 누누이 당부하던 말도 언제나 그의 머릿속에 똬리를 틀고 있었다. 풀숲에 숨어 가네무라 부대 베이스캠프를 눈여겨 살펴보니 황군 병사들이 서둘러 닛산日産 트럭을 타고 어디론가 출동하는 모습도 보였다. 이런 가운데 저 멀리서 폭도들의 총성이 발광하고 예광탄의 밝은 불빛을 이용해 응사하는 황군 토벌대의 기관총과 수류탄의 폭발음이 지축을 뒤흔들곤 했다.

어느새 아비규환의 생지옥을 방불케 했던 대륙의 밤이 가고 동녘 하늘에서 서서히 먼동이 터오고 있었다. 그는 이때를 놓칠세라 얼른 몸을 일으키고 투항한다는 표시로 양손을 번쩍 치켜들었다. 그러고는 후들거리는 발걸음으로 삼엄한 경계망이 펼쳐지고 있는 가네무라 부대 위병소로 다가갔다. 그를 발견한 초병이 당장 총검을 겨누며 '암호!' 하고 외쳤다. 하지만 황군의 암호를 알 턱이 없는 그는 양손을 머리 위에 얹은 채 와들와들 떨며 발걸음을 멈췄다.

"암호!"

또다시 초병의 우렁찬 목소리가 귀청을 찢었고 순간 '탕!'하고 총성이 울렸다. 다행히도 공포탄이었다. 그런데도 그는 그만 '살려달라'고 외마디 비명을 지르며 그대로 까무러치고 말았다.

4. 수호천사

시간이 얼마나 흘렀을까, 형진은 온 삭신이 들쑤시는 통증을 느끼며 가까스로 의식을 되찾고 보니 뜻밖에도 황군 막사의 야전침대 위에 누워 있는 자신을 발견하고 소스라쳤다. 눈을 부릅뜨며 주위를 두리번거리고 있는데 기모노着物 차림의 한 여인이 상냥한 모습으로 다가왔다. 그녀는 의식을 되찾은 형진을 알아보고 대뜸 일본어가 아닌 조선어로 말했다.

"쯔그 좀 보소이. 이제 정신이 좀 드나 보네잉?"

친절하게도 가냘픈 손바닥으로 그의 이마를 짚어보며 잔잔한 미소까지 머금는 거였다.

"쯔그, 학상(학생)! 조센진이 맞지라잉?"

이 말에 그는 다시 눈을 치뜨고 비로소 안도의 한숨을 내쉬며 대답 대신 묵묵히 고개만 한 두어 차례 주억거렸다. 순간적으로 기운이 쑥 빠지면서 전신이 나른하고 말문이 막혀 얼른 말이 나오지 않았다.

"그러믄 그렇제이. 나가 사람 보는 눈은 수월찮으지라. 시방 학상을 봉게로 절대로 시나진이 아녀. 깊은 꿍심으로 겁나게 여그 고군皇軍을 찾아온 조센진이란 말이시."

형진이 마침내 몽롱한 의식에서 완전히 깨어나자 기모노 여인은 기다렸다는 듯 사뭇 들뜬 얼굴로 다소 어눌하지만 강한 전라도 사투리로 붙임성 있게 말문을 이었다.

하지만 그는 새삼스럽게 조센진임을 강조하는 그녀의 말귀를 제대로 헤아리지 못해 잠시 어리둥절할 수밖에 없었다. 야전 텐트를 친 막사 안은 비단 형진뿐만 아니라 아마도 퉁저우 자치 공안군의 반란을 진압하기 위해 출동했다 부상당한 병사들인지 몰라도 다수의 황군 부상병들이 응급 가료(응급 치료)를 받으면서 내뱉는 신음 소리가 간단없이 귓전을 울리고 있었다.

기모노 여인은 그가 안간힘을 쓰며 상반신을 일으키자 친절하게 부축해 주면서 다시 한번 다짐하듯 조선인이라는 그의 신분을 확인하는 거였다. 그러고는 뜬금없이 황군 부상병들이 응급 가료를 받고 있는 병상 쪽을 향해 다급하게 외쳤다.

"모리森 고쵸伍長(오장)님!"

부상병들을 돌보고 있던 황군 막사 오장 모리 하사가 빠른 걸음으로 다가왔다.

'혹시 나를 해코지하려는 것은 아닐 테고….'

어쨌든 형진은 그녀의 수다스러운 행동을 어리둥절한 표정으로 지켜보며 침묵을 지킬 수밖에 없었다. 모리 하사가 기모노 여인에게로 다가오면서 말머리를 돌렸다.

"깨어났어?"

"하이(예), 모리 고쵸님! 쯔그, 이 학상이 깨어났어라잉. 알고 봉게로 시나진이 아이라 순 조센진이랑게로."

그녀는 더듬거리는 일본어와 조선어를 섞어가며 쫓기듯 답했다.

"오, 혼쵸本朝 데스카(토박이 조선인인가)?"

"하이, 혼쵸 데스네(예, 토박이 조선인이에요)."

모리 하사는 고개를 끄덕이며 만족한 표정을 지었다.

"쯔그 학상, 나도 조센진이란 말이시. 여그서 같은 조센진을 만나이까 맘이 짠혀 오네잉."

20대 초반으로 보이는 기모노 여인은 그가 묻지도 않았는데 무슨 다짐이라도 하듯 강한 전라도 사투리로 자신이 조선인임을 누차 강조하는 거였다.

반반한 얼굴에 정나미가 있어 보였다. 이름은 하루코春子, 하지만 본명이 아닌 것 같았다. 그녀의 고향은 전라남도 화순和順이라고 했다. 그녀는 '입에 풀칠이나마 하기 위해 가족들과 함께 북만주로 건너갔다가 여기까지 끌려 왔노라'고 쓴웃음을 지었다. 그러면서도 '오랜만에 조선사람을 만나 반갑다'는 인사를 잊지 않았다. 하지만 어딘지 모르게 한 가닥 실낱같은 희망의 끈마저 놓쳐버리고 고달픈 삶을 살아가는 사람처럼 처연하게 보였다.

형진은 모리 하사에게 더듬거리는 일본어로 아비규환의 생지옥을 방불케 했던 저간의 퉁저우 성 내 폭동 사건을 낱낱이 고발했다. 고향 의주에서 보통학교 6년 과정을 일본어로 교육을 받았고 중국 톈진에서 초급중학교 2년 재학 동안 중국어로 교육을 받았으니까 따지고 보면 그는 다소 어눌하긴 하지만 일본어와 중국어를 동시에 구사할 줄 알았다.

모리 하사는 그가 전하는 얘기를 다 듣고 난 다음 잠시 고개를 갸웃거리며 생각에 잠겼다가 그를 똑바로 바라보면서 자신의 궁금증부터 털어놨다.

"지금 짱꼴라(자치공안군의 비칭)들이 성문을 걸어 잠그고 완강하게 저항하는 바람에 우리 황군이 고전하고 있다."

"……?"

"그래서 하는 말인데 우린 현재 퉁저우 성안의 사정을 전혀 모르고 있다. 우선 급한 것은 우리 황민皇民(일본인)들의 안전 문제다. 그들의 상황을 알고 있는가?"

"예, 황민들은 아마도 일본 영사관으로 피신했을 거란 말입네다. 내래 직접 목격하진 못 했지만서두 난리를 겪은 조센진들 사이에 그런 얘기가 나돌고 있었습네다. 일본 영사관은 불가침 지역이라 짱꼴라들이 감히 접근할 수 없을 거란 말입네다."

그러나 그는 솔직히 일본인들의 동태에 대해 전혀 아는 바가 없었다. 다수의 일본인이 영사관으로 피신하는 것을 봤다는 행인들의 얘기를 도주 중에 엿들었을 뿐이었다. 왜냐면 그는 한밤중 퉁저우 성 외곽에서 자치 공안군의 폭동을 목격했고 일본인 거류민들은 대개 도심지 번화가에 살고 있었기 때문이다.

"으음, 모두 무사해야 할 텐데… 그게 걱정이란 말이야."

어쨌든 모리 하사는 그가 전해준 저간의 성내 상황이 상당한 정보 가치가 있는 것으로 판단하는 것 같았다.

모리는 즉시 가네무라 부대장 도야마頭山 대위에게로 달려가 새로운 정보 보고를 올렸다. 도야마 대위는 모리 하사가 보고한 정보가 상당히 신빙성이 있는 것으로 판단하고 부관 스즈키鈴木 중위와 함께 상황분석에 들어갔다. 자치 공안군에 대한 진압 작전과 함께 일본인 거류민들을 구출하기 위한 대책 마련을 위해서였다. 어쨌든 그가 제공한 정보 사항 중 가장 핵심적인 것은 성문을 지키고 있는 자치 공안군의 허술한 경비 상황이었다.

이윽고 모리 하사는 도야마 대위로부터 '수고했다'는 격려를 받고 즐거운 표정으로 다시 형진에게로 다가와 가볍게 등을 토닥여 주면서 '어이, 혼쵸군本朝君! 이제 안심해도 돼. 여긴 안전지대니까. 간바레(힘내)!' 하고 말하면서 하루코에게도 '잘 가료 해 주라'고 당부하는 거였다. 걸핏하면 조센진이라며 멸시하고 발바닥의 때만큼도 여기지 않던 난폭한 황군이 뜬금없이 친절을 베풀다니 형진은 알다가도 모를 일이었다.

그는 애초 조센진이라는 사실을 확인한 하루코가 다급하게 모리 하사를 찾아 자신을 가리키며 조센진이란 사실을 거듭 강조하는 것이 무슨 영문인지 몰랐었다. 그러나 알고 보니 그 당시의 상황으로서는 시나진이라면 무조건 사살하는 살벌한 분위기였기 때문에 하루코가 그의 안전을 염려해 취한 행동이었다는 사실을 나중에 알게 된 것이다.

그래서 그는 그런 사실을 뒤늦게 깨닫고 하루코의 동포애에 감격하여 그만 흐느끼고 말았다. 그에게도 고향에는 하루코 또래의 누이가 있지 않은가. 갑자기 고향의 누이 생각에 울컥하고 설움이 북받쳤다.

형진은 초면인데도 불구하고 마치 오랜만에 만난 누이처럼 하루코와 이런저런 이야기를 나누던 끝에 비로소 알게 된 사실이지만 그녀는 기구하게도 류가코 출신 위안부였다. 그 당시 재만在滿 조선인 처녀들의 수난사이기도 했지만 하루코 역시 일본인 포주의 꾐에 빠져 종군 위안부인 낭자군娘子軍으로 끌려와 있었다. 그러니까 종군 위안부를 수용하는 정신대의 전신前身이 바로 류가코였던 것이다.

항간에는 일제의 정신대 만행이 태평양전쟁 때부터 시작된 것으로 알려져 있으나 사실은 일본 군부가 중일전쟁 이전인 관동군 시절이나 북지나 파견군 시절에 이미 조선 여인들을 회유해 위안부로 징발하기 시작했었다. 그 무렵 저들은 이미 피야 형태로 운영하던 류가코를 인근 군부대의 전용 위안소로 수용하면서 황군 병사들의 성적 욕구를 충족시켜 왔다고 했다. 바로 피야가 류가코였고 그 류가코 조직이 군부대에서 위안부를 집단 수용하는 정신대로 발전한 것이다.

아니, 어쩌면 그보다 훨씬 이전인 1920년대 일본이 중국대륙을 침공하기 위해 만주에 관동군을 파병할 무렵부터 정신대 만행이 시작되었는지도 모른다. 이후 난징대학살사건과 의화단사건이 발생했을 때 일본 군부는 이미 중국대륙에 황군을 파병했으니까 말이다.

일본은 1931년 만주사변의 빌미가 된 이른바 류탸오거우柳條溝에서 '만주철도 폭파사건'을 일으켜 만주 침략의 구실로 삼았다. 그 당시에도 관동군이 친일 괴뢰국가인 만주국滿洲國을 세우고 병참기지를 건설하면서 황군의 사기를 올리기 위해 종군 위안부 만행을 자행하였다. 만주는 랴오닝 성遼寧省과 지린 성吉林省, 헤이룽장 성黑龍江省 등 중국의 동북 3성으로 이루어져 있으며 소련의 연해주沿海州와 더불어 예부터 우리 동포들이 뿌리내린 곳이기도 했다.

그러니까 만주에서 '류탸오거우 사건'이 일어난 지 6년 만에 발생한 베이징의 '루거우차오蘆溝橋 사건'은 바로 이 '류탸오거우 사건'을 시범 사례로 하여 중국대륙 침략의 구실로 삼은 일본 군부의 교활한 전략 전술이었다. 때문에,

그 당시 중국대륙 곳곳에서 침략군을 맞은 중국인들의 배일사상이 확산하는 데다 풍토병이 창궐하는 열악한 환경으로 황군 병사들이 많은 고통을 겪고 있었다.

이에 따라 일본 군부는 황군의 사기를 높이기 위해 주로 20세 전후의 앳된 조선 여인들만 골라 '류가코'에 수용하고 군인 · 군속의 전용 위안부로 삼았다. 애초에는 재만 조선인과 중국인들의 여론이 두려워 료칸이나 료테이, 류가코 등을 경영하는 일본인 포주들을 내세웠지만, 사실은 군부가 영내외에서 운영했던 것으로 알려져 있다. 이 같은 사실은 최형진이 직접 목격한 가네무라 부대의 조선인 낭자 하루코만 봐도 당장 확인할 수 있는 일이었다.

이를 증명하듯 중일전쟁이 발발하기 직전 베이징의 '루거우차오사건' 당시 우리나라의 곡창지대이던 영호남 지역에 대홍수가 나 집과 농토를 모두 잃어버린 농민 1500여 가구, 약 5000여 명이 조선총독부의 강제 이주 정책으로 중국 다롄大連을 거쳐 잉커우營口 해안으로 이주했다. 조선총독부의 이 같은 조선 수재민 이주 정책 역시 따지고 보면 눈앞에 닥친 전면적인 중국대륙 침공을 앞두고 인력 조달을 위한 사전 포석이었다.

낯선 잉커우 해안지역에 이주한 조선인 수재민들은 일루의 희망을 안고 쓸모없는 박토를 일궈 이른바 안전 농장으로 개간했으나 불과 한 달여 만에 전면적인 중일전쟁이 터졌고 곧 겨울이 닥쳐 파종도 하지 못한 채 초근목피로 모진 목숨을 이어가야 했다. 그 무렵 일본 군부가 보낸 류가코의 포주들이 찾아와 '군수품 제조공장에 취업시켜 돈을 벌게 해 주겠다'며 14세의 어린 소녀에서 20세의 처녀에 이르기까지 100여 명을 꾀어 '낭자군'이라는 이름으로 일본군 주둔지역에 분산, 수용시켰다. 그러고 나서 성노예로 부리면서 저들의 짐승 같은 야욕을 채웠던 것이다.

당시에는 저들의 가증스러운 계략을 전혀 눈치채지 못했던 어리석고 사리에 어두운 우리 조선인 동포 중에는 '입이라도 하나 덜어야겠다'는 심정으로 손수 딸자식을 넘겨주는 사람도 있었다고 했다. 그러나 낭자군으로 끌려간 소녀들은 군수품 제조공장은커녕 알몸으로 야전침대에 누워 황군 병사들의 성 노리개로 전락하고 말았다. 게다가 몸값으로 받은 군표軍票마저 일본인 포주들에게 착취당하기 일쑤였다고 했다.

이후 저들의 만행이 점차 가족들에게 알려지면서 조선인 낭자군을 징발하기 어렵게 되자 헌병이나 주재소 순사, 고등계 형사들까지 동원해 처녀 사냥에 나서기도 했다. 그래서 그 당시 우리 동포들 사이엔 겐페이憲兵나 준사巡査라는 말만 들어도 기겁하며 깜짝깜짝 놀라기 일쑤였다.

이 때문에 우리 동포들은 이 같은 치욕을 당하지 않기 위해 황군이 함부로 못 건드리는 중국인 복장에 이름까지 중국식으로 바꿔 중국인 행세를 하기 시작했다. 그러나 이마저 별로 도움이 되지 못했다. 주로 검문 검색을 당할 때마다 우리 고유의 헐렁한 속옷이 탄로가 나 무자비하게 끌려가는 일이 허다했다고 한다.

"그저 입에 풀칠이라도 혀서 살아보겠다고잉 수만리 떨어진 여그 따루까지 건너왔지라. 헌디 결국은 가족들과도 생이별하고 화냥년이 된 거밖에 없었지라잉. 이런 꼴로 고향에 돌아갈 수도 없고 으흐… 그리고 봉게 나가

참, 기구한 팔자를 타고 난 게벼."

형진이 앞에서 넋두리던 하루코는 신세 한탄을 하던 끝에 땅이 꺼질 듯한 긴 한숨을 토해냈다. 화냥년? 그래, 왜놈들에게 국권을 빼앗긴 주제에 항간에서는 자의든 타의든 몸을 함부로 내돌린 여인들을 두고 흔히들 화냥년이라고 비하하기 일쑤였다. 예부터 전해지는 이야기로 화냥년이라는 속된 말이 그 당시의 국민감정에서 비춰 볼 때 도덕적인 면에서 강한 거부감으로 똬리를 틀고 있었던 것은 분명했다. 하지만 그 화냥년의 어휘에는 끊임없이 외세에 짓밟혀 온 우리 민족의 기막힌 수난사가 얽혀 있었다.

형진은 텐진으로 유학 올 무렵부터 삼촌을 통해 화냥년이라는 우리 민족의 기구한 수난사를 귀에 못 박히도록 들어 온 기억이 생생했다. 화냥년이 아닌 바로 환향녀還鄕女의 이야기, 조선조 인조仁祖 임금은 1636년 병자호란丙子胡亂으로 전 국토가 오랑캐의 말발굽에 짓밟히자 남한산성 삼전도三田渡에서 청태종에게 무릎을 꿇고 신하의 예를 갖추는 굴욕적인 항복 의식을 치러야 했고 무려 60만 명의 우리 백성이 청나라에 노예로 끌려갔다. 이 가운데 50만 명이 성노예로 전락한 부녀자들이었다고 했다.

이후 청조清朝에서는 성노예로 끌고 간 조선인 부녀자들을 돈을 받고 가족들의 품으로 되돌려 주긴 했으나 이미 오랑캐들에게 농락당할 대로 당한 후였다. 우여곡절 끝에 비싼 값을 치르고 돌아온 여인들을 이른바 환향녀라 불렀고 결국 순결을 지키지 못했다는 낙인이 찍혀 속가俗家에서도 버림받기 일쑤였다고 했다. 그 무렵부터 순결을 지키지 못한 여인들을 가리켜 소리 나는 발음에 따라 화냥년이라고 불렀다는 비극적인 역사의 뒷이야기로 전해지고 있다. 그러나 하루코는 그런 깊은 사연도 모른 채 단지 낭자군으로 끌려와 순결을 잃고 일본군 위안부로 전락해 막다른 골목에까지 이른 자신의 처지를 빗대 스스로 화냥년이라고 자조했다. 하지만 그것이 어떻게 한 개인이 겪어야 하는 운명적인 비극이란 말인가. 어쩌면 하루코는 왜놈들의 성노예가 된 자신의 서글픈 운명이 나라를 **빼앗긴** 국운과 직결돼 있다는 사실을 잊고 있는지도 몰랐다.

"이 보소이. 학상(학생)! 어쩌까이 아침이 늦었지라이. 쯔그 뭐시당가. 뭐시든 묵어야 쓰겄는디…."

"……?"

"뭐시든 묵어야 살제잉. 모진 게 사람 목숨이라 안 카요. 그러지라. 그래도 묵고 겁나게 기운을 채려야 한단 말이시."

하루코가 이렇게 말하면서 깨우는 바람에 형진은 비몽사몽을 헤매다가 눈을 떴다. 부슬비를 흩뿌리던 간밤의 먹구름이 완전히 걷히고 눈부신 아침 햇살이 막사 안을 환하게 비추고 있었다. 어디선가 후덥지근한 바람결에 싱싱한 풀 내음도 묻어왔다.

"어쩌까이, 시방 배가 많이 고프지라. 쯔그 뭐시당가. 자, 이거… 이거라도 묵어야 배를 안 곯제잉. 나가 맘이 짠혀서 견딜 수 없구만이라."

하루코가 낡은 기모노 품속에서 꺼내 건네준 것은 건빵 한 봉지. 형진은 또다시 왈칵 눈물을 쏟았다. 마치 어린 동생을 보살피듯 생판 처음 보는 사이에 마냥 잔정을 베풀어 주는 그녀의 정성이 그럴 수 없이 고맙고 감격스러웠기 때문이었다. 자신의 처지보다 어린 형진을 더욱 처연하게 바라보는 하루코의 선한 눈망울에도 눈물이 그렁그렁했다.

형진이 보기엔 그녀는 건드리기만 해도 왈칵 눈물을 쏟을 만큼 여리디여린 한 여인에 불과했다. 벌레 한 마리 잡을 용기도 없는 그런 여인이 세상의 험한 꼴을 다 보고 덤으로 끼어든 남의 걱정까지 해 주다니 가슴이 뭉클해진 그는 차마 입이 떨어지지 않아 고맙다는 인사도 건네지 못했다.

그래서인지 그녀는 형진이 부질없이 흐느끼자 그만 자신도 복받치는 설움을 주체하지 못해 덩달아 눈시울을 적시는 거였다. 그녀는 안쓰럽다는 듯이 혀를 차며 그의 상처를 살펴보다 말고 복받치는 설움을 애써 감내하려는 듯 입술을 지그시 깨물며 떨리는 목소리로 말머리를 돌렸다.

"쯔… 쯔그 뭐시다냐. 가마이 봉게로 상처가 제법 아물었네잉. 그만 혀두 천만다행이구만이라. 천만다행이여."

"누나! 내레, 그저 고맙다는 말 외에 달리 할 말이 없시오. 정말 고맙시다레. 이 은혜 잊지 않갔수다. 누나!"

형진은 강한 서북 사투리로 이렇게 내뱉으며 시커멓게 때 묻은 손등으로 눈물만 훔쳤다.

하루코는 아카징키(포타딘액)를 잔뜩 바른 그의 상처 부위를 일일이 살펴보며 처연한 표정을 짓다 말고 돌아서며 축 처진 기모노 소맷단으로 또다시 젖어 드는 눈시울을 닦는 거였다. 정말이지 이역만리에서 생판 처음 만났는데도 하루코는 마치 혈육을 나눈 친누이처럼 거리낌 없이 그를 다독거려 주는 수호천사와 같은 여인이었다.

임시병동으로 쓰이고 있는 야전 텐트에는 하루코 뿐만 아니라 기모노 여성들이 대여섯 명이나 배치되어 부상병들을 돌보고 있었다. 그녀들은 모두 하나같이 조선인 위안부들로 위생사 역할까지 맡고 있는 모양이었다. 하지만 형진의 눈에 비친 그녀들의 모습 또한 티 없이 맑은 구원의 천사들처럼 보였다.

그러나 그런 마음의 여유도 잠시 잠깐에 스쳐 가고 말았다. 멀리서 이따금 울리던 포성이 점점 가까워지면서 지축을 뒤흔드는 포탄의 폭발음이 귀청을 때리곤 했다. 무언가 불길한 조짐이 막사 안으로 번지고 있었다. 비상 나팔이 울리고 여기저기서 호루라기를 요란하게 불면서 '비상! 비상!' 하고 외치는 소리가 들려왔다. 무장병력이 황급히 연병장으로 집결하는 군홧발 소리도 저벅거렸다. 필시 무언가 영내 상황이 긴박하게 돌아가고 있는 것 같았다.

형진은 갑자기 두려움이 엄습해와 안절부절 새파랗게 질린 모습으로 벌떡 몸을 일으키며 옆에 서 있던 하루코의 손부터 움켜잡고 말았다. 하루코는 그런 그를 살포시 안아주며 가볍게 등을 토닥여 주는 거였다.

"괜찮아잉. 너무 겁먹지 말더라고. 쯔그 뭐시당가. 전쟁터에선 고것이 다 반사로 일어나는 것이랑게."

그러고 보니 하루코는 전혀 놀란 기색이 없었다. 전쟁터로 끌려다니면서 생사의 기로를 한없이 넘나들었던 탓인가. 비상령이 떨어지고 황군 병사들이 출동 준비를 하는 가운데 퉁저우 자치공안군을 토벌하러 갔던 일개 소대 병력이 만신창이가 돼 귀대했다고 한다.

수색소대장 사카모토坂本 소위의 귀대 보고에 따르면 아군은 전사 11명, 부상 20명 등 소대 병력으로서는 거의 전멸하다시피 했다. 게다가 황군 토벌대와 자치공안군의 교전 중 황군 헌병대의 보호를 받고 있던 일본인 거류민들까지 자치공안군이 쏜 총탄에 무차별 사살되고 말았다는 것이었다.

비명에 간 일본인 거류민 중 확인된 사망자는 세이난 료칸西南旅館의 전속 이다바板場(조리사)로 마침 전출 명령을 받은 퉁저우 주재 일본 영사관 헌병 대장의 송별연에 불려가 요리를 만들던 중 자치공안군의 기습을 받고 변을 당했다고 했다.

황군 수비대인 가네무라부대가 처음부터 퉁저우에 주둔 중이던 중국 군벌 쑹저위안의 자치공안군을 우습게 봤던 것이 큰 실수였다. 기본화기만 갖춘 것으로 알려진 그들은 예상외로 단단한 무장력으로 퉁저우성을 사수하겠다는 결의에 차 있었던 것이다.

"이런 짱꼴라(중국놈) 새끼들! 감히 천하의 고군皇軍에 도전하다니 간이 배 밖에 나온 놈들이 아닌가."

성격이 불같은 부대장 도야마 대위는 다크호스처럼 생긴 검은 색깔의 애마愛馬를 타고 출정식에 나서면서 옆구리에 차고 있던 닛폰도日本刀를 빼들고 마구 허공을 찌르는 거였다. 그는 가슴을 치고 끓어오르는 분노를 삭이지 못해 온몸을 부들부들 떨기까지 했다. 그의 애마 다크호스도 빨리 떠나자는 듯 투루루, 마구 투레질을 해댔다.

이때 병동 막사에 모습을 드러낸 모리 하사가 다급한 발걸음으로 하루코에게 다가왔다. 그는 대뜸 야전침대 위에 상반신을 일으키고 앉아 있는 형진을 가리키며 '혼쵸 군, 상처가 좀 어떤가?' 하고 하루코에게 묻는 거였다.

"예, 모리 고쵸님! 쯔그 상처도 많이 아물고 이제 좀 안정을 되찾은 거 같네요잉. 그만 허니 만분다행이지라."

"그래?"

그러고는 모리 하사가 정색하고 형진이에게 직접 말머리를 돌렸다.

"어이, 혼쵸 군! 너 중국어를 잘한다지?"

"예, 조금은…."

"조금이라니? 분명하게 말해야지."

그의 목소리는 다급하고 신경질적이었다.

"예, 의사소통은 충분히 할 수 있습네다. 한 2년 동안 중국어로 교육을 받았으니까 말입네다."

"그래? 혼쵸 군! 그럼 잘 됐어. 날 따라와."

이렇게 하여 형진은 본인의 뜻과는 전혀 무관하게 모리 하사에 의해 '혼쵸本朝'라는 일본식 이름으로 불리게 되었다. 토박이 조선인이라는 비속어… 어쩌면 조선총독부가 그에게 창씨개명創氏改名을 강요한 것도 아니었지만 일개 일본군 하사관에 의해 그의 뿌리가 송두리째 뽑히는 순간이기도 했다.

하여 조선인 최형진 소년은 '혼쵸'라는 이름의 중국어 통역요원으로 가네무라 부대에 징발되는 운명에 처하고 말았다. 그것은 피지배층을 다스리는 정복자의 절대적인 권한이기도 했다. 사람 하나 살리고 죽이는 게 저들의 말 한마디에 달려 있었기 때문이다.

　도대체 산다는 게 무엇인지, 그저 살아남기 위해 지배자의 명령을 묵묵히 받아들여야 하는 현실이 너무도 야속했다. 아뿔싸, 뭔가 일이 잘못되고 있다고 생각한 하루코가 당황한 표정으로 '워메 어쩌까이, 모리 고쵸님! 이 학상은 아직 어린아이랑게요.' 하고 모리 하사에게 애원하듯 말했으나 이미 때는 늦어버렸다. '바카馬鹿(바보)! 넌 네 할 일이나 해.'라는 핀잔만 들었을 뿐 어찌할 방법이 없었다.

　비록 짧은 시간이었지만 마치 친 오누이와 다름없이 정을 나누던 둘은 그렇게 어이없이 헤어지고 말았다.

　"워메 어쩌까이. 학상! 나가 칠칠치 못혀서 쪼까 말을 잘못해 부렇당게. 학상이 아파서 거동을 못 한다고 말했어야 허는디… 어쩌까이, 나가 생각이 짧았지라. 기왕지사 당한 일인디 부디 몸조심이나 하더라고잉."

　하루코는 모리 하사에게 끌려가는 형진의 등짝을 향해 안타까운 눈길을 보내며 울부짖듯 신신당부하는 거였다.

　"누나! 고맙시다레. 너무 걱정 마시라요. 내레 누나의 은혜를 잊지 않을 끼야요."

　형진은 모리 하사에게 끌려가면서 얼핏 고개를 돌려보니 하루코가 넋을 잃고 멍하니 서서 축 늘어진 기모노의 옷소매로 눈물을 훔치고 있었다.

5. 지옥의 향연

형진은 연병장 집결지에서 모리 하사가 구해다 준 헐렁한 황군 군복으로 갈아입었다. 거기에다 전투모를 푹 눌러쓰고 가죽 혁대까지 두르고 나니 제법 의젓한 소년병처럼 보였다. 비록 비전투원이긴 했으나 이때부터 모리 하사의 당번병이나 다름없는 군속의 신분이 되었다.

그저 눈만 뜨면 모리 하사의 뒤를 졸졸 따라다녀야만 했다. 아니, 당번병 이라기보다 차라리 사냥개라고 하는 것이 가장 적합한 표현일지도 몰랐다. 이른바 다이닛폰 데이코쿠 고군大日本帝國 皇軍의 충직한 사냥개!

출동하던 도중 또 다른 1개 중대 병력의 지원군이 합류하고 사주경계를 펴면서 행군하던 끝에 가네무라 부대는 서문으로, 지원 중대는 남문으로 돌진해 일제히 전투태세에 돌입했다. 성벽의 망루는 아직도 퉁저우의 자치 공안군이 장악한 채 선발대로 침투하는 황군 수색대에 완강하게 저항하고 있었다.

황군은 전투상황에 돌입하자마자 퉁저우성을 박살 낼 요량으로 야포를 무차별로 쏴대는 거였다. 성벽이 허물어지고 거대한 성문에 커다란 구멍이 뚫렸다. 자치공안군이 겨우 두 문밖에 없는 박격포로 맞섰으나 피아간에 공방전은 시간이 흐를수록 황군에게 유리한 방향으로 전개되고 있었다. 병력이나 장비, 화력 면에서 자치공안군이 황군과 도저히 맞설 수 없었기 때문이다.

마상馬上에서 용감무쌍하게 닛폰도를 휘두르는 도야마 대위의 진두지휘에 따라 개인화기와 공용화기를 총동원한 전투상황에 돌입 한지 불과 30분도 지나지 않아 황군은 승기勝機를 잡아가기 시작했다.

"도츠게키 스스메(돌격 앞으로)!"

도야마 대위가 앞장서 말을 달리며 닛폰도를 치켜들고 우렁찬 목소리로 외치자 '도츠게키!'를 복창하며 뛰쳐나가는 황군 병사들의 눈동자엔 살기가 넘쳐나고 있었다. 마침내 사카모토 소위가 지휘하는 수색소대가 망루를 탈환하고 성문이 열리자마자 마상에서 지휘하던 도야마 대위가 닛폰도로 전방을 가리키며 목이 터지도록 '도츠게키 스스메!'를 외치고는 성내를 향해 질풍노도와 같이 달리기 시작했다. 이어 성문으로 진입한 황군 병사들도 일제히 '도츠게키 스스메!'를 복창하며 말발굽 소리도 요란한 도야마 대위의 뒤를 따라 성내로 입성하는 데 성공한 것이었다.

황군 병사들은 시가전에 돌입하면서 퉁저우 자치공안군 패잔병들에 대한 소탕 작전은 말할 것도 없지만 사람의 그림자만 나타나도 황민皇民(일본인)을 제외한 중국인이나 조선인이라면 무차별로 쏴 죽이는 광기를 부리기 시작했다. 황군 특유의 잔혹한 야만성을 드러낸 것이다.

가네무라 부대 침략군 병사들의 눈앞에서 머리가 박살 나고 창자가 튀어나와 선혈이 낭자한 시신들이 곳곳에 널브러지는 데도 광기 어린 황군의 공격은 멈출 줄 몰랐다. 팔다리와 살점이 떨어져 나가 피투성이가 된 채 나뒹구는 시신이 즐비한 가운데 역겨운 피비린내가 물씬 풍겨왔다. 잇따라 수류탄이 투척 되면서 무서운 폭발음이 지축을 흔들었다. 성내의 상가와 주택가 곳곳은 그야말로 아비규환의 생지옥으로 변해가고 있었다.

그러나 형진은 이 처참한 상황에서도 불안과 공포에 질리기는커녕 이상야릇한 호기심이 발동해 일종의 흥분에 도취 돼 있었다. 황군 지휘관인 도야마 대위가 마상에서 닛폰도를 치켜들고 도츠게키를 외치는 모습, 각 소대별로 소대장의 명령에 따라 돌격을 감행하는 황군 병사들의 전투상황이 너무도 신기하게 보였기 때문이다. 최일선의 가장 가까운 위치에서 벌어지는 전투상황을 일일이 눈여겨 지켜보는 동안 두려움은커녕 그럴 수 없이 흥미롭게만 느껴졌다.

하지만 따지고 보면 아예 비무장으로 직접 전투에 투입되지 않는 입장에서는 위험하기 짝이 없는 짓이었다. 그런데도 그는 지휘부에 배속된 모리 하사의 꽁무니만 따라다니면서 겁도 없이 '아하, 전쟁이란 게 바로 이런 거로구나' 하는 호기심이 발동해 마른침을 삼키며 딴에는 제법 신나는 전투상황을 지켜보기에 여념이 없었다.

하지만 아무리 철딱서니가 없기로서니 전쟁이란 게 그렇게 신나고 흥미로운 것만은 아니었다. 시간이 얼마나 흘렀을까, 마침내 산발적으로 울리던 총성도 멎고 초연이 자욱한 시가지 곳곳에는 널브러진 시체 더미에서 피비린내를 풍기며 적막 속으로 빠져들고 있었다.

퉁저우 시가지를 완전히 장악한 황군 병사들은 마치 소리높여 경전을 외는 광신도처럼 입에 발린 소리로 '다이닛폰 데이코쿠 반자이大日本帝國 萬歲!'와 '덴노헤이카 반자이天皇陛下 萬歲!'를 번갈아 외치며 승리감에 도취돼 있었다. 어느덧 황군의 사냥개로 변신한 형진이 역시 들뜬 기분으로 모리 하사가 하는 대로 덩달아 양손을 높이 들고 허공을 찌르며 '반자이'를 외쳤다.

하지만 무의식중에 발동한 그런 돌출행동은 어쩌면 천황폐하를 위한 광신도들의 반자이가 아니라 심리적으로 강박관념에 사로잡혔던 어떤 공포심에서 벗어나기 위한 반사작용이었는지도 몰랐다.

자치공안군의 반란은 결국 하룻밤 만에 진압되었고 황군 가네무라 부대는 보무도 당당하게 행진하며 퉁저우 시가지를 완전히 장악하기에 이른다. 그러나 이 같은 황군 병사들의 승전 분위기와는 달리 자욱한 초연이 퉁저우 특유의 황토 바람에 뒤섞여 부옇게 휘날리며 역겨운 피비린내가 시가지 곳곳에서 진동하고 있었다.

아니나 다를까, 주택가와 상가 곳곳에서는 어느 틈엔가 목메어 흐느끼는 소리가 처연하게 들려오고 있었다. 운 좋게 살아남은 사람들은 저마다 가족이나 친지들의 주검을 확인하고 슬픔을 곱씹으며 오열하기 시작했다. 차마 눈 뜨고 볼 수 없는 처절한 정경이었다.

죽음! 그저 막연하게나마 추상적으로 생각해온 인간의 죽음이란 바로 이런 것인가. 무턱대고 광기에 사로잡힌 황군의 흉내를 내며 들뜬 기분을 과시하고 싶었던 형진은 비로소 자신의 경망스러운 생각을 접으며 정신을 가다듬었다. 숙연한 마음으로 돌아서서 도처에 깔린 주검의 잔해를 바라보니 참으로 허무하고 처참했다.

이 주검들은 얼마 전까지만 해도 사대육신이 멀쩡하게 살아있던 사람들이 아니었던가. 지옥의 전쟁터에서 살아남기 위해 톈진을 떠나 이곳 퉁저우로 피란 왔을 때, 자치공안군의 폭동에 생명의 위협을 느껴 황군 캠프로 피신한 자신이 그토록 살고 싶어 했던 것이 대체 무엇이란 말인가. 어쩌면 그는 이런 참혹한 몰골로 널브러지기 싫어 본능적으로 삶에 대한 집념을 불태웠는지도 몰랐다.

모리 하사는 개인적으로 아무런 감정도, 원한도 없으나 다만 '적이라는 이유 하나만으로 서로 죽이고 죽고 최후의 승리를 위해 치열하게 싸워야 하는 것'이 전쟁이라고 했다. 그러기에 이번 중일전쟁에서는 다이토아 쿄에이켄大東亞共營圈(대동아공영권)을 슬로건으로 주창한 덴노헤이카의 명예를 걸고 싸워 반드시 승리를 쟁취해야 한다는 것이었다. 그것이 승승장구하는 무적 황군이 자랑하는 전투력의 원천이라고 했다.

그러나 형진은 아직 적에 대한 아무런 개념도 없이 다만 살아있다는 기쁨과 앞으로도 살아남아야 한다는 기대감에 충만할 따름이었다. 그저 호기심에 가득 찬 시선으로 처절한 살육의 현장을 똑똑히 목격하며 그렇게 이상야릇한 감정에 휩싸여 있었다.

그는 얼마 전까지만 해도 폭도로 변한 퉁저우 자치공안군에 쫓기던 신세였다. 그러던 것이 운 좋게 살아남아 어느 한순간에 남의 죽음을 즐기고 남의 죽음을 애써 외면하면서 그저 아무렇지도 않은 듯 자신이 살아있다는 것에 안도하게 될 줄이야. 솔직히 말해 다른 사람은 다 죽어도 자신만은 살아남아야 한다는 삶에 대한 의욕과 절대 죽기 싫다는 본능적인 거부감에 사로잡히곤 했다.

나이도 어린 것이 어쩌다가 이렇게 돌변할 수 있단 말인가. 말짱하게 깨어 있는 의식이 순수한 인간성마저 말살해가고 있는 것 같아 형진은 스스로 경악하지 않을 수 없었다. 그러나 본의 아니게 전쟁 속으로 뛰어든 그가 지금 믿어야 하는 진실은 살아있다는 사실과 앞으로 언젠가는 죽을지도 모른다는 끔찍한 사실 그 자체였다.

'누군가 그랬었지. 아마도 나의 고향 의주공립보통학교 5학년 때 담임이 었던 가네야마金山 선생이 그런 말을 한 것 같았어.'

어렴풋이 기억을 더듬어 보면 일본제국주의의 식민지정책인 다이토아 쿄에이켄을 설명하는 수업 시간이었는지도 몰랐다.

가네야마 선생은 어린 조선인 학생들을 상대로 식민지 국민이 필시 겪어야 하는 극한 전시상황을 슬기롭게 극복해 나가는 방법이 무엇일까 하는 문제를 제기했던 것 같았다. 그러고 나서 그 문제에 대한 가네야마 선생 스스로의 답변은 나이센 잇타이內鮮一體의 고코쿠 신민皇國臣民답게 조센진은 정복자에게 무조건 항복하고 순종해야 살아남는다고 말이다.

그러나 그것은 이미 우리 조선을 식민지로 삼킨 일본이 중국과 아시아 여러 국가를 침략하기 위한 강자의 논리를 식민지 피압박민족에게 합법화하려는 구실에 불과했다. 저들이 식민지 전략의 슬로건으로 내건 대동아공영권이란 대체 무엇인가? 원래 일본이 종주국이 되어 아시아에서 구미歐美 세력을 몰아내고 일본을 주축으로 인도차이나 · 말레이시아 · 보르네오 · 인도네시아 · 버마 · 태국 등을 포함하는 광대한 동남아 지역의 정치적, 경제적인 공존공영을 도모한다는 군국주의의 식민지정책을 말함이었다.

이미 보통학교 때 배운 식민지교육이었지만 가네야마 선생의 말을 깊이 새겨들은 것은 일본의 침략전쟁이라는 엄청나게 가혹한 현실 앞에서 피압박민족이 부딪친 벽은 침략전쟁 그 자체가 아니라 바로 인간의 존재 의식 때문이었다. 그래서 산다는 것과 죽는다는 것은 종이 한 장 차이에 불과하다는 것과 비록 비굴해지더라도 살아남기 위해서는 어떻게 처신해야 하는 가를 항상 골똘하게 생각해왔다.

황군 병사들이 총검을 겨누며 서서히 시가지로 진입해 들어가자 주택가나 상가, 도로변에 널브러진 시신이 발에 밟힐 정도로 즐비했다. 본대에 앞서 시가지로 침투했던 수색소대장 사카모토 소위가 헐레벌떡 달려와 부대장 도야마 대위에게 거수경례를 붙이기 바쁘게 사뭇 떨리는 목소리로 보고했다.

"부대장님! 황민(일본인)의 피해가 막심합니다. 피살당한 시신이 너무 많이 발견되고 있습니다."

목소리까지 떨리는 사카모토 소위의 표정은 침통하게 일그러졌다.

"이런 쳐죽일 짱꼴라 새끼들!"

도야마는 더이상 말을 잇지 못하고 치를 떨었다. 그는 마상에서 내려 부관 스즈키 중위를 대동하고 사카모토 소위의 안내로 일본인 거류민 지역으로 달려갔다. 모리 하사와 형진이도 그 뒤를 따랐다. 현장에 당도하고 보니 차마 눈 뜨고 볼 수 없는 처참한 정경이 펼쳐져 있었고 썩어가는 시신에서 마구 악취가 풍기는 데다 쉬파리 떼와 땅벌 떼까지 들끓고 있었다.

비교적 안전하리라고 생각했던 일본 영사관도 쑥밭으로 변해 있었다. 영사관 직원들은 어디로 피신했는지, 참변을 당했는지 어땠는지 전혀 알 길이 없었다. 도야마 대위를 비롯한 황군 병사들이 영사관 수색에 나서자 비로소 일단의 일본인 생존자들이 폐허더미 속에서 하나, 둘 초췌한 몰골로 모습을 드러내기 시작했다.

그들은 황군 병사들과 맞닥뜨리자 마치 넋 나간 듯 멍하니 바라보며 말 없이 흐느끼는가 하면 '왜 좀 더 일찍 오지 않았냐?'며 원망하는 사람도 눈에 띄었다. 또 어떤 사람은 너무도 감격한 나머지 '고군 반자이(황군 만세)!'를 외치다가 제풀에 쓰러지기도 했다. 형진은 도처에서 풍기는 역겨운 피비린내에 견디다 못해 그만 현기증을 일으키며 토악질을 하고 말았다.

"우욱!"

역겨움을 억제하지 못해 한쪽 길가로 고개를 돌리며 속을 게워내는 순간 일종의 공포감에 휩싸여 가슴이 마구 방망이질 치듯 콩닥거렸다. 게다가 왠지 모르게 울분이 복받쳐 올라 그만 울음을 터뜨리고 말았다.

"어이, 혼쵸 군! 너 지금 뭣 하는 짓이야?"

앞서가던 모리 하사가 고개를 돌리며 그를 툭, 쏘아보는 거였다.

"네, 아무것도 아닙네다."

그는 엉겁결에 손등으로 입술을 닦고 눈물을 훔치며 시치미를 뗐다.

"아무것도 아니라니? 너, 지금 울고 있구나."

"네, 황민들의 주검을 보니까 그냥 슬퍼서 말입네다."

침략군의 광기를 증오하는 속마음과는 달리 그는 엉겁결에 이렇게 내뱉고 말았다.

"그래, 너도 명색이 황국신민이란 말이지. 비록 식민지 조센진이긴 하지만 덴노헤이카의 황민화皇民化정책에 따라 나이센 잇타이(내선일체)가 되지 않았는가. 하하."

"네, 그렇습네다. 모리 고쵸님!"

"어쩌면 나이 어린 네가 우리 황민들이 처참하게 학살당한 현장을 보고 충격을 받은 건 당연한지도 몰라. 하지만 정신 똑바로 차리라구. 여기는 전쟁터란 말이야."

"네, 잘 알갔습네다."

"자칫 멍청하게 굴다간 너도 저런 꼴이 되고 말 테니까."

그리고 모리 하사는 다시 고개를 돌려 발걸음을 재촉하기 시작하는 거였다. 그는 너무도 태연자약했다. 그런 그가 어쩐지 두렵게만 보였다. 그래서 형진은 이를 악물며 정신을 가다듬고 마치 꼬리를 흔드는 강아지처럼 그의 뒤를 졸졸 따라갈 수밖에 없었다.

마츠노야松之屋란 간판이 선명한 일본인 료테이料亭의 대문을 박차고 들어서보니 누더기처럼 찢긴 기모노 차림의 여인들과 실오라기 하나 걸치지 않은 알몸의 여인들 시신이 마당에 20여 구나 겹겹으로 쌓여 썩어가고 있었다. 간밤에 폭동을 일으킨 자치공안군에 의해 학살당한 피해자들이었다. 숨진 여인들은 어쩌면 하나같이 조선인 위안부들인지도 몰랐다.

그러나 그 중 여느 추레한 기모노 차림과는 달리 화려한 비단결의 기모노가 거의 찢긴 채 반라半裸의 모습으로 숨겨 있는 한 여인이 눈에 띄었다. 전통적인 일본 여성의 머리 모양으로 봐 게이샤藝者(일본인 기생)임이 분명했다. 고객들의 흥을 돋우기 위해 가냘픈 몸매로 북과 현악기를 다루며 노래와 전통춤의 기예技藝로 다듬어진 게이샤.

사카모토 소위는 색기色氣 넘치는 화려한 기모노 차림의 게이샤 시신을 닛폰도로 가리키며 '마츠노야의 오카미女將'라고 했다. 오카미라면 료테이의 안주인을 가리키는 말이다. 오카미를 비롯한 기모노 여인들은 대부분 하국부下局部에 쇠꼬챙이가 박힌 상태에서 양손으로 그 쇠꼬챙이를 움켜쥔 채 숨져 있었다. 너무도 끔찍했다.

사카모토 소위의 추정에 따르면 폭도들이 아마도 마츠노야 료테이의 오카미로 보이는 게이샤는 일본 요정 안주인이라는 이유로, 나머지는 황군에게 몸을 팔며 스파이 노릇을 해온 조선인 위안부라는 이유로 기모노를 북북 찢거나 발가벗긴 상태에서 쇠꼬챙이로 무참하게 국부를 찔러 죽였을 것이라고 했다. 피해자들이 처참하게 명줄이 끊어질 때 그 고통에 못 이겨 양손으로 쇠꼬챙이를 잡은 채 숨졌을 것이라는 추정도 나왔다.

"치쿠쇼야로 데스네畜生野郎(짐승 같은 놈들이군)."

모리 하사가 땅이 꺼질 듯한 긴 한숨과 함께 혼잣말처럼 내뱉었다.

기라쿠칸喜樂舘이라는 간판이 붙은 류가코에 들어서자 기모노가 누더기처럼 찢겨 너털거리는 반라의 여인이나 아예 알몸으로 숨진 여인들의 시신이 즐비했다. 특히 이곳에는 대부분 예리한 흉기로 국부를 열십자(十)로 도려내거나 유방이 잘린 채 숨진 끔찍하고 참혹한 송장들이 널브러져 있었다.

날씨가 무더운 탓인지 불과 하룻밤 사이에 악취가 풍길 정도로 송장이 급속도로 부패하는 데다 총상이나 자상刺傷을 입은 상처 부위에는 쉬파리까지 슬고 구더기가 들끓고 있었다.

어디 그뿐이랴. 피범벅이 된 송장 더미에서 검붉은 피고름이 낭자했고 쉬파리와 땅벌이며 집게벌레가 떼거리로 몰려와 악취가 진동하는 피고름을 핥고 심지어 송장까지 파먹고 있는 게 아닌가. 참으로 아연실색하지 않을 수 없었다. 모두 고개를 돌리고 수건이나 천을 꺼내 코를 막고 마스크를 하기에 여념이 없었다.

일부 황군 병사들은 너무도 역겨워 토악질까지 해대고 있었다. 누구나 이런 꼴을 보고 토악질을 하지 않을 수 있겠는가. 형진은 연방 '우욱….' 하고 토해내면서도 모리 하사의 눈치를 살펴야 했다.

"짱꼴라 새끼들! 어디 두고 보자. 이보다 열 배, 백 배나 더 갚아주고 말 테니까."

처참한 광경을 일일이 확인하며 속을 부글부글 끓이던 도야마 대위는 몇 번인가 치를 떨며 복수를 맹세하는 거였다.

퉁저우 자치공안군에 대한 토벌 작전이 끝나고 피해 상황을 대충 점검한 결과 자치공안군과 가네무라 부대 등 양측에 의해 희생된 양민 수만도 줄잡아 500여 명에 달했다. 그중 자치공안군에 의해 학살된 세이난 료칸과 마츠노야 료테이, 기라쿠칸 류가코 등에 널브러진 여자들의 시신만도 모두 97구나 되었다.

부관 스즈키 중위의 진두지휘로 일본인 거류민의 피해 상황을 확인한 결과 오카미나 게이샤의 시신은 10여 구에 불과했고 나머지 80여 구가 조선인 종군위안부들의 시신으로 밝혀졌다.

6. 눈에는 눈, 이에는 이

철수 명령이 내려졌다.

도야마 대위는 본대로 돌아가는 길에 마상에 오르면서 최형진을 불러 확성기를 건네는 거였다. 그리고 그는 성난 어조로 말했다.

"야, 혼쵸 군! 짱꼴라들은 한 놈도 빠짐없이 모두 가두街頭로 나오도록 중국어로 반복해서 외쳐!"

도야마의 단호한 명령이었다.

마침내 형진에게 새로운 임무가 주어진 것이다. 피비린내 풍기는 지옥의 한복판에서 도야마의 추상같은 명령이 떨어지자 형진은 묘하게도 신바람이 났다. 인간의 내면 깊숙이 도사리고 있는 본능적인 악함 때문인지도 몰랐다. 인간의 내면에는 누구나 선과 악 등 양면성이 있다고 했다. 그는 도야마의 명령이 떨어지는 순간 야릇하게도 메스꺼움으로 가득하던 속이 한결 후련해지기 시작하면서 일말의 흥분에 들뜨기 시작했다.

형진은 자신의 갑작스러운 변신에 스스로 놀라 전율하지 않을 수 없었다. 톈진으로 유학 온 이후 지금까지 숨도 한 번 제대로 못 쉬고 시나진(중국인)들을 따런大人으로 받들며 눈치만 살펴 왔는데 그동안 고분고분하게 대했던 저들에게 되레 큰소리칠 수 있게 되었으니 말이다.

그는 어쩌다가 영락없는 촌뜨기 조센진 주제에 자신도 모르게 대담한 인간으로 변하다니, 그렇게 경악하면서도 형언할 수 없는 어떤 성취욕으로 들떠 있었다. 적진을 향해 총검을 앞세우고 도츠게키 스스메를 외치며 돌격하는 황군 병사들의 살기등등한 모습에 당돌하게도 호기심이 발동했고 다이닛폰데이코쿠 반자이와 덴노헤이카 반자이에 신바람 나 양손으로 허공을 높이 찌르며 미친 듯이 반자이를 외치기도 하지 않았던가.

비록 철부지의 나이라곤 하지만 자신의 생애에 이렇게도 신바람이 나본 일은 없었다. 세상에 태어나 아장아장 걸음마를 배울 때부터 귀에 못 박히도록 '조센진'이라는 타박만 받아 왔던 그가 마침내 기가 살아난 것이다. 그저 두려운 존재로만 알았던 황군 병사들과 함께 어깨를 펴고 있는 것만 해도 대단한 영광이었다. 비록 형진은 저들의 사냥개에 불과했지만, 도야마 대위를 비롯한 황군 병사들이 모두 위대하게 보였고 저들에게 무조건 면전복배했던 그가 이제 같은 반열에 올랐기 때문이다.

도야마 대위는 수색소대장 사카모토 소위에게 '가가호호 샅샅이 뒤져서 노병약자老病弱者나 어린이 등 가리지 말고 시나진은 물론 시나진과 함께 있는 조센진도 빠짐없이 모조리 끌고 오라'고 명령했다. 조센진이라는 말에 형진은 가슴이 섬뜩했으나 살기등등한 도야마에게 감히 말 한마디 건넬 수 없었다.

수색대원들이 중국인과 조선인을 색출하기 위해 가택수색에 돌입할 무렵 형진은 간선도로로 빠져나와 양쪽 어깨에 힘을 잔뜩 주며 핸드 마이크를 들고 목이 터지도록 반복해서 중국어로 외치기 시작했다.

"모든 시나진과 조센진은 들어라! 대일본제국 황군 진압부대장 도야마 대위님의 명령이시다. 이 방송을 듣는 즉시 모두 길거리로 나오라. 숨어 있는 자는 발견 되면 모조리 총살이다. 살고 싶으면 손을 들고 가두로 나와 항복하라. 그러면 살려 줄 것이다. 다시 한번 반복한다. 모든 시나진과 조센진은 들어라……."

그러나 살아남은 시나진과 조센진들은 황군 토벌대가 성내로 진주해 왔다는 소식을 전해 듣고 남녀노소 할 것 없이 이미 간선도로변에 몰려나와 있었다. 그들은 언제 어떻게 마련했는지 몰라도 '大日本帝國 萬歲!' '天皇陛下 萬歲!' '皇軍 萬歲!'라고 쓴 플래카드까지 들고나와 손에 손에 일장기를 흔들며 꾸역꾸역 환영대열에 휩쓸리고 있었다.

여기에다 도로변에서 무릎을 꿇고 이마를 땅바닥에 대며 감사의 배례를 올리는 사람, 두 손 모아 허리를 굽혀 연거푸 합장하는 사람 등의 모습도 보였다. 한마디로 '불쌍한 우리 시나진들과 조센진들을 살려달라'는 그들 나름의 몸부림이었다. 따지고 보면 그들은 사실 죄 없는 일개 양민에 불과했다.

만약 그들에게 죄가 있다면 난리 통에 순간의 삶을 아슬아슬하게 부지하면서 총칼 앞에 고개 숙이고 생사의 질곡을 수없이 넘나들다 용케 살아남았다는 죄밖에 없었다. 그들은 오로지 풀 이슬 같은 목숨 하나 부지하기 위해 침략전쟁에 미쳐 날뛰는 일본군을 맞닥뜨렸을 때에는 그 살벌한 황색 유니폼에 질겁을 하면서도 일장기日章旗를 흔들어 주곤 했다. 그리고 이에 맞서는 장세스의 국부군을 만났을 때엔 청천백일기靑天白日旗를, 마오쩌둥의 인민해방군紅軍을 향해서는 오성홍기五星紅旗를 흔들며 환영대열에 휩쓸려야 했다.

그것이 그들이 살아남기 위해 취할 수 있는 최후의 선택이었다. 그래야만 죽음의 질곡을 벗어날 수 있다고 철석같이 믿고 있었다. 하여 저마다 미리 일장기며 청천백일기며, 오성홍기를 마련해 뒀다가 때와 장소에 따라 하나씩 들고나와 무조건 항복하며 살려달라는 신호로 흔들어대기 일쑤였다. 그저 파리 목숨과 다름없는 명줄을 이어가기 위해 비굴하게 숨을 죽이고 고개 숙이는 민초들의 치열한 생존전략이었다.

지금 그들은 살기등등한 황군의 총칼 앞에 하나같이 두려움에 떨면서도 살아남기 위해 무서운 정복자들을 환영하며 선한 눈빛을 보여주고 있지 않은가. 그저 살려달라고 두 손으로 싹싹 빌면서 말없이 애원하는 선한 눈망울만 봐도 죄 없는 양민들이라는 사실을 증명하고 있었다.

그러나 이미 벌겋게 눈이 뒤집혀버린 가네무라 부대장 도야마 대위에게는 야수의 탐욕만 꿈틀거리고 있었다. 저 선량한 사람들이 한낱 먹잇감으로밖에 보이지 않았다. 사려 깊은 일선 지휘관답게 냉정을 회복하고 양민들을 보호하며 사태를 수습하기는커녕 불같이 타오르는 교활한 복수심을 억제하지 못한 채 굶주린 이리처럼 사냥감을 찾기에 혈안이 되어 있었다.

"야, 모리 고쵸(하사)!"

마상에서 환영나온 주민들을 쭉 둘러보던 도야마 대위가 마침내 자신의 충직한 사냥개인 모리 하사를 불러 세우며 서서히 마각을 드러내기 시작하는 거였다.

"하이!"

"당장 저놈부터 끌어냇!"

마상의 도야마는 두려움에 떨고 있는 주민들을 눈여겨 살펴보던 끝에 마침 환영 군중들 사이에서 멀찌감치 떨어져 있던 40대 초반의 한 중국인 사내를 발견하고 닛폰도로 가리켰다. 마치 꿀 먹은 벙어리처럼 얼떨떨한 얼굴로 서 있던 사내가 아무 영문도 모른 채 모리 하사에게 끌려 나와 무릎을 꿇었다.

"어이, 혼쵸 군!"

도야마 대위가 형진을 불러 통역을 시켰다. 도야마는 '혼쵸'라는 그의 일본식 이름까지 기억하고 있었다. 형진은 자신을 알아보는 도야마의 신뢰감에 또다시 감읍해 '하이, 하이!' 하고 연방 머리를 조아렸다.

그는 끌려 나온 시나진에게 준엄하게 말했다. 그가 목에 힘을 주고 유일하게 꾸짖을 수 있는 사람은 무릎을 꿇고 와들와들 떨고 있는 그 시나진밖에 없었으니까 말이다.

"묻는 대로 정직하게 대답하지 않고 만약 거짓 진술이라도 했다간 당장 총살이다. 알겠나?"

그는 이렇게 외치며 평소 모리 하사가 하던 대로 일단 소름 끼치는 위협을 주고는 육하원칙에 따라 본격적인 심문을 시작했다. 그러면서도 느닷없이 도야마 대위를 흉내 내고 싶은 충동을 느끼기도 했다.

아니나 다를까, 그는 순간적이었지만 이 살벌한 자리에서 만약 자신의 손에 닛폰도가 쥐어진다면 얼마나 신나고 멋있게 보일까, 하는 엉뚱한 생각도 해 봤다. 철부지 조센진! 형진은 자신이 왜 이렇게 변해가고 있는 것일까? 그런 생각이 뇌리를 스치는 순간 경기를 일으키듯 소스라치기도 했다. 인간이란 참으로 교활하고 사악한 동물인지도 모른다.

모리 하사가 겨누고 있는 총부리에 새파랗게 질린 사내는 공포에 떨며 도야마 대위가 묻는 대로 순순히 대답했다. 형진이 역시 바짝 정신을 가다

듣고 도야마가 묻는 말을 중국어로 다그치며 사내에게 전했고 사내가 대답하는 것을 하나도 빠뜨리지 않고 일본어로 통역했다.

시나진 사내의 진술에 따르면 간밤(7월 29일)에 땅거미가 질 무렵부터 바이지우白酒(중국술 배갈)에 잔뜩 취한 자치공안군이 난동을 부리기 시작했다는 것이었다. 그리고 그들은 곧이어 작당한 듯이 퉁저우 시가지 한복판 위치한 일본 영사관으로 쳐들어가 닥치는 대로 영사관 직원들을 도륙하고 이어 일본인이 경영하는 료테이나 료칸, 류가코 등 유흥업소를 휩쓴 뒤 성벽 인근의 서남문西南門 간 저수지 둑에서 조선족 부락의 주민들을 붙잡아다 불문곡직하고 처형했다는 소문이 나돌았다고 했다.

사내는 지레 겁을 먹고 자치공안군의 난동을 피해 가족들과 함께 지하 방공호에 숨어 있었다고 했다. 그 후 폭도들은 주택가에까지 들이닥쳐 밤새도록 일본인들과 조선족 주민들을 찾아내 무자비하게 난도질했다고 저간의 성내 상황을 비교적 소상하게 진술했다. 이에 도야마 대위는 즉각 모리 하사에게 1개 분대 병력을 차출해 자치공안군이 조선인들을 집단 학살한 저수지로 달려가 현장을 확인하라는 명령을 내렸다.

모리 하사가 그 자리에서 차출된 병력을 이끌고 시나진 사내의 안내를 받아 성벽 서문과 남문의 중간에 자리한 저수지로 달려 가 본 결과 아연실색하지 않을 수 없었다. 학살 현장을 목격한 순간 등골이 오싹해지고 온몸에 소름이 돋았다. 차마 형용할 수 없을 만큼 처참한 생지옥과 맞닥뜨렸기 때문이었다.

더러는 총상의 흔적도 보였으나 대부분 창검이나 철퇴, 심지어 쇠스랑과 죽창 등 각종 흉기로 난도질당해 죽은 시신 더미가 남녀 구별도 없이 시산 시해를 이루고 있었다. 겹겹으로 쌓인 채 피고름을 흘리며 썩어가고 있는 송장은 적어도 100여 구에 달했다.

황군 병사들이 이미 거쳐 왔던 세이난 료칸이나 마츠노야 료테이, 기라쿠칸 류가코보다 더 참혹하고 끔찍했다. 밧줄로 목이 감긴 채 버드나무에 대롱대롱 매달려 있는 일부 남자들의 시신에는 예리한 흉기로 남근男根과 음낭陰囊이 잘리고 눈알까지 빼버려 그 끔찍한 광경을 차마 눈 뜨고 볼 수 없었다.

게다가 양손이 뒤로 묶인 채 알몸으로 숨겨 있는 여인들의 시신은 마츠노야 료테이나 기라쿠칸 류가코에서 발견한 시신들처럼 국부에 화저봉火箸棒(부젓가락)과 목봉木棒(나무꼬챙이)에 꿰거나 꽂혀 있었고 유방은 처참하게 잘려 피투성이로 엉켜 있었다. 변태성욕자나 성도착증 또는 가학증 환자가 아니고서는 어떻게 이런 끔찍한 범죄를 저지를 수는 없을 것이다.

심지어 어떤 시신은 들개들이 파먹어 형체마저 알아볼 수 없었다. 그뿐만 아니라 이목구비며 하체의 전후규前後竅(생식기와 항문) 부분 등 인체의 구멍이 뚫려 있는 곳마다 피고름이 흘러내리고 있었다. 여기에다 구더기가 들끓고 쉬파리와 땅벌이며 집게벌레가 떼거리로 몰려와 왱왱거리고 있었다. 차마 필설로서는 어떻게 형용하기 어려운 참혹하기 그지없는 생지옥이 아닐 수 없었다. 정말이지 말로만 듣던 생지옥이 이보다 더할까?

"퉷, 치쿠쇼야로(짐승같은 놈들)!"

모리 하사는 입버릇처럼 욕설을 되뇌며 침을 내뱉곤 했다. 똥 묻은 개가

겨 묻은 개를 나무란다더니 악랄하기 그지없는 짐승이 똑같은 짐승을 나무라는 것과 무엇이 다른가.

형진은 처음 마츠노야 료테이나 기라쿠칸 류가코에서 이 같은 참상을 목격하고 경악하며 소스라쳤으나 생지옥을 방불케 하는 극한 상황에 계속 부닥치다 보니 점차 대담해지기 시작했다. 역겨움에 몸을 뒤틀던 토악질은커녕 마치 모리 하사의 흉내를 내듯 '퉷!' 하고 침을 내뱉으며 널브러진 시신들을 짓밟거나 지나쳐 버리기도 했다.

그렇게 참혹한 상황에 적응해가는 과정에서 어느덧 그는 정신적으로 서서히 망가지다가 마침내 인간이기를 포기하고 말았다. 인간 '최형진崔亨振'이 아닌 짐승 '혼쵸本朝'로 변신한 자신을 발견하고 전율한 일이 한두 번이 아니었다. 그러나 그가 살아남는 길은 인도주의라는 한낱 사치스러운 의식보다 사디스트임을 자처하며 황군 못지않은 대담성을 스스로 시험해 보는 것밖에 달리 어떤 방법이 없다는 사실을 깨달았다.

서둘러 본대로 철수한 모리 하사는 기다리고 있던 도야마 대위에게 참혹한 만행의 현장을 확인한 대로 낱낱이 보고했다. 일이 이쯤 되자 치를 떨던 도야마는 속을 부글부글 끓이며 한숨만 푹푹 내쉬는 거였다.

"제 버릇 개 못 준다더니만 짱꼴라 놈들의 만행이 9년 전에 발생했던 지난濟南사건 때와 똑같군. 이걸 어떻게 복수한다…?"

도야마는 혼잣말처럼 넋두리며 무언가 골똘한 생각에 잠겼다. 눈에는 눈, 이에는 이.라고 했던가? 고대 바빌로니아의 함무라비 왕이 제정한 성문법이다. 또 한차례 광풍이 휘몰아칠 조짐이 나타나고 있었다.

'지난사건'이란 1928년 5월, 내전에 휩쓸린 중국 국민당의 국부군이 북벌
北伐을 재개했을 때 일본군이 산둥성을 공격하여 지난을 점령하면서 양국
군 간에 치열한 시가전을 벌였다. 이 과정에서 국부군 병사들이 중국 인민
들의 반일 감정을 부추기기 위해 일본인 거류민들을 무참하게 학살한 사건
이다.

　그 당시 일본인 여자들 시신의 국부에 화저봉과 목봉이 꽂혀 있거나 예
리한 흉기로 유방이 잘린 것 하며 남자들의 남근과 음낭이 잘리고 눈알까
지 빼버린 것 등 차마 눈 뜨고 볼 수 없었던 정경이 퉁저우 자치공안군에
의해 자행된 잔혹한 학살사건과 별반 차이가 없었기 때문이었다.

7. 인종청소

도야마 대위는 가네무라 부대가 퉁저우성城에 처음으로 진주해 베이스캠프를 설치했던 서문 입구에 다시 지휘부를 옮기고 분대장급 이상 하사관과 장교들을 전원 소집했다.

"자, 이제부터 대대적인 청소를 실시한다. 다름 아닌 인종청소다. 대상은 전원 짱꼴라들이다. 물론 짱꼴라 복장을 하고 짱꼴라와 한통속이 돼 반일 행각을 자행해온 조센진도 다 포함된다. 알겠나?"

형진은 조센진이라는 말을 듣는 순간 질겁을 하듯 큰 충격을 받았다.

도야마가 강조하는 인종청소란 바로 야만적인 학살을 의미하는 말이 아닌가. 거기에 조센진이 포함된다니 말이나 되는 소리인가. 조센진 앞에서 조센진을 시나진과 함께 쓸어버리겠다니 그렇다면 저들의 사냥개 노릇을 충실히 하고 있는 형진이 자신의 존재는 뭐란 말인가? 그의 머릿속에 실낱같이 남아 있는 휴머니즘이 강한 거부감을 일으켰다.

하지만 어쩔 수 없었다. 마음만 조바심이 날 뿐 도야마의 '인종청소'라는 말에 일말의 격정과 분노에 치를 떨었지만 고분고분 받아들일 수밖에 없는 자신의 처지가 너무도 초라했다. 목숨을 내놓지 않는 한 지배자의 거대한 폭력에 저항할 힘이 없었기 때문이다.

도야마의 태도는 단호하고 분명했다. 적어도 여기서는 무소불위의 절대 권력자인 그의 명령을 거역할 사람은 아무도 없었다. 그런데 나약하기 그지없는 조센진에 불과한 그가 할 수 있는 일이라곤 황군의 사냥개 노릇뿐이었다. 앞으로 휘몰아칠 피바람을 무슨 수로, 어떻게 막는단 말인가. 공포에 질려 온몸이 와들와들 떨리고 다리가 후들거렸다.

아이러니하게도 저들의 입에 발린 소리로 표현한다면 조센진은 명색이 나이센 잇타이內鮮一體의 고고쿠 노 신민皇國臣民이 분명했다. 그런데도 일본인 거류민과 똑같은 피해자인 조센진을 시나진과 다름없이 인종청소 대상에 포함하다니 기가 막혔다. 그는 하도 어이가 없어 도야마를 멍하니 바라보기만 했다. 무서운 야수처럼 날뛰는 교활한 도야마의 탐욕을 누가 막을 수 있단 말인가.

'하지만 그건 안 돼. 그럴 수는 없어. 조센진 만은 살려줘야 한다니까. 덴노헤이카의 은혜를 입은 그들을 무차별 학살한다면 덴노헤이카에 대한 반역이야.'

그는 맨몸으로라도 저들과 맞서 그렇게 절규하고 싶었다. 하지만 자칫 잘못 처신하다가 풀 이슬 같은 자신의 목숨까지도 내놔야 할 판이었다. 그만큼 엄혹하고 살벌한 분위기가 주위를 휩싸고 있었다. 게다가 거침없이 내뱉는 도야마의 말 한마디가 무시무시한 공포의 소리로 들려와 오금을 못 펼 지경이었다.

"귀관들! 모두 최소한의 경비병력만 남겨놓고 가택수색 중인 사카모토 소위를 지원하라. 현재 길거리에서 우리 황군을 환영하는 군중들까지 모조리 연행하고 퉁저우에 쥐새끼 한 마리 얼씬거리지 못하도록 가가호호를 철저히 수색하라."

"하이!"

"짱꼴라는 말할 것도 없지만 우리 황민 외에는 국적 불문하고 사람의 그림자라도 색출하는 대로 모조리 연행토록 하라. 알겠나?"

"하이!"

"그리고 놈들을 연행할 때 부삽이나 곡괭이 등 땅을 팔 수 있는 모든 농기구를 다 거둬 오도록 하라. 최종 집결지는 서 남문 간 저수지다."

살기등등한 도야마의 명령은 단호하고 철저했다. 한마디로 지상명령이었다. 부관 스즈키 중위는 비교적 건장한 시나진 청장년 50여 명을 동원, 세이난 료칸의 이다바調理師와 마츠노야 료테이의 오카미女將인 게이샤를 비롯한 일본인 거류민 피살자들의 시신 수습에 나섰다. 쇠파리 떼와 땅벌 떼가 왱왱거리는 가운데 손수건이나 수건, 헝겊 등으로 마스크를 한 황군들은 동원된 시나진 인부들과 함께 썩어가는 일본인 거류민의 시신을 운구하면서 악취가 역겨워 잇따라 토악질을 하며 오만상을 찌푸렸다.

시신은 수습되는 대로 모두 손수레나 달구지에 실려 저수지 아래 너른 개활지로 옮겨 안치했다. 저들은 시신 수습에도 인종차별을 두어 확인된 자국自國의 이른바 황민들만 가려내 경건하게 일장기를 덮어주는 가증스러운 모습까지 보였다.

엄혹하기 그지없는 퉁저우의 상황은 시간이 흐를수록 더욱 살벌한 양상으로 확산하고 있었다. 간밤에 무장 폭도로 돌변한 자치공안군은 이미 퉁저우 시가지를 아비규환의 생지옥으로 만들어 놓고 황군의 가네무라 부대가 진압 작전을 감행할 무렵 모두 자취를 감추고 말았다.

이 때문에 사실상 범인 색출은 불가능했다. 그럼에도 불구하고 황군 병사들은 도야마 대위의 불같은 명령으로 또다시 쑥밭이 된 온 시가지를 다

뒤지며 폭도용의자 색출에 나서고 있었다. 저들은 총검을 든 자치공안군이 아닌 순수한 비무장 주민 전체를 표적으로 삼고 보복에 나서고 있었다. 무고한 주민들은 약탈과 학살을 자행하는 폭도들이 무서워 숨은 죄밖에 없었다. 그런데도 살기등등한 황군 병사들의 눈에 띄는 사람들은 불문곡직하고 폭도로 내몰리고 말았다.

다만 중국인이라는 이유로, 조선인이라는 이유 하나만으로 죽음의 형장으로 끌려갈 수밖에 없었다. 퉁저우 주민들의 씨를 말리겠다는 악마의 심산이 아니고서야 어찌 이럴 수 있단 말인가. 저들의 야만적인 인종청소는 어쩌면 독일 나치의 홀로코스트를 연상케 했다. 게르만 민족공동체를 위해 반유대주의의 슬로건을 내걸고 자행된 나치의 유대인 절멸絶滅정책이 바로 홀로코스트였다. 지금 일본은 나치 독일의 동맹국이 아닌가.

게다가 저들은 다이닛폰 데이고쿠(대일본제국)의 다이토아 쿄에이켄(대동아공영권) 기치를 내걸고 야마토 타마시大和魂 정신으로 침략전쟁에 광분하고 있었다. 1853년 조선이 쇄국의 문을 걸어 잠그고 있을 무렵 저들은 미국 페리 제독의 기동함대 구로후네黑船를 맞아들여 약삭빠르게 코베神戶와 요코하마橫浜를 개항했다. 그리고 서양 문물을 받아들여 모방문화의 극치를 이루며 대제국으로 발전했다. 그런 저들이 이제 와 동맹국인 나치의 홀로코스트까지 모방하다니 참으로 황당하고 기가 막혔다.

바야흐로 도야마 대위가 벌이는 대학살극은 북지나 파견군 특무대가 사전에 짜놓은 각본대로 착착 진행되고 있었다. 저들이 저지른 죄는 덮어두고 퉁저우 자치공안군의 일본인 학살을 구실삼아 그 보복으로 중국인과 조선인 박멸 작전에 들어간 것이었다. 이른바 중국대륙에서 홀로코스트의 망령이 되살아나고 있었다. 하지만 굳이 죄를 묻는다면 폭도들인 중국 군벌 쑹저위안未哲元의 자치공안군에 물을 것이지 목숨 하나 부지하겠다며 숨어 산 죄밖에 없는 양민들을 보복의 희생양으로 삼겠다니 너무도 끔찍했다.

그러나 황군 병사들에겐 그런 일말의 양심은커녕 오로지 도야마의 명령을 맹목적으로 수행하는 데만 혈안이 돼 있었다. 저들은 가가호호를 다 뒤지며 수색 작전을 벌여 죄 없는 주민들만 무조건 폭도용의자로 몰아 체포하기에 급급했다. 이곳저곳에서 끌려 나온 주민들 가운데 걸음도 제대로 걷지 못하는 노약자나 병약자들도 상당수 섞여 있었고 심지어 아무 영문도 모르는 코흘리개 어린아이들까지 끌려 나오면서 겁에 질려 울고 있었다.

저들은 그런 주민들을 일일이 포승으로 묶어 중죄인처럼 줄줄이 끌고 가기 시작했다. 역시 목불인견目不忍見에 다름 아닌 정경이었다. 인간의 탈을 쓰고 어찌 이런 악행을 저지를 수가 있단 말인가. 전투상황도 아닌 폭동이 스쳐 간 현장에 무저항으로 숨어 있다가 용케 살아남은 주민들을 향해 총검을 들이대다니 그러고도 입버릇처럼 뻔뻔스럽게 '덴노헤이카 반자이'를 외치기 일쑤였다.

하나는 사람의 얼굴, 또 다른 하나는 야수의 얼굴… 고대 로마의 성문지기 신神인 두 개의 얼굴을 가진 야누스와 같은 저들의 만행이 두렵다 못해 분노가 솟구쳤다. 하지만 나약하기 그지없는 형진은 그 참혹한 정경을 그냥 멍한 눈빛으로 방관할 뿐 어찌할 방도가 없었다. 그는 그나마도 비전투원이라는 이유로 인간의 탈을 쓴 악마의 광적인 사냥개 대열에서 열외로 빠진 것만도 큰 다행으로 생각했다. 만약 그에게도 총칼을 쥐어주며 죄 없는 양민들을 끌어 다 잔혹하게 도륙을 내라고 명령한다면 어쩔 뻔했겠나? 생각만 해도 아찔했다.

속절없이 비명에 죽임을 당하게 된 주민들은 그야말로 홀로코스트처럼 죽음의 행진을 계속하던 끝에 마침내 서 남문 간 저수지 진입로 변의 개활지에 당도했다. 부관 스즈키 중위가 주민들을 개활지에 꿇어 앉히고 인원 점검한 결과 시신 수습에 동원된 남자들을 제외하고 모두 252명. 이들 중에는 중국 변성명으로 중국인 행세를 해 온 조선인이 100여 명이나 포함돼 있었다.

특히 그들 조선인 가운데는 형진이 톈진에서 퉁저우로 피란 올 당시 동행한 사람들의 모습도 몇이 눈에 띄었다. 그들은 톈진에서부터 일본인 거류민들에게 고용된 사람들이었으나 어쩌면 고용주가 참변을 당한 데 대한 보복으로 끌려왔는지도 몰랐다.

그러나 형진은 비열하게도 그들에게서 고개를 돌리고 말았다. 자기 혼자만이라도 살아남기 위해 그들과 마주치지 않으려고 애써 외면해버린 것이다. 자칫 그들에게 무슨 도움이라도 주기 위해 가까이 접촉하다가 위험에 처할 수도 있기 때문이었다.

'저 살기등등한 악마! 도야마의 광기를 보라니까. 지금 이 상황에서 누구든 눈밖에 벗어난다면 당장 닛폰도의 칼날이 목을 베고 말기야. 내레 그 꼴을 어케 본단 말이가.'

솔직히 그는 그것이 두려웠다. 사실 따지고 보면 느닷없이 끌려 나온 주민들은 살기등등한 황군 병사들의 일방적인 판단으로 폭도용의자가 되었을 뿐이지 그 몸서리치는 난리 통에 운 좋게 살아남은 선량한 사람들에 불과했다. 그러나 눈이 뒤집혀버린 황군 병사들은 마치 적개심과 증오심에 불타는 주인의 눈치를 살피며 맹목적으로 추종하는 사냥개나 다름 아니었다. 저들은 도야마 대위의 명령에 따라 기동이 불편한 노인과 어린아이들까지도 용의선상에 올려 무조건 체포하는 패륜도 서슴지 않았다.

하나같이 새파랗게 질린 표정으로 묵묵히 숨을 죽이고 꿇어앉아 처분만 기다리고 있던 주민 중 한 건장한 사내가 뜬금없이 몸을 벌떡 일으키더니 일본어로 목청껏 외치는 거였다. 사내는 어떤 신념에 찬 모습이었다. 공포 분위기에서 의식적으로 벗어나려는 듯 목소리도 우렁찼다.

"존경하는 황군 부대장님! 저는 사실 시나진이 아니라 조센진입니다. 시나진들이 까오리펑즈高麗帮子(고려 상놈)라며 무시하고 하도 못살게 굴어서 목숨 하나 부지하려고 짱꼴라 복장으로 짱꼴라 행세를 했을 뿐입니다."

그러자 여기저기서 조선인으로 자처하는 사람들이 벌떼처럼 일어나 하나같이 외치기 시작했다.

"저도 조센진입니다. 황국신민입니다."

"다이닛폰 데이코쿠大日本帝國와 조센朝鮮은 나이센잇타이內鮮一體가 아닙니까. 우리 불쌍한 조센진을 살려주십시오."

이렇게 외치며 자리에서 일어난 사람들은 거의 태반에 가까워 보였다. 그러고 보니 황군에게 결박당해 붙잡혀 온 주민 중 중국인 복장을 한 조선인이 절반에 이른다는 얘기였다.

'그래, 맞아요, 맞아! 저 사람들은 누가 뭐래두 모두 조센진이란 말입네다. 모리 고쵸님! 내레 텐진에서 함께 피란 온 사람들도 저기 몇 명이 끼어 있단 말입네다. 저이들은 모두 일본인 거류민들에게 고용된 조센진이 틀림없습네다. 내레 증인이 되갔시오. 부디 저 사람들을 살려주시구레.'

형진은 도야마 대위가 가장 신뢰하는 충직한 사냥개 모리 하사를 붙잡고 이렇게 외치며 매달리고 싶었다. 하지만 마음속에서 불쑥 우러나오는 애원의 목소리가 그만 목젖에 걸려 막히고 말았다. 사냥개 마냥 모리 하사의 꽁무니를 따라다니며 그저 마른침만 꿀꺽 삼킬 뿐 그는 극도의 공포감에 사로잡혀 온몸을 부들부들 떨기만 했던 것이다.

어차피 파리 목숨이나 다름없는 형진이 자신의 목숨도 도야마 대위나 모리 하사의 손에 달려 있지 않은가. 그 역시 언제 어느 때 이용 가치가 없다고 판단했을 경우 죽임을 당할 수도 있고 살아남을 수도 있는 절대 권력을 저들이 행사하고 있기 때문이었다.

어리석은 조선인 동포들은 황군이 중국인 폭도용의자 색출에 나서자 마지막 단계에 이르러서야 황군의 보복대상이 조센진이 아닌 시나진이라는 사실을 알고 한결 마음을 놓은 모양이었다. 그래서 뒤늦게나마 자신들이 살아남기 위해 조센진의 신분을 밝혔지만 되려 궁지에 몰리고 말았다.

그들은 어리석게도 황군이 이미 중국인이나 조선인을 가리지 않고 미리 짜진 특무대의 각본대로 모조리 인종청소의 대상으로 삼았다는 사실을 까맣게 모르고 있었던 것이다. 따지고 보면 중일전쟁 수행에 장애가 되는 조선인부터 먼저 제거해야 한다는 게 일본 군부의 음흉한 계략인지도 몰랐다. 저들의 이주 정책에 따라 만주로 건너온 조선인들 외에 중국 본토의 북부지역을 중심으로 유랑생활을 하는 대다수의 조선인들은 은연중 저항심이 강한 항일인사들이기 때문이었다.

이 같은 일본 군부의 조선인 성분 분석을 훤히 꿰고 있는 도야마 대위는 단호하고 철저했다.

"바카야로馬鹿野郞(바보)! 이 나쁜 놈들, 네놈들이 대일본제국 식민지 조센진으로서 고코쿠신민서사皇國臣民誓詞(황국신민의 충성 맹세)까지 한 놈들이라면 떳떳하게 황민의 자존심을 지킬 줄 알아야지, 그동안 짱꼴라들에게 빌붙어 지내다가 이제 와 살아남기 위해 조센진이라니 도대체 이게 무슨 짓들인가? 야비한 놈들……."

"……."

"하찮은 목숨 하나 부지하겠다며 짱꼴라 복장을 하고 짱꼴라들과 한통속이 되어 나이치內地(일본 본토)에서 온 무고한 고코쿠신민(일본 국민)들의 목숨을 빼앗는 데 앞장섰던 놈들이 어디다 대고 나이센 잇타이를 입에 담는단 말인가. 이런 비열하고 어리석은 놈들! 따지고 보면 네놈들은 짱꼴라보다 더 나쁜 놈들이란 말이다."

"아, 아닙니다요. 저희는 살아남기 위해 어쩔 수 없이 짱꼴라 행세를 해왔을 뿐입니다만 지금까지 황국신민서사를 낭송하고 신사神社를 참배하며 덴노헤이카의 황민임을 한 번도 잊어본 적이 없습니다요. 부디 살려주십시오. 부대장님!"

그들은 하나같이 비굴할 정도로 머리를 조아리며 목숨을 구걸했으나 아무 소용이 없었다. 황군 병사들이 개머리판으로 마구 후려치면서 무자비한 폭력으로 그들을 꿇어 앉혔기 때문이었다.

"나쁜 놈들! 저놈들은 동정의 여지가 없는 놈들이야. 짱꼴라보다 더 나쁜 놈들이라니까. 조센진이라면 덴노헤이카의 은혜를 입은 신민으로서 목숨을 걸고 자존심을 지킬 줄 알아야지. 아무리 짐승보다 못한 야만인이라 해도 목숨을 초개와 같이 버리는 자기 조상의 선비정신도 모르고 있다니 에잇, 퉤퉤…."·

그것은 어쩌면 조센진부터 먼저 죽여 없애야 한다는 도야마의 신념에 찬 구실에 불과한지도 몰랐다. 그는 마치 못 볼 것이라도 본 양 이맛살을 찌푸리며 침을 퉷, 내뱉고는 고개를 돌려버리는 거였다.

야만인…? 적반하장도 유분수지 온갖 악업과 만행을 다 저지르고 있는 저들이 선량한 사람들을 야만인으로 매도하다니 지나가던 소가 웃을 일이 아닌가. 참으로 기막힌 일이 도처에서 벌어지고 있었다. 저들은 식민지배하에 있는 조선인들에게 입으로는 나이센 잇타이를 외치면서도 언제나 적의를 품고 있었다. 중일전쟁 직전 조선총독부가 수해와 흉년을 핑계로 강제이주 정책을 편 것도 한반도에서 조선인들을 추방하기 위한 술책에 불과했다. 따지고 보면 그것도 인종청소의 일환이었다.

스즈키 중위는 일본인 거류민들의 시신 수습이 완료되자 이어 동원된 중국인 인부들에게 부삽이며 곡괭이 등을 들게 한 다음 저수지 둑 아래로 내려가 땅을 파도록 다그쳤다. 이때 또다시 약방 감초처럼 나타난 도야마 대위가 허리에 차고 있던 닛폰도를 빼 예리한 칼끝으로 땅바닥에 장방형의 선을 긋고 가로, 세로 각각 5미터, 깊이 3미터 규모의 후거우壕溝(구덩이) 10개를 파도록 지시하는 거였다.

그중 3개의 후거우는 수문水門 주변의 비교적 평탄한 지형인 양지바른 곳에 파고 나머지 7개는 동떨어진 버드나무와 오리나무 군락이 있는 개활지의 경사진 곳에 파도록 스즈키 중위에게 지시했다. 이 과정에서 극도로 신경이 날카로워진 황군 병사들은 땡볕에 비지땀을 뻘뻘 흘리며 후거우를 파는 중국인 인부들을 마구 다그치다가 진도가 늦어질 경우, 가차 없이 총검의 개머리판으로 갈겨버리곤 하는 거였다.

저수지 가에 꿇어앉아 이미 초주검 상태에 빠진 주민들은 대부분 실성한 사람처럼 입을 헤벌리고 조만간 자신들이 파묻힐 후거우에 멍청한 시선을 보내고 있었다. 그들 중 일부는 두려움에 떨다 못해 용변도 가리지 못한 생리현상을 일으키는 바람에 바짓가랑이를 타고 흘러내린 오물이 심한 악취를 풍기기도 했다.

개활지의 토질은 모래와 황진이 많은 사질토여서 구덩이를 파는 데 큰 어려움은 없었다. 황군 병사들의 다그침에 쫓기며 마침내 10개의 후거우가 장방형의 참호처럼 모습을 드러내자 우선 수문 주변의 양지바른 곳에 조성된 후거우 세 곳에는 일본인 시신을 양팔과 양다리를 맞들고 운구토록 했다. 그리고 후거우 속에는 미리 2명씩 내려가 있던 중국인 인부들이 밖에서 넘겨주는 시신을 정중하게 받아 가지런히 안치시켰던 것이었다. 바로 일본인 희생자들의 무덤방房을 조성한 것이다.

일본인 희생자들의 무덤방 조성과 시신 안치 작업이 완료되자 도야마 대위와 스즈키 중위를 비롯한 사카모토 소위 등 황군 병사들이 죽 둘러서서 두 번 고개 숙여 절하고 두 번 손뼉을 친 뒤 다시 한번 고개 숙여 절하는 거였다. 이른바 2배례拜禮, 2박수拍手, 1배례로 엄숙한 예를 갖추는 일본 고유의 불교 의식에 따른 장례식이었다.

"황국신민의 운명은 덴노헤이카노 고이시노 마마니(천황폐하의 뜻대로)……."

그러고 나서 흙을 덮고 들개나 여우 등 들짐승들이 파먹지 못하도록 커다란 돌을 모아 봉분처럼 쌓아주는 정성도 아끼지 않았다. 천황폐하의 뜻대로… '다이닛폰데이코쿠 반자이'로 시작해서 '덴노헤이카 반자이'로 끝나는 저들의 맹목적인 충성심은 일상에서 일이 잘못되어 흔히들 변명의 여지가 없을 때 입버릇처럼 되뇌는 말이었다. 오로지 덴노헤이카라는 살아있는 신을 향해 자신들의 존재가치를 확인하는 광신도들이 다름 아니었다.

도야마 대위는 후거우를 파고 시신을 옮기느라고 비지땀을 흘리며 고생한 중국인 인부들에게 잠시라도 휴식을 취하게 하기는커녕 일본인 희생자들의 장례가 끝나기 무섭게 다시 포승으로 결박하여 개활지에 꿇어앉히는 거였다. 그런 가증스러운 행동도 역시 천황폐하라는 살아있는 신의 뜻에 따른 것인지 입에 발린 덴노헤이카의 이름으로 저지르는 저들의 거침없는 만행은 알다가도 모를 일이었다. 참으로 기가 막혔다.

8. 메이도銘刀의 위력

시간이 얼마나 흘렀을까, 한낮의 땡볕이 이글거리며 기승을 부리고 허기가 지기 시작했다. 이런 역겹고 처참한 와중에도 본능적으로 허기를 느끼다니 인간이란 참으로 사악한 동물인가 보았다.

마침내 황군 병사들이 모든 주민의 포박을 마치자 도야마 대위는 비로소 회심의 미소를 지으며 번쩍거리는 가죽 장화 위에 걸친 당쿠즈봉(승마바지)의 호주머니에서 회중시계를 꺼내 잠시 시간을 재보다가 결심한 듯이 주위의 병사들을 둘러보며 외쳤다.

"자, 이제부터 본격적인 짱꼴라 사냥에 들어간다. 우리 고군의 보복이 얼마나 끔찍하고 무서운 것인가를 장제스와 마오쩌둥에게 보여줘야 한다. 그래야만 놈들이 우리 고코쿠신민을 무섭게 알고 두 번 다시 그런 만행을 저지르지 않을 것이다. 알겠나?"

"하이!"

황군 병사들은 도야마 대위의 명령에 따라 즉각 각 소대 별로 1개 분대씩 병력을 차출하여 결박당한 채 무릎을 꿇고 앉아 있는 주민들을 40명씩 연행해 저수지 둑 아래 경사진 곳에 파놓은 7개의 후거우 앞에 각각 정렬시켰다. 그리고 나머지 병력은 총검으로 주변을 삼엄하게 경계하며 연행 도중 반항하거나 머뭇거리는 주민은 가차 없이 타살 또는 사살토록 했다. 이는 도야마의 엄중한 명령이었다.

포승에 묶인 주민들은 아예 항거할 엄두도 못 내고 순순히 끌려 나와 황군 병사들이 시키는 대로 마치 자신들의 무덤방을 연상케 하는 후거우 앞에 일제히 도열 했다. 새파랗게 질려 있는 그들의 표정으로 봐 이미 하나같이 초주검 상태에 직면한 산송장과 다름이 없었다.

도야마 대위는 사냥 준비가 끝났다는 부관 스즈키 중위의 보고를 받고 현장을 둘러본 뒤 전병사들이 지켜보고 있는 가운데 분대장급 이상 닛폰도를 차고 있는 각급 지휘관들을 모두 집합시켰다. 사카모토 소위를 비롯한 소대장 4명과 모리 하사 등 분대장급 이상 하사관 20명이 부동자세로 정렬하자 그는 허리춤에 꽂았던 자신의 닛폰도를 다시 빼 들고 단호한 어조로 외치기 시작했다.

"귀관들! 본관을 주목하라."

"하이!"

각급 지휘관들이 마치 잘 돌아가는 기계처럼 일제히 고개를 돌려 도야마 대위를 주목했다.

"귀관들! 야마토 타마시大和魂가 무엇인지 아는가?"

"하이!"

"물론 위대한 황군으로서 우리 대일본제국 민족의 혼인 야마토 타마시를 모르는 장병은 없겠지만 야마토 타마시의 진수眞髓가 무엇인지는 잘 모를 것이다."

"……?"

"그래서 오늘 짱꼴라 사냥에 앞서 귀관들에게 본관이 직접 시범을 통해 야마토 타마시의 진수를 보여주겠다."

"하이!"

"여기 각급 지휘관들뿐만 아니라 용감무쌍한 황군 병사들 전원 본관을 주목하고 본관의 시범을 똑똑히 지켜보라.”

“하이! 알겠습니다.”

전 장병들의 함성이 일제히 황량한 들판에 메아리 쳤다.

“이것은 닛폰도에 야마토 타마시의 혼을 불어넣어 메이토銘刀(명품칼)로 만드는 과정이며 오늘 귀관들이 짱꼴라 사냥에 사용한 이 메이토를 장차 가보家寶로 전하기 바란다.”

“하이!”

“그러니까 귀관들은 본관의 일거수일투족을 하나도 놓치지 말고 명심하여 이 시범을 똑똑히 지켜봐야 한다. 그래야만 전쟁에서 실패가 없이 연전 연승할 수 있을 것이다. 알겠나?”

“하이! 알겠습니다.”

도열 한 황군 병사들이 일제히 함성을 지르자 도야마 대위는 비로소 만족한 듯이 병사들을 둘러보며 고개를 끄덕였다.

‘야마토 타마시'란 일반적으로 일본 민족 고유의 정신을 말하지만 메이지明治 천황 시대에는 민족주의의 핵심적 요소로 중시되어 국가와 천황에 대한 충성과 사랑으로 주창되었다. 그러던 것이 이웃 나라에 대한 침략전쟁을 일으키며 작금의 쇼와昭和시대에 이르러서는 전시를 선포하고 천황에 대한 충성과 군국주의의 대외침략을 정당화시키는 정신적 지주로 삼았다. 한마디로 국가와 천황에게 충성을 다하는 신민臣民으로서의 혼을 불사른다는 뜻이었다.

의기양양한 도야마는 도열한 장병들을 쭉 둘러본 뒤 고개를 돌려 모리 하사에게 시선을 보내며 다시 외쳤다.

"모리 하사!"

"하이!"

모리 하사가 도야마 대위에게 다가가 부동자세를 취했다.

"저기, 저 맨 앞에 앉아 있는 덩치 큰 놈을 여기 끌어다 꿇어 앉혀."

"하이!"

거구의 중국인 사내는 조금 전 후거우를 팔 때 동원된 인부였다. 얼굴이 하얗게 질려 사색이 다 된 사내는 모리 하사에게 끌려 나오면서 다리가 후들거려 걸음도 제대로 걷지 못했다. 모리 하사는 그런 사내를 거의 강제적으로 끌고 나와 후거우 앞에 서 있는 도야마 대위에게 바싹 다가가 불과 삼보三步의 거리를 두고 무릎을 꿇리는 거였다. 모리 하사는 아마도 도야마 대위의 잔혹한 인종청소를 여러 차례 목격하고 함께 실천한 경험이 있는 모양이었다. 그러기에 그는 도야마의 명령이 떨어지기 무섭게 잘 길들인 사냥개처럼 척척 알아서 행동에 옮기는 게 아닌가.

도야마는 전령이 이미 길어다 놓은 목제 물통에 닛폰도의 시퍼런 칼날을 담궈 적신 뒤 다시 번쩍이는 닛폰도를 치켜 들었다. 닛폰도의 예리한 칼날이 허공에서 햇볕에 반사되며 눈이 부셨다. 그는 앞에 서 있는 각급 지휘관들을 향해 다시 강조했다.

"귀관들!"

"하이!"

"우리가 나이치内地에 있을 때 니기리 스시(생선초밥) 식당에서 이다바가 전통으로 내려오는 사시미(생선회) 칼을 쓰는 것을 가끔 봤을 것이다. 이다바가 사시미를 칠 때마다 칼을 반드시 물에 담가 행주로 곱게 닦아내는 것을……."

"하이!"

"사시미 칼을 사용할 때마다 물에 담가 마른행주로 닦아야만 생선의 살점이 잘 잘리고 칼날에 피가 묻어도 핏자국을 닦아내기가 쉽다."

"……."

마치 나무토막처럼 부동자세로 서서 하나같이 침묵을 지키며 도야마 대위의 일거수일투족을 바라보는 각급 지휘관들의 표정엔 비장한 긴장감마저 흐르고 있었다. 도야마 대위는 물통 손잡이에 걸려 있는 수건을 집어 들어 닛폰도의 예리한 칼날을 유연하게 닦아냈다. 어디선가 바람결에 묻어오는 처연한 새소리가 가끔 신경을 건드릴 뿐 사위는 무거운 정적 속에 가라앉아 있었다.

"야마토 타마시가 깃들어 있는 이 닛폰도의 칼날을 똑똑히 주목하라. 이 닛폰도로 사람의 목을 칠 때 칼끝 부분에서 끊어지는 절선切線이 세 마디三寸(9.9cm)를 넘으면 안 된다. 이것이 바로 혼을 불사르는 전통적인 사무라이 검법이라는 사실을 명심하고 또 명심해야 한다. 알겠나?"

"하이!"

"특히 인체에서 가장 견고한 부분이 두개골頭骸과 치아齒牙라는 사실을 잊어서는 안 된다. 이 점을 명심하지 않고 만약에 절선을 잘못 겨냥해 세 마디에서 네 마디로 넘어갈 경우 목이 잘리면서 무거운 두개골이 앞으로 떨어지기 마련이다. 거기에다 자칫 잘못해 목덜미 위쪽 뒷머리에 칼날이 닿을 경우 아무리 메이토銘刀라도 칼날에 상처를 입게 된다."

"……."

"또 한 가지 명심해야 할 점은 검법상 목덜미의 중간 부분, 즉 귀관들의 목덜미를 직접 손으로 만져 보면 잘 알겠지만… 목덜미의 툭 불거져 나온 부분이 가장 적당한 선線이다. 이 선을 치면 목이 쉽게 잘리고 두개골이 뒤로 떨어지게 된다."

"……."

"그리고 또 한 가지 명심할 점은 닛폰도를 내려칠 때 검선劍先이 목에 닿는 순간 앞으로 살짝 당기는 감을 느낄 수 있어야 한다. 그렇게 되면 틀림없이 사무라이 검법에 정통하는 것이다. 알겠나?"

"하이!"

"자, 이렇게…"

도야마 대위가 닛폰도를 번쩍 치켜들며 '얏!' 하는 외마디 기합 소리와 함께 내려치는 순간 칼날이 햇볕에 번쩍 반사되면서 와들와들, 사시나무 떨듯 떨고 있던 사내의 두개골이 댕강 떨어져 나가고 말았다. 두개골이 잘려 나간 사내의 목덜미에서 선혈이 폭포처럼 뿜어 나왔다. 순식간에 목이 떨어져 나간 사내는 마치 목 없는 괴물처럼 온몸을 부르르 떨며 벌떡 몸을 일으키다가 마침내 후거우 속으로 폭, 꼬꾸라지는 거였다.

"워마야我媽呀(어머니)!"

초주검 상태에서 넋이 나간 채 이 참극을 지켜보던 주민들 사이에서 누군가 내지르는 비명이 울려 왔고 그와 동시에 여기저기서 본능적으로 묶인 몸을 벌떡 일으키며 갑자기 동요하기 시작했다. 그들은 공포에 떨다 못해 일제히 '우우!' 하며 마치 미치광이 풋나물 캐듯 날뛰기 시작하는 거였다.

그러나 그들을 감시하고 있던 황군의 총검이 이때를 놓칠세라 무자비하게 살육을 감행하면서 순식간에 아비규환의 생지옥으로 변하고 말았다. 단칼에 죽어 나자빠지는 주민들의 비명이 처절하게 울려 퍼졌다. 마치 형장에서 목을 베는 망나니처럼 황군 병사들이 휘두르는 총검에 유혈이 낭자해지자 피비린내가 물씬 풍겼다. 일부 심약한 병사들은 주춤하며 총검을 허공으로 휘두르기도 했으나 그런 행동은 자아 도피의 발로일 뿐 아무런 의미가 없었다.

이런 심약한 병사들의 행동을 지켜보던 도야마 대위가 화난 목소리로 버럭 고함을 질렀다.

"바카(바보)! 바카! 이런 멍청한 놈들, 지금 뭣들 하는 짓이야? 본관이 시범을 보인 대로 한 놈씩 끌어다 무릎을 꿇리란 말이얏!"

도야마 대위의 불같은 명령이 떨어지자 주춤하던 황군 병사들이 이미 사색이 돼 바짓가랑이를 타고 오물이 줄줄 흘러내리는 주민들을 강제로 한 명씩 끌어다 후거우 앞에 꿇어앉히는 거였다. 화가 치밀어 씩씩거리던 도야마 대위가 다시금 자세를 가다듬고 앞에 서 있는 장교와 하사관들을 향해 큰소리로 외쳤다.

"귀관들, 똑똑히 들어라. 본관이 시범을 보인 대로 반드시 사무라이 검법을 실행해야 한다. 알겠는가?"

"하이!"

마침내 부관 스즈키 중위를 비롯한 장교와 하사관 등 25명이 기다렸다는 듯이 차례로 나와 일시에 닛폰도를 뽑아 들었다. 번쩍이는 닛폰도가 허공으로 치솟았다가 '얏!' 하는 기합 소리와 함께 그대로 내려치면서 잔혹한 도륙극이 막을 올리기 시작했다.

각급 지휘관들이 닛폰도를 휘두를 때마다 한순간에 댕강 떨어져 나간 수급首級이 데굴데굴 구르다가 선혈이 폭포처럼 솟구치는 몸통과 함께 후거우 속으로 잇달아 떨어져 나갔다.

그러나 황군 초급 지휘관들과 하사관들이 도야마 대위의 명령에 쫓기느라고 정서적으로 불안하거나 긴장했던 탓인지, 아니면 이다바가 생선회를 칠 때처럼 닛폰도의 예리한 칼날을 사전에 물에 적셔 닦지 않기 때문인지 몰라도 실수가 많았다. 게다가 목을 내놓은 주민 중에는 기합 소리를 듣고 지레 기겁하며 칼날이 떨어지기도 전에 후거우 속으로 빠지는 사람도 있었다. 하지만 이들은 다시 끌려 나와 성난 야수들에게 목을 바치고서야 수급 따로, 몸통 따로 명줄이 끊기면서 죽음의 후거우 속으로 빠져들 수 있었다.

설마가 사람 잡는다고 설마한들 인간의 탈을 쓰고 이렇게도 잔혹한 악행을 저지를 수가 있을까? 또 어떤 사람은 황군 장교가 내려치는 닛폰도의 칼날이 빗나가 수급이 제대로 잘리지 않은 채 덜렁거리는 바람에 선혈이 솟구치면서 사방으로 튀어 황색 유니폼을 벌겋게 적시기도 했다. 그런 참상이 잇달아 빚어지고 있는 가운데 무자비하게 휘두르는 닛폰도에 두 번 죽임을 당한 사람들의 처절한 절규가 단말마의 비명으로 이어지기도 했다.

이밖에 또 다른 한 사내는 역시 닛폰도의 칼날이 빗나가면서 오른쪽 귀 밑에서 왼쪽 귀밑으로 이어지는 뼈마디가 비스듬이 잘리고 말았다. 미처 명줄이 끊어지지 않은 사내는 그 충격으로 몸을 벌떡 일으키며 죽는다고 비명을 지르는 거였다. 이 같은 발작 증세가 몇 차례나 반복되자 주위를 둘러싸고 있던 일부 나이 어린 황군 병사들은 마치 괴이쩍게도 대낮에 귀신이 나타난 것으로 착각해 혼비백산하기도 했다.

　하지만 피투성이가 되어 극도의 발작 증세를 보이던 사내는 마침내 한 발의 총성과 함께 후거우 속으로 떨어져 폭, 꼬꾸라지고 말았다. 도야마 대위가 이 처절한 정경에 화가 치밀어 발작하는 사내의 뒷머리에다 대고 권총을 발사했기 때문이었다. 참으로 처절의 극치가 아닐 수 없었다.

　극도의 증오와 보복으로 점철된 그 끔찍한 살육극이 연출될 때마다 형진은 두 눈을 질끈 감고 몸서리쳤다. 끔찍한 광란극을 보면 볼수록 가슴이 섬뜩해져 차마 눈 뜨고 일일이 지켜볼 수가 없었다. 그대로 지켜보다간 완전히 돌아버릴 것만 같았기 때문이었다.

　그러나 시간이 흐를수록 더욱 기고만장해진 도야마 대위는 선혈로 얼룩진 닛폰도를 번쩍 치켜들고 미친놈처럼 날뛰고 있었다. 마치 피에 굶주린 야수처럼 광기가 극에 달해 있다고 해도 과언이 아니었다. 그는 완벽한 야마토 타마시를 구사하지 못해 민망한 표정으로 서 있는 장교들과 하사관들에게 도끼눈을 치뜨고 이맛살까지 찌푸리며 성난 어조로 외치는 거였다.

　"바카야로! 닛폰도를 왜 물에 적시지 않는가? 사무라이 검법을 제대로 지키지 않으니까 칼날이 빗나가 엉망진창이 돼 버리잖아. 이런 바카들, 황군의 체통도 없이 창피하게 이게 무슨 꼴이야?”

“……”

“아예, 사무라이 정신을 살리지 못한다면 황군의 명예와 자존심을 지키기 위해 셋푸쿠切腹(할복자결)라도 결행해야 할 거 아닌가? 바카야로!”

“……”

“이런 바카들 봤나. 나 원, 창피해서 얼굴을 못 들겠군. 도대체 정신을 어디 두고 있는 거야?”

“……”

잔뜩 화가 난 도야마의 얼굴이 붉으락푸르락했다.

셋푸쿠? 흔히들 하라키리腹切라고도 하지만 셋푸쿠란 할복 자결을 말하는 게 아닌가. 하물며 인간의 탈을 쓰고 도저히 저지를 수 없는 온갖 만행을 다 저지르고도 모자라 사무라이 검법을 제대로 지키지 못했다고 셋푸쿠를 운운하다니 이게 제정신인가.

그러나 사무라이 정신을 팔아 죄 없는 양민들을 대상으로 살육극을 연출하는 도야마 대위의 끔찍한 만행은 아무 거리낌 없이 되풀이되고 있었다. 그러면서도 저들은 그런 만행을 사무라이 정신으로 미화시키기에 급급했다. 그의 지휘통솔이 사무라이 정신과는 너무도 판이한데도 말이다.

실제 사무라이 정신이란 일본인들의 정의로운 정신윤리와 직결된 무사도로 인격도야의 상징인 생활도를 말한다. 전국시대戰國時代 어느 낭인浪人이 아들의 손을 잡고 모치(떡)가게 앞을 지나다가 아들이 떡을 훔쳐 먹었다는 누명을 쓰게 되자 그 자리에서 허리에 차고 있던 닛폰도를 뽑아 아들의 배를 가르고 결백을 입증해 보인 뒤 아들에게 누명을 씌운 떡장수를 죽이고 자신마저 할복 자결한 전설적인 이야기에서 유래되고 있다고 한다.

즉, 살아 있을 때는 정의에 충만하고 죽을 때엔 치욕을 당하지 않고 명예롭게 죽는다는 것이 사무라이 정신이었다. 하여 이 사무라이 정신으로 대변하는 셋푸쿠는 자신의 혼이 깃들어 있다고 여기는 배를 예리한 닛폰도로 가르는 자결 방법이기 때문에 극도의 냉정과 침착을 요하는 일본인 특유의 양심으로 평가되고 있다.

그러나 그 내면을 깊숙이 파고 들어가 보면 셋푸쿠는 애초 도적들의 세계에서 유래되었다고 전한다. 헤이안平安시대인 988년 유명한 도적이던 하카마다레가 자신을 검거하려는 관리들에게 쫓겨 사면초가에 몰리자 자신의 배를 갈라 자결함으로써 체포되는 치욕을 면했다는 것이 셋푸쿠의 효시嚆矢로 알려져 있다. 이후 전국시대에는 전투에서 사로잡힌 무사들이 충절을 지키기 위해 셋푸쿠를 강행했고 에도江戶시대에 들어와 셋푸쿠의 관행과 양식이 정립되었다는 것이 정설로 받아들여지고 있다.

9. 도츠게키 突擊(돌격)

일본 군국주의자들은 지금까지 갖은 악랄한 방법으로 침략전쟁을 일으켜 약소 민족들에게 이루 형언할 수 없는 고통을 안겼음에도 불구하고 국가적 범죄의 명분을 사무라이 정신으로 미화해 왔다.

17세기 초반 전국시대를 통일한 도요토미 히데요시豊臣秀吉가 쓰시마對馬島 정벌에 나서면서 그의 휘하 사무라이들이 저항하는 토족들이 아닌 무조건 항복하는 양민들까지 무자비하게 살육했던 것도 사무라이 정신으로 포장했다.

쓰시마를 무력으로 기습 침공한 저들은 섬 전체를 불바다로 만들고 곳곳을 뒤지면서 무저항 상태로 '살려달라'며 고개 숙이는 선량한 주민들에게 잔혹하게도 닛폰도를 휘둘렀다. 그러고는 불문곡직하고 단칼에 주민들의 목을 치면서 사무라이 정신을 외쳤다는 것이었다. 그 당시 도요토미 히데요시가 거느린 사무라이들의 닛폰도에 의해 희생된 쓰시마 주민은 줄잡아 2만여 명에 달한다고 했다.

그리고 침략전쟁으로 일관해온 근대에는 이같이 변질된 셋푸쿠가 특히 덴노헤이카天皇에게 충성을 바치는 황군의 전통으로 널리 유행되고 있다는 것이었다. 저들이 걸핏하면 입에 발린 듯이 외치는 야마토 타마시의 수치스러운 역사가 아닐 수 없다.

1895년 조선조 고종高宗 32년 주한 일본공사 미우라 고로三浦梧樓가 우리 조선을 강점하기 위해 을미사변을 일으키면서 명성황후를 시해했을 때 에도 사무라이들을 동원해 남의 나라 궁궐을 무자비하게 도륙하지 않았던가. 그것도 저들의 야만적인 사무라이 정신이었다.

그래서 저들은 이후에도 중국대륙에서 거리낌 없이 퉁저우 대학살과 난징대학살을 자행할 수 있었던 것이다. 저들의 조상이 되풀이해온 그대로, 살아 있는 신인 이른바 덴노헤이카노 고이시노 마마니(천황폐하의 뜻대로)처럼…….

마침내 소츠헤이(사병)들의 차례가 왔다.

각 소대별로 소대장과 분대장의 명령에 따라 황군 병사들이 '하이! 하이!'를 맹목적으로 연발하면서 2명씩 한 조가 되어 나머지 주민들을 끌고 나와 저수지 둑길에 죽 늘어선 버드나무와 오리나무 등에 한 사람씩 양다리와 양팔을 밧줄로 꽁꽁 묶기 시작했다.

대부분의 부녀자와 노약자들은 주어진 운명을 받아들이며 순순히 따라 나왔으나 그나마도 일부 다혈질의 사내들은 마지막으로 발버둥이라도 치고 싶다는 심정으로 극렬하게 저항하는 모습을 보이기도 했다. 따지고 보면 형틀이나 다름없는 나무둥치에 결박당하는 사람치고 정신이 똑바로 박혀 있다면 순순히 따를 리 만무하지 않은가.

건장한 40대 중반의 한 사내는 두 명의 황군 병사가 양쪽 겨드랑이를 낚아채 끌고 나가려고 하자 끌려가지 않으려고 발버둥을 치며 극렬하게 저항했다. 하지만 불가항력이었다. 사내는 결국 사시나무 떨듯 떨다가 전신을 밧줄로 꽁꽁 묶인 채 자신도 모르게 오물을 싸고 말았다. 오물이 샅을 타고 바짓가랑이 사이로 줄줄 흘러내렸다.

마침내 주민들을 저수지 가에 늘어선 버드나무와 오리나무 등에 줄줄이 묶는 작업이 완료되자 황군 병사들은 제각기 사냥감 앞에 2열 횡대로 정렬

했다. 그 횡대의 중간에서 빈 탄약상자를 연단으로 삼아 올라선 도야마 대위가 닛폰도를 치켜들며 우렁찬 목소리로 외쳤다.

"제군들! 본관을 주목하라."

"하이!"

"제군들의 직속상관인 각급 지휘관들이 닛폰도로 야마토 타마시의 정신을 실현하는 것을 똑똑히 봤을 것이다."

"하이!"

"자, 그렇다면 이제부터 제군들에게도 야마토 타마시의 정신을 주입 시키는 기회를 주겠다."

"……"

"제군들은 용감무쌍한 황군임을 잠시도 잊어서는 안 된다. 따라서 위대한 황군의 명예를 걸고 임전무퇴의 정신으로 살아있는 도츠게키 스스메(돌격 앞으로)를 실현하겠다. 알겠나?"

"하이!"

"지금 실행하는 교육은 다이닛폰 데이코쿠大日本帝國 덴노헤이카天皇陛下의 강병을 육성하는 실전과 다름없는 훈련과정이니 명심하고 본관이 손수 보여주는 시범에 따라 실천토록 하라. 이상!"

도야마 대위는 이렇게 일갈한 뒤 총검술의 시범을 보이기 시작했다. 그는 앞에 총 자세로 면 전에 서 있는 황군 병사의 총검을 빼앗듯이 받아들고 총검술 자세를 취하며 다시 우렁찬 목소리로 외치는 거였다.

"임전무퇴… 즉 최전선에서 육탄전이 벌어졌을 때 적을 먼저 발견하고 즉

각 죽이지 못하면 내가 죽게 된다. 그러니 일격에 적을 무찌르는 비법을 알아야 한다. 알겠나?"

일제히 '하이!' 하고 응답하는 병사들의 함성이 천지를 진동하는 것 같았다. 이에 신바람이 난 도야마 대위의 훈시가 계속되었다.

"사람은 누구나 심장이 찔리면 그대로 즉사하고 만다. 그렇다면 급박한 상황에서 눈짐작으로나마 적의 표적인 심장의 위치를 정확하게 알아야 하지 않겠는가?"

"하이! 그렇습니다."

"그 심장이 바로 배와 목 사이의 왼쪽 가슴, 즉 젖꼭지 밑에 위치해 있다. 제군들이 직접 자기 가슴을 한번 만져 보라."

"하이!"

병사들이 일제히 오른쪽 손바닥으로 자신의 왼쪽 가슴 밑을 만져 보자 도야마 대위는 고개를 끄덕이며 의미심장한 미소를 지었다. 그리고 그 미소가 싸늘하게 변하는가 했더니 다시 정색하고 외쳤다.

"백병전에서 적과 마주쳤을 때 지레 겁부터 먹는 소츠헤이卒兵(졸병)들이 왕왕 눈에 띈다. 그놈들은 한마디로 덴노헤이카의 강병이 아니라 죽음을 자초하는 형편없는 고문관에 불과하다. 감히 고군皇軍의 유니폼을 입을 자격도 없는 놈들이란 말이다."

"……."

"제군들 눈앞에 나타나는 적은 다만 적일 뿐이다. 사람을 죽인다고 생각하지 말고 하잘것없는 허수아비를 총검으로 찔러 없앤다는 생각을 가져야 백병전에서도 자신감이 생기는 것이다. 오로지 승리를 위해 적은 모조리 죽여야 하니까."

"……."

"그리고 또 하나 명심해야 할 것은 내가 먼저 적을 죽이지 않으면 적이 나를 죽일 것이라는 생각을 항상 염두에 두고 과감하게 총검을 휘둘러야 한다. 그것이야말로 백병전에서 살아남는 유일한 방법이다. 알겠나?"

"하이!"

"여기 이 총에 착검된 대검帶劍을 똑똑히 주목하라. 이 대검 한가운데에 오목하고 길게 홈이 파여 있지 않은가?"

"하이! 그렇습니다."

"이 대검의 홈이 무엇인지 아는가?"

"……?"

"제군들은 그동안 대검을 착용하면서도 무심히 봐 왔겠지만 이 홈을 혈구血溝라 한다. 대검에 혈구가 없으면 인체에 깊숙이 꽂힌 총검이 쉽게 빠지지 않는다. 총검술에서 한 번 찌른 총검이 제때 빠지지 않으면 적을 제압하지 못하고 되레 역습을 당할 우려가 있다. 하지만 한 번 찔렀던 총검을 더 깊숙이 찌른 뒤 좌우 어느 쪽도 좋다. 약간 비틀면서 앞으로 살짝 당기면 손쉽게 빠진다. 이것이 총검술의 가장 기본적인 요령이다. 알겠나?"

"하이!"

"자, 똑똑히 보라. 야앗!"

도야마 대위가 기합 소리와 함께 맨 앞줄 한가운데 오리나무에 묶여 있는 중국인 사내를 향해 비호같이 달려들며 총검을 겨냥하는가 했더니 눈 깜짝할 사이에 총검의 끝이 정확하게 사내의 심장을 뚫고 말았다.

그러고는 도야마 대위가 뒤로 한 발짝 물러서면서 총검을 쥔 손을 약간 비틀자 그의 말마따나 총검이 쑥 빠져나왔고 이어 '욱!' 하고 외마디 비명을 내지르는 사내의 입과 심장이 있는 왼쪽 가슴에서 선혈이 콸콸 쏟아지는 거였다. 맥없이 고개를 떨군 사내는 양쪽 무릎을 꿇으며 부르르 떨다가 이내 전신이 축 늘어지면서 명줄을 놓고 말았다.

도야마 대위는 그야말로 천재적인 살인마였다. 이 기막힌 참상을 지켜보던 주민들이 버드나무와 오리나무에 묶여 옴짝달싹하지 못한 채 '워마야我媽呀(어머니)!' 하고 비명을 지르며 또다시 마구 울부짖기 시작했다. 일부 주민은 이미 혼비백산한 상태에서 고개를 모로 돌려 늘어뜨린 채 쇼크사로 숨지고 만 게 아닌가. 차라리 황군 병사들이 잔혹하게 휘두르는 총검에 찔려 육체적인 고통 속에서 몸부림치다 죽느니 간 떨어지듯 갑자기 쇼크사하는 것이 다행한 죽음인지도 몰랐다.

"제군들, 똑똑히 들어라."

"하이!"

"총검술에 실패한 자는 야마토 타마시가 빠진 산송장과 다름이 없다. 그런 자는 다이닛폰 데이코쿠 덴노헤이카의 강병이 될 자격을 상실 했으니 마땅히 스스로 셋푸쿠를 결행하든지 아니면 이 구덩이 속으로 들어가야 한다. 이 점, 명심하고 이 도야마 다이이大尉가 직접 시범을 보인 대로 덴노헤이카의 강병답게 정확한 총검술을 구사하도록 하라. 알겠나?"

"하이!"

"자, 실시!"

"실시!"

마침내 황군 병사들이 결심한 듯이 이빨을 지그시 깨물며 살기등등한 자세로 총검술 자세를 취했다. 병사들은 불과 삼보三歩 앞에서 '도츠게키 스스메(돌격 앞으로)!'를 목청껏 외치며 앞으로 다가가 '얏!' 하는 기합 소리와 함께 총검술을 구사하기 시작했다. 도야마 대위의 말마따나 그들의 목표는 사람이 아니라 한낱 허수아비에 불과할 뿐이었다. 그러기에 그들은 한 가닥 양심의 가책을 느끼기는커녕 총검술로 잔인하게 생사람을 죽이면서도 아무런 거리낌이 없었다.

그러나 피살자의 눈도 가리지 않고 총검술을 구사하는 바람에 아무리 결박당한 처지라 해도 피살자들은 본능적으로 총검을 피하려고 몸을 움직이기 마련이었다. 이 때문에 병사들도 순간적으로 멈칫해 도야마 대위가 시범을 보인 대로 심장에 적중시키지 못하고 빗나가기 일쑤였다. 일이 이 지경으로 돌아가자 미처 명줄이 끊어지지 않은 피살자들이 견딜 수 없는 고통에 몸부림치며 처절한 비명을 내지르곤 했다. 피살자들의 비명과 절규로 형장은 그야말로 아비규환의 생지옥으로 변하고 말았다.

'아아, 내레 지금 악몽을 꾸고 있는 거이가?'

형진은 그 처참한 학살 현장을 바라보며 잠시 섬뜩한 악몽 속에 빠져든 듯 착각을 일으키기도 했다. 그러나 그것은 엄연한 현실이었다. 그러기에 그는 털썩 주저앉아 그 끔찍한 참상을 똑바로 지켜보지 못한 채 와들와들 온몸을 떨며 몸서리치고 있었다.

황군 병사들이 피살자들을 눈앞에 두고 어떤 두려움에서 벗어나지 못해 멈칫하며 자꾸만 총검이 빗나가자 이 같은 광경을 지켜보던 도야마 대위가 그대로 묵인할 리 만무했다. 그는 갑자기 얼굴이 붉으락푸르락 해지면서 버럭 고함부터 지르는 거였다.

"바카, 바카, 바카야로! 이런 병신들 봤나. 밧줄로 꽁꽁 묶인 놈들도 제대로 못 찌르고 백병전에서 적과 마주쳤을 때 어떻게 살아남겠다는 게야. 이러다간 모두 전멸이야. 전멸… 다시 시작해."

이 바람에 피살자들은 두 번, 세 번씩 총검술에 찔려 처참한 죽음을 맞이해야 했다.

그러나 바로 그 무렵 형진은 황색 유니폼을 입은 야수가 아닌 진짜 한 인간을 발견했다. 하라다原田 이병. 그는 이제 겨우 18세의 소년병에 불과했다. 맨 끝줄에 서 있던 그는 마침내 자신의 차례가 돌아오자 불안한 표정으로 잠시 머뭇거리던 끝에 후들거리며 오리나무에 묶여 있는 50대 중반의 여인을 향해 총검을 들이대다 말고 돌아서 버리는 거였다. 그러고는 돌연 들고 있던 총검까지 내팽개치고 온몸을 와들와들 떨며 그 자리에 주저앉고 말았다.

"못 하겠어요. 전 못 해요."

하라다 이병은 양손으로 얼굴을 감싸고 마구 울부짖었다.

어쩌면 순간적으로 고향의 어머니가 눈에 밟혔는지도 몰랐다. 그래서 어머니뻘 되는 여인에게 차마 총검을 들이댈 수 없었던 모양이었다. 하지만 도야마가 이를 그대로 지나칠 리 만무했다.

"저 미친놈, 당장 끌고 왓!"

버럭 내지르는 고함에 놀란 병사 두 명이 하라다 이병의 양쪽 겨드랑이를 잡고 일으켜 세운 뒤 도야마 대위 앞으로 끌고 갔다.

"전시에 명령 불복종은 즉결 처분이다. 알겠나?"

도야마는 이렇게 외치면서 허리춤에서 당장 권총을 뽑아 드는 거였다.

"이놈은 자기 생명과 다름없는 총검까지 내팽개쳤다. 이런 놈을 어찌 고군이라고 말할 수 있겠는가."

도야마가 권총의 노리쇠를 서서히 당기며 하라다 이병의 이마를 겨냥하자 하라다 이병은 그만 기겁하며 땅바닥에 엎어지고 말았다.

"중대장님! 이놈을 즉결처분보다 정식으로 군사재판에 회부시켜 엄벌에 처하는 게 다른 소츠헤이들에게 경고가 될 것 같습니다. 부디 노여움을 푸십시오."

부관 스즈키 중위가 결심한 듯이 살벌한 순간을 가로막으며 이렇게 건의하자 속을 부글부글 끓이던 도야마 대위는 마지못해 하라다 이병에게 겨눈 총구를 허공으로 돌려 한 발, 발사한 뒤 하라다 이병의 직속상관을 찾았다. 사카모토 소위가 바짝 긴장한 얼굴로 달려와 부동자세를 취했다.

"하이! 저의 대원입니다."

"귀관은 도대체 소츠헤이들 훈련을 어떻게 시켰길래 이런 머저리 같은 놈이 나왔나?"

"하이! 죄송합니다. 저의 책임을 통감합니다."

"이놈을 명령불복종죄로 당장 겐페이(헌병대) 영창에 쳐넣어."

"하이!"

그렇게 하여 가까스로 즉결처분을 면한 하라다 이병은 사카모토 소위에게 끌려가 헌병대로 넘겨졌다.

하라다 이병의 항명은 한마디로 계란으로 바위 치기에 불과했다. 그렇다고 상황이 바뀐 것은 아무것도 없었다. 도츠게키 스스메의 총검술은 지체 없이 강행되었다. 12명씩 6개 조가 이 열 횡대로 늘어선 병사들은 자신의 임무가 끝나면 즉시 후미後尾로 돌아가 다시 숨을 죽이고 차례가 돌아오기를 기다리곤 했다. 그들은 한마디로 인간이 아닌 잘 길들여진 살인 기계였다.

황군 병사들의 야만적인 총검술에 의해 처참하게 죽어간 양민은 줄잡아 200여 명. 하지만 그것으로 끝나지 않았다. 어쩌면 그들은 모두 두 번 죽임을 당하는지도 몰랐다. 총검술로 명줄이 끊어질 때마다 도야마 대위를 비롯한 지휘관들이 닛폰도로 나무에 묶인 시신들의 결박을 단칼에 풀어버리기 때문이었다. 게다가 병사들은 자신들이 죽인 시신의 결박이 풀리자마자 마치 쓰레기를 받아 치우듯 총검으로 찍어 후거우 속에 밀어 넣기에 여념이 없었다.

명색이 인간의 탈을 쓰고 이럴 수가…. 원래 짐승보다 못한 인간의 악행은 한이 없다지만 살인 기술을 자유자재로 구사하는 저들은 한마디로 인간의 탈을 쓴 무서운 악마들이었다. 어쩌면 인간이 아니라 염라 대국에서 온 저승사자나 다름이 없었다. 그러지 않고서야 어찌 눈 한 번 깜짝하지 않고 이렇게도 악랄하게 생사람을 죽일 수 있단 말인가.

형진은 애초 모리 하사를 따라다닐 때부터 이런 참상에 점차 호기심이 발동했고 무의식중에 어떤 영웅 심리 같은 심적 동요를 일으키기도 했으나 결코 천성이 모질지 못한가 보았다. 그는 자신이 정신적으로 서서히 망가지고 있다는 사실을 직감하고 소스라칠 때가 한두 번이 아니었다. 그럴 때마다 '내가 왜 이럴까?' 하고 자문하면서 갈등을 느끼다가 경악하기 일쑤였다.

'아 아, 정말 돌아버릴 것만 같아.'

형진이 역시 하라다 이병처럼 당장 미쳐 날뛰고 싶었다.

피살자들의 시신이 겹겹이 쌓이는 후거우 속에는 어디서 날아왔는지 이미 쉬파리 떼가 들끓기 시작했다. 황군 병사들은 그런 쉬파리 떼의 기습에도 아랑곳하지 않고 후거우 속으로 미처 빠져들지 못한 시신들을 무표정하게 군홧발로 밀어 넣거나 총검과 쇠스랑으로 끌어다 구덩이 속으로 처박아 넣는 마무리 작업에 정신을 쏟고 있었다.

죽여도, 죽여도 한이 없었다. 대학살극이 벌어진 지 이미 세 시간이 지났으나 아직도 생존자가 60여 명에 이르고 있었다.

'세상에는 종종 기적이 일어난다고 하지 않던가. 천우신조라는 말이 있듯이 차라리 어떤 기적이 일어나 이들만이라도 살려줬으면……'

형진은 마음속으로 전지전능하다는 하느님께 얼마나 간절히 빌고 빌었는지 모른다. 그러나 그 하느님은 너무도 야속했다.

생존자 중에는 이제 겨우 너댓 살이 되었을까 말까 한 코흘리개 사내아이도 끼어 있었다. 그 아이는 양손을 뒤로 묶인 채 바람만 불어도 쓰러질 듯한 할머니의 여린 가슴 속을 파고들며 공포에 질린 얼굴로 울부짖기만 했다. 하지만 그렇게라도 자신을 보호해 주고 있던 할머니마저 끌려 나가게 되자 아이는 마치 경기驚氣든 것처럼 자지러졌다.

아이는 한사코 할머니의 품에서 떨어지지 않으려고 발버둥을 치며 붙잡고 늘어졌으나 황군 병사가 총검까지 들이대며 무자비하게 떼놓고 말았다. 할머니 역시 그런 손주가 너무도 안쓰러워 '살려달라'고 애원했으나 흡사 사나운 맹수처럼 살기로 충혈된 황군 병사의 눈에는 그 처절한 할머니와 어린 손주의 모습이 한낱 허수아비로밖에 보이지 않았다. 저들은 도야마 대위의 명령에 절대복종하고 맹목적으로 학살극을 수행하는 데에만 혈안이 돼 있을 뿐이었다.

복날 개 끌려가듯 끌려 나간 할머니는 황군 병사가 난폭하게 웃통을 북 찢어 벗기자 축 늘어진 유방이 바싹 말라붙은 데다 가슴패기가 문자 그대로 피골상접皮骨相接이었다. 그 광경을 지켜본 형진은 그만 치를 떨며 흐느끼고 말았다.

'오, 하느님! 너무 야속합네다. 어찌 이럴 수가 있습네까?'

그는 보이지 않는 하느님을 얼마나 원망했는지 몰랐다. 결국 할머니는 어린 손주가 마구 울부짖으며 절규하는 가운데 후거우 앞 오리나무에 결박당한 채 도츠게키 스스메의 총검술에 의해 처참하게 명줄이 끊어지고 말았다. 장차 보복이 두려웠기 때문인가. 놈들은 철부지 어린아이까지도 살려두지 않았다. 할머니와 떨어지기 싫어 그렇게도 자지러지게 울부짖던 손주마저 할머니 따라 참혹한 죽음을 맞이했다.

더욱 잔혹한 것은 도야마 대위가 특별히 선발한 소년병으로 하여금 어린 아이를 처형토록 명령했다는 것이었다. 이름이 이치로一郞라고 했던가? 소년병은 바로 도야마의 당번병이었다.

이치로는 도야마의 명령이 떨어지기 무섭게 도츠게키 스스메를 감행하여 눈도 한 번 깜짝하지 않고 단숨에 일을 해치웠다. 그리고 나서 여린 심장을 뚫고 나간 대검의 칼날이 등 뒤로 삐져나오자 의기양양하게 이 처참한 어린아이의 시신을 마치 꼬챙이에 꿰인 노바다(꼬지)처럼 허공으로 들어 보이다가 그대로 후거우 속에 내동댕이쳐 버리는 거였다.

하여 도야마 대위가 지휘하는 황군 병사들의 광란극은 마침내 막을 내렸다. 남녀노소, 병약자를 불문하고 죄 없는 양민들이 황군의 야마토 타마시와 도츠게키 스스메의 희생양으로 몰죽음을 당하고 말았던 것이었다. 토벌 작전이 시작되고 불과 네댓 시간 남짓한 사이 퉁저우 시내엔 중국인 복장을 한 사람이라곤 눈 씻고 찾아봐도 찾을 수 없을 만큼 인간의 씨가 말라 버렸다.

얼마나 많은 사람이 참혹한 죽임을 당했는지 그 숫자를 아무도 모른다. 그것이 중국 자치공안군과 일본 황군들에 의해 자행된 '퉁저우 대학살사건'의 전모였다.

'아 아, 이럴 수가… 하느님! 너무도 무심합네다. 이 몸서리치는 참상이 보이지도 않습네까?'

형진은 인간의 탈을 쓴 악마들의 만행을 증오하다 못해 기가 막혀 한숨밖에 나오지 않았다.

'저들은 인간도 아니야. 미친 들개들이야.'

그는 이렇게 외치며 저들처럼 미쳐 날뛰고 싶었다. 한없이, 속이 후련하도록 고함이라도 지르며 광기를 부리고 싶었다. 그러나 분노의 목소리는 목젖에 걸려 속앓이로 되뇔 뿐이었다.

10. 일본군 특무대의 이간질

훗날 알려진 사실이지만 황군들에 의해 잔인무도하게 저질러진 퉁저우 대학살사건은 그 당시 요미우리讀賣나 아사히朝日 등 일본의 주요 일간지를 통해 '중국 군벌인 쑹저위안宋哲元 휘하 제29군의 퉁저우 자치공안군이 일으킨 반란으로 무고한 일본인 거류민과 거류민에 고용된 조선인 등 200여 명이 학살된 사건'으로 짧게 보도되었을 뿐 황군의 잔악무도한 살육극은 단 한 줄도 비치지 않았다.

형진은 우연한 기회에 이 같은 사실을 전해 듣고 치를 떨지 않을 수 없었다. 황군의 잔혹한 인종청소로 숨진 수백, 수천 명의 중국인 가운데 조선인 피살자가 절반이 넘는다는 사실을 현장에서 자신의 눈으로 직접 목격했기 때문이었다. 그가 투숙했던 진가숙陳家宿 동네만 해도 자치공안군에 의해 피살된 주민이 모두 조선인들로 줄잡아 100여 명에 달했고 그 중 진씨 부인을 비롯한 부녀자만 70여 명에 달했다.

퉁저우사건은 애초부터 일본군의 허베이성 지배에 대한 자치공안군의 반란 사건으로만 알려져 왔고 반란은 일본군에 의해 하루 만에 진압된 것으로 밝혀졌다. 이때 희생된 일본인 거류민 110명에 대해 퉁저우 자치정부의 사죄와 120만 엔의 위자료 배상으로 사태를 수습했다는 것이 중국과 일본 양측의 공식적인 견해였다. 그러나 조선인 희생자 420명에 대한 피해보상은커녕 진상조사마저 이루어지지 않은 채 역사의 뒤안길로 묻혀버렸다. 파리 목숨보다 못한 식민지 조센진의 베일에 싸인 비극이 아닐 수 없다.

여기에다 '퉁저후 학살사건' 직후 일본군에 의해 자행된 전체 퉁저우 주민들에 대한 보복 학살과 인종청소의 피해자도 줄잡아 500여 명에 달했으나 그 진상 역시 아직도 베일 속에 가려져 있다. 이는 한일합병으로 조국을 등지고 중국대륙에 뿌리내린 우리 조선인 동포들과 중국인들을 이간시켜 침략전쟁의 구실로 삼기 위한 일본군 특무대의 음흉한 계략에서 빚어진 사건이었고 이후 '난징대학살'의 불씨가 되었다.

역설적으로 말해 '퉁저우 학살사건'이 일어나지 않았더라면 '난징대학살 사건'도 일어나지 않았을 것이기 때문이다. 그런데도 일본 군부는 우리 조선인 동포들까지 선량한 일본인 거류민들을 학살한 시나진中國人 폭도로 싸잡아 매도했다. 나라 잃은 설움을 딛고 풀이슬 같은 목숨이나마 부지하려고 중국대륙으로 흘러 들어간 우리 동포들이 가장 많이 피해를 본 사건이 바로 중·일 양측에 의해 저질러진 퉁저우 대학살사건의 실상이었다.

애초부터 일본 군부의 조·중朝中 이간 술책에 휘말린 우리 동포들이 퉁저우 자치공안군에게는 황군 스파이로 몰렸고 황군에겐 자국의 거류민들을 학살한 중국인 폭도들에 동조했다는 혐의를 받았다. 결국 이래도 죽고 저래도 죽는 이중의 참변을 당했던 것이었다. 일본 황군은 다 같이 국권을 상실한 조선인과 중국인들이 서로 손잡고 항일세력을 형성할 것을 우려하여 침략전쟁이 시작될 무렵부터 양쪽을 이간시키는 데 혈안이 돼 왔다고 했다.

특히 만주의 동북 3성 외에 중국 본토에서 조선인 유민들이 가장 많이 몰려 사는 곳으로 알려진 허베이성河北省과 산둥성山東省 등지에서는 일본 침략군이 유언비어까지 퍼뜨려 조선인과 중국인들끼리 서로 '황군 스파이'라며 반목하게 만들기도 했다. 그러고는 그 이유로 조선인과 중국인 가릴 것 없이 양민학살의 구실로 삼았다. 황군 특무대가 자행한 고도의 기만전술이었다.

한때 조선인들이 정착했던 퉁저우에서도 진작에 이 같은 특무대의 이간질 조짐이 나타나 중국인이 두 명만 모여도 '황군이 장제스의 국부군에 의해 전멸했다'라며 '장제스의 국부군이나 마오쩌둥의 인민해방군이 들어오면 황군에 협력한 조선인과 중국인들은 모조리 처형당할 것'이라는 등의 뜬금없는 유언비어가 나돌기도 했다. 그러다가 마침내 대학살의 막이 올랐던 것이었다.

그러나 조선인 유학생 최형진은 행인지 불행인지 뜻밖에도 퉁저우 자치 공안군의 폭동을 황군 캠프에 신고한 공로를 인정받아 중국어 통역관으로 특채되었고 이후 사냥개처럼 저들을 따라 다니게 된 것이다.

황군 토벌대는 각 소대 단위로 욱일승천기를 앞세우고 대오를 지어 타들어가는 석양을 바라보며 발걸음도 가볍게 행군에 들어갔다. 베이스캠프로 귀대하는 것이었다. 저들은 천인공노할 끔찍한 대학살극을 연출하고도 일말의 죄의식이나 양심의 가책도 없이 언제 그랬더냐는 식으로 의기양양하게 승전가를 부르며 드넓은 연병장에 도열 했다.

마상에서 내린 도야마 대위가 근엄한 표정으로 연단에 올라섰다. 그는 일제히 '앞에 총' 자세로 도열 해 있는 장병들을 쭉 둘러보면서 의미심장한 미소를 지었다. 하지만 입술을 지그시 깨문 그의 미소에는 싸늘한 냉기가 서려 있었다.

"제군들! 오늘 수고 많았다. 제군들도 마찬가지 심정이겠지만 우리 황군을 믿고 이역만리까지 와서 살아가던 고코쿠 신민皇國臣民들이 아무 죄없이 짱꼴라 놈들에게 학살을 당하다니 이런 참담한 일이 또 어디 있겠는가. 제군들이 다이닛폰 데이코쿠 덴노헤이카의 강병답게 야마토 타마시의 정신으로 고인들을 위로한 덕분에 이제 반분은 풀린다만 본관은 아직도 치가 떨려 분을 삭이지 못하고 있다."

"……."

"다이닛폰 데이코쿠 덴노헤이카의 군대는 패배를 모르는 군대다. 우리에게는 오직 승리만 있을 뿐이다. 제군들은 앞으로도 야마토 타마시의 정신으로 무장하여 덴노헤이카의 강병임을 한시도 잊어서는 안 될 것이다. 알겠나, 야마토 타마시!"

"하이! 야마토 타마시!"

도야마 대위의 훈시가 끝나자 황군 병사들은 일제히 덴노헤이카의 영원한 치세를 기원하는 기미가요를 합창하고 부관 스즈키 중위의 선창에 따라 '다이닛폰 데이코쿠 반자이!'와 '덴노헤이카 반자이!'를 삼창한 뒤 각 소대별로 해산했다.

취사병들과 일단의 위안부들이 때맞춰 연병장에서 서둘러 배식에 나서고 있었다. 배식은 히노마루日章旗를 상징하는 우메보시(빨간 색깔의 매실절임)를 한가운데에 꽂은 니기리메시(주먹밥) 한 개에 다꾸앙(단무지) 한 조각, 미소시루(된장국) 한 그릇이 고작이었다. 하지만 그것도 감지덕지하며 모두 게 눈 감추듯 먹어 치우는 거였다.

다행히도 배식하는 여인 중에 하루코의 모습도 보였다. 마침 주위를 두리번거리던 하루코가 무사히 돌아온 형진을 발견하고 반색을 하며 다가왔다.

"쯔그 보소이 형진 학상! 고생이 많았지라잉. 배가 고팠제이? 이거, 어여……."

하루코는 두리번거리며 주위를 살피다가 슬그머니 그의 손에 무언가 쥐어 주고는 이렇게 얼버무리며 급히 돌아서는 거였다.

손바닥에 물렁한 감촉이 느껴졌다. 슬쩍 손바닥을 펴보니 우메보시가 히노마루처럼 꽂힌 주먹밥 한 덩어리였다. 그는 갑자기 가슴이 뭉클하고 눈시울이 뜨거워졌다. 누가 앗아갈라, 주먹밥을 급히 한입에 털어 넣으면서 어느 틈엔가 배식대열에 휩쓸려 딴전을 펴고 있는 하루코의 뒷모습을 바라봤다.

그는 속으로 이렇게 중얼거렸다.

'하루코 누나! 고맙시다레.'

형진은 해 질 무렵 고단한 몸을 이끌고 새로 배정받은 숙소로 돌아왔다. 너털거리는 야전 천막에 거적때기를 깐 고지키乞食(거지)굴 같은 곳이었다. 거적때기 밑에는 누런 황진이 켜켜로 쌓여있었다.

동틀녘에 퉁저우성을 탈출해 가네무라 부대 베이스캠프에서 응급 가료를 받았던 병동 막사의 야전침대는 황군 부상병들에게 배정하고 있었고 나머지 침대는 장교나 하사관들 차지였다.

그가 찾아 들어간 숙소에는 이른바 군속이라는 미명으로 징용에 끌려온 조선인 잡역부들로 득실거렸다. 야전 천막 한가운데 지주支柱에 매달려 있는 희미한 간데라(램프) 불빛 아래에 비치는 사람들은 줄잡아 한 30명 남짓 될까. 그중에는 하루코처럼 남루한 기모노차림의 여인들도 대여섯명 끼어 있었다. 그녀들은 모두 고단한 삶에 지쳐버린 조선인 종군위안부들이었다.

기모노 여인들은 한쪽 구석에 거적때기를 깔고 이부자리도 없이 모로 누워 잠을 청하고 있었다. 그중 한 여인이 거적때기 위에 퍼질러 앉아 군용담배인 '하토鳩'를 한 개비 꼬나물고 하염없이 담배 연기만 내뿜고 있었다. 얼핏 보아 갈 데까지 간 듯 기미가 잔뜩 낀 표정이 거칠고 나이가 제법 들어 보였다.

그러나 하루코의 모습은 보이지 않았다. 형진은 흔들거리는 간데라 불빛이 어두워 눈에 심지를 돋우고 주위를 두리번거렸으나 아무리 눈여겨 둘러봐도 그녀의 모습을 찾을 수 없었다.

'혹여 다른 막사로 간 것은 아닐까?'

그는 불현듯 하루코의 안위가 궁금해 조급증이 나기 시작했다.

그대로 무심하게 잠을 청할 수가 없어 머뭇거리다가 마음 내키는 대로 '하토' 담배를 피워 물고 있는 기모노 여인에게로 다가가 살짝 운을 떼 봤다.

"저어…."

"야, 너 아침에 병동 막사에 있던 조센진 아냐?"

그가 미처 말문을 열기도 전에 그녀가 먼저 알아보고 성급하게 말문을 여는 거였다.

"예, 조센진… 조센진 맞아요."

"그래, 무슨 일이야?"

그녀는 '후욱!' 하고 마치 장난기를 부리는 시늉으로 형진의 얼굴을 향해 담배 연기를 훅, 뿜어댔다.

"저어, 하루코 누이가 안 보이누만요."

"호호. 야, 이게 대가리 피도 안 마른 자식이 하루코만 찾아?"

"아니, 그게 아니라니까……."

"흥, 여기 앉아 있는 에이코는 아예 계집으로 안 보인다 이 말이지?"

에이코英子… 그녀는 험한 세상을 모질게 살아온 관록을 과시라도 하듯 함부로 막말을 내뱉었다.

"아니, 그게 아니라니까니 그러누만요."

"그게 아니라면…?"

"……."

에이코가 처음부터 못마땅한 듯 눈을 흘기며 시비조로 나오는 바람에 형진은 그만 어이가 없어 말문이 막혀버렸다.

"하기사 이 에이코란 계집은 자그마치 십 년 동안이나 고지키에서 굴러먹었다구. 그러니까 너 같은 비린내 나는 놈도 망가질 대로 망가진 이 더러운 오미세店房는 아예 거들떠 보기도 싫다 이 말이겠지?"

"아니, 오미세라니 기거이 무슨 소리야요?"

"아, 물건 파는 가게도 몰라? 이런 순진하긴… 좀 그럴싸하게 말하면 후꾸부꾸로 쇼뗑福袋商店이라고나 할까."

"아, 내레 그런 단어쯤이야 알아먹긴 하디만……?"

"아, 몸 팔아 연명하는 계집년의 오미세에 진열해 둔 게 사타구니밖에 더 있겠냐구?"

아하, 그제야 에이코가 내뱉는 점방이란 말귀를 제대로 알아들을 수 있었다. 하지만 그는 에이코에게 일종의 모멸감을 느꼈다. 마치 와루쿠치惡口 (험한 입)처럼 마구 욕설을 섞어가며 함부로 내뱉는 막말이 불쾌하기 그지없었기 때문이다.

"글쎄, 그게 아니라니까니 자꾸 그러누만요. 아, 에이코 상도 잘 알다시피 하루코 누이가 내레 상처를 치료해 줘서라무네 그저 고맙다는 인사라두 할까 했는데……."

"그래, 나도 그쯤은 잘 알고 있어. 하루코가 인정 많고 친절하고 참 착한 아이지. 그런데 어쩌나, 하루코가 없어서……."

"아니, 하루코 누이한테 무슨 일이라두 생긴 거 아니외까?"

"아, 그 친절한 하루코가 오늘 또 당번 나갔거든."

"당번이라니, 그거이 또 무슨 말이외까?"

"아, 당번도 몰라? 이거 알고 보니 아주 쑥맥이군."

형진은 처음엔 당번이란 말이 낯설어 무슨 뜻인지 몰랐다.

하지만 에이코의 묘한 표정을 읽으며 차츰 알고 보니 아뿔싸, 그걸 미처 깨닫지 못한 것이었다. '당번'이란 주로 황군 지휘관들의 성 노리개로 불려 간다는 말이었다. 그렇다면 상대가 도야마 대위인지도 몰랐다.

에이코가 전하는 말에 따르면 하루코는 조선인 위안부 중에서 제법 균형 잡힌 몸매에다 얼굴이 반반하게 생겼으니까 자주 지휘관들의 침실에 당번으로 불려간다고 했다.

"야, 이런 쑥맥! 넌 몰라서 그렇지, 함부로 하루코를 찾으면 큰일 난다니까."

"예에…?"

"하루코는 말이야. 도야마頭山 다이이大尉의 전용침대란 말이지. 그래서 다른 장교들은 아예 하루코를 차지할 생각도 못한다고. 그 지독한 놈이 미적 감각은 살아있어 가지구 반반한 하루코만 독차지하니까."

"……."

"그러니까 멋모르고 하루코와 만나 쏙닥거리다가 도야마 다이이한테 걸리는 날엔 국물도 없다 이 거지. 내 말은……."

형진이 예측했던 대로 하루코는 도야마 대위의 침실에 불려간 것이었다.

"자, 이거나 한 대 피우고 속 차려. 이것아! 이런 멍청이하고는…."

에이코가 피우던 '하토' 담배를 갑째로 건네는 거였다. 하지만 형진은 손사래를 치며 사양했다.

"내레 아직 담배를 피울 줄 몰라요."

"아이그, 이런 쑥맥하고는…."

"……."

"하긴 이 담배도 공짜가 아니란 말이지. 어떤 죠토헤이上等兵란 놈이 침을 질질 흘리며 비공식적으로다 한번 달라고 사정사정하더라고. 그래서 아직도 이 늙은 오미세를 탐내는 놈도 있구나 싶어 푸짐하게 인심 한 번 쓰기로 작정했지 뭐니."

"……?"

"그래서 주위의 눈을 피해 벽치기로 한 번 벌려 줬더니만 달구새끼(닭) 뭣 하듯 해치우고는 겨우 이 하토 담배 한 갑을 던져 주더라구. 쳇, 나 원 더러워서… 별의별 미친 자식들을 다 본다니까."

아쿠타이惡態(악다구니)를 입에 달고 사는 에이코는 이미 갈 데까지 간 여인 같았다. 그녀는 서글프고 고단한 삶에 지칠 대로 지쳐 악만 남아 있었다.

그녀는 구석에 거적때기를 깔고 눈을 붙이고 있는 기모노 여인들을 하나하나 가리키며 아키코明子, 게이코京子, 미치코光子, 리에코惠子 등등 일본식 이름을 불러 주었다. 쪽바리들이 기억하기 쉽고 부르기 쉽도록 모두 코子짜 항렬行列로 이름까지 지어주고 성 노리개로 삼았다는 것이었다. 부모님이 지어준 고귀한 이름마저 버려야 하는 조센진 종군위안부들의 참담한 삶이라고 했다.

"그래, 보아하니 넌 아직 나이도 어린 것이 어쩌다가 여기까지 굴러들어 왔냐?"

"퉁저우 자치공안군에 쫓겨 죽다가 살아났시오."

"쯔쯧… 짱꼴라나 쪽바리나 다 똑같은 놈들이야. 여기라고 어디 성한 데가 있겠어? 어딜 가나 다 똑같은 짐승들뿐이라니까. 그저 나라 잃은 우리 조센진만 억울하고 불쌍할 따름이지."

"……."

"그래, 여기 퉁저우에도 우리 조센진이 많이 산다며?"

"아마, 그런 것 같았시오. 내레, 여기루 피란온 지 며칠 되지 않아 잘은 모르갔디만 말이야요."

"피란이라니…?"

"아 예, 피란… 내레, 톈진에서 살다가 황군이 쳐들어 와 서라무네 야포를 마구 쏴대는 바람에 모두들 질겁을 하구서리 여기 퉁저우로 피란 왔던 기야요."

"톈진…?"

"에, 톈진… 하디만 여긴 톈진보다 더한 인간도살장으로 변했두만요. 여우를 피해가니 호랑이를 만난다구 길을 잘못 들은 기야요."

"그 쪼끄만 섬나라 쪽바리 군대가 거대한 따루大陸를 피로 물들이다니 알다가도 모를 일이야. 정말 덴노헤이카의 강병다운 쪽발이들이라니까."

"그러게 말이외다."

"명청조明淸朝시대 우리 조선이 대국으로 받들던 중화민국이 대체 어디로 사라졌단 말인가?"

"……."

"난 파리 목숨 같은 명줄을 차마 끊지 못해 시궁창에서 사타구니나 벌리고 고지키乞食처럼 목숨을 구걸하는 신세이긴 하지만 한때 따런大人으로 으스대던 짱꼴라들도 역시 우리 조센진 신세와 별반 다를 바 없단 말이지. 에잇, 병신 같은 놈들!"

에이코는 담배 연기와 함께 연거푸 긴 한숨을 토해내곤 했다.

"그래, 넌 모리 고쵸의 사냥개가 되었다며?"

"사냥개…? 하하. 그렇디요. 따지고 보문 내레 에이코 누이 말마따나 목숨을 구걸하는 고지키 사냥개디요."

"아니, 그 꼴에 웃음이 나오냐?"

"아니, 안 웃으면 어카갔시오? 하두 기가 막혀 웃음밖에 안 나온다, 이 말입네다."

"……."

"누군 사냥개가 되구싶어서리 됐갔습네까. 그 모린가 뭔가 하는 왜놈이레 보기만 해도 무서워서리 기냥 사냥개처럼 따라다니는 기야요. 자칫 거역했다간 무슨 곤경에 처할지두 모르니까 말이야요."

"그래, 모리 고쵸는 그나마도 지독한 쪽바리들 중에서 인간미가 좀 있는 놈이야. 겉으로는 독한 척하면서도 우리 조센진을 동정하는 잔정도 있고 말이지. 네가 살아남기 위해 모리 고쵸한테 걸려든 거는 어쩌면 잘된 일인지도 몰라."

"아하! 기래요?"

"그럼, 기왕에 모리의 사냥개가 되었으니까 꼬리나 살살 치면서 그놈 비위를 잘 맞춰 봐. 손해 볼 거 없으니까."

어쨌거나 하루코가 도야마 대위의 침실에 당번 나갔다는 말에 형진은 적이 당황하지 않을 수 없었다. 그럴 수가… 갑자기 울컥하는 감정에 휩싸였으나 따지고 보면 지금 그런 호사스러운 생각에 잠길 때가 아니지 않은가. 하루코는 어차피 낭자군으로 끌려온 위안부에 불과했다. 비록 놈들의 성난 동물적 욕구에 할퀴고 짓밟힐지라도 살아남고 봐야 했다.

어쨌든 하루코는 주어진 운명에 순응하며 용케도 잘 버티고 있지 않은가. 그런 하루코가 어쩌면 대견스럽게 보이기까지 했다. 그러나 하루코와 형진의 인연은 그것으로 끝이 나고 말았다.

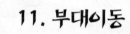

11. 부대이동

먼동이 틀 무렵 쥐 죽은 듯 고요하던 병영에 비상 나팔이 발광하듯 울려 왔다. 각 막사에서 호루라기 소리가 잇달아 들리고 '비상! 비상!' 하고 외치는 소리가 새벽의 정적을 깨뜨렸다.

곤한 잠에 떨어졌던 형진은 비상 나팔 소리에 놀라 눈을 뜨면서 부지불식간에 하루코가 생각나 기모노 여인들이 자고 있던 막사의 한쪽 구석으로 시선을 돌려보니 어, 이게 웬일인가? 벌써 돌아와 있어야 할 하루코는 커녕 에이코 등 다른 낭자군 여인들도 그림자조차 보이지 않았다. 게다가 간밤에 득실거렸던 징용자들마저 어디로 사라졌는지 막사 안에는 썰렁한 냉기만 감돌았다.

황당한 생각이 들어 안절부절 어쩔 줄을 몰라 서성거리고 있는데 막사 밖에서 그를 찾는 목소리가 들려왔다.

"어이, 혼쵸! 혼쵸!"

분명 모리 하사의 신경질적인 목소리였다.

급히 달려 나가 보니 연병장에는 이미 황군 병사들이 도열 해 있었고 '하나, 둘, 셋…' 각 소대별로 일조日朝 점호에 나서고 있었다. 모리 하사가 수통이 매달려 있는 가죽 벨트를 내던지듯 건네주며 발걸음을 재촉했다.

"이거라도 허리에 차고 다녀. 갈증이 심할 땐 물은 마셔야 하니까."

형진은 가죽 벨트를 허리에 둘러매며 앞서가는 모리 하사를 향해 떨리는 목소리로 '하루코가 보이지 않는다'고 말하자 그는 무심한 표정으로 '낭자군과 징용대는 모두 선발대로 먼저 떠났다'고 대답하는 거였다.

상황이 매우 긴박하게 돌아가고 있는 모양이었다. 퉁저우 대학살사건 이후 불과 이틀 만에 출동 명령이 떨어지다니…. 연병장에서 웅성거리는 황군 병사들이 잔뜩 긴장한 표정으로 주고받는 얘기를 슬쩍 엿들어 보니 악명높은 마오쩌둥의 팔로군八路軍 특공대가 진격해 오고 있다는 것이었다.

황군 병사들이 무고한 양민들을 학살한 것에 대한 팔로군의 보복 작전이 곧 전개되리라는 첩보가 입수되었다고 했다. 팔로군 특공대라면 항일전의 최전선에서 게릴라전으로 황군에 막대한 피해를 입힌 마오쩌둥의 홍군紅軍이 아닌가. 팔로군에 포로로 잡힐 경우 죽창으로 사지가 찢겨 참혹하게 능지凌遲를 당한다는 소문이 나돌아 황군에겐 공포의 대상이라고 했다.

하지만 팔로군은 제2차 국·공 합작 이후 인민해방군으로 불릴 만큼 중국 인민들에게 절대적인 지지를 받고 있었다. 그 무렵 마오쩌둥의 근거지인 옌안延安으로 망명한 무정(金武亭) 장군을 비롯한 조선인 공산주의자들이 조직한 조선의용군도 팔로군의 예하 부대로 항일전에 나서고 있다고 했다.

그런 팔로군 특공대가 쳐들어온다면 또 한차례 광풍이 휘몰아치고 말 것이다. 저들은 황군에게 있어 잔인무도한 빨갱이들이니까. 그래서 가네무라金村 부대에 철수 명령이 떨어졌다고 했다. 그렇다면 도야마 대위가 입만 열면 큰소리치던 무적 황군은 대체 어디로 갔단 말인가. 야마토 타마시가 몸에 밴 다이닛폰 데이코쿠 덴노헤이카大日本帝國 天皇陛下의 강병이 한낱 빨갱이 무리에게 지레 겁을 먹고 달아나다니 이게 얼마나 황당한 소리인가.

그러나 상황은 분명 황군에게 불리하게 돌아가고 있었다. 가네무라 부대 병사들은 각 소대별로 소대장의 구령에 맞춰 '앞에 총' 자세를 취하고 구보로 행진해 허겁지겁 퉁저우 시가지를 빠져나와 퉁저우역 광장에 집결했다.

역 구내에는 황군 병사들을 태우고 떠날 열차가 길게 정차해 있었고 모리 하사의 말마따나 선발대로 떠났다던 징용대 잡역부들이 부지런히 등짐을 날라 화물칸에 싣고 있는 모습이 보였다.

하지만 하루코를 비롯한 기모노 여인들은 눈 씻고 봐도 찾을 수가 없었다. 그 별난 와루쿠치 에이코도 보이지 않았다. 어쩌면 이번 난리에서 용케도 살아남은 일본인 거류민들과 먼저 떠났거나 별도의 객실에 수용되어 있는지도 몰랐다. 형진은 하루코를 찾아봐야겠다는 생각이 간절했으나 감히 엄두를 낼 수가 없었다. 언제 어떤 상황이 벌어질지 몰라 마치 사냥개처럼 모리 하사의 뒤를 졸졸 따라다녀야 했기 때문이었다.

역 구내를 중심으로 삼엄한 경계가 펼쳐지고 있는 가운데 마침내 가네무라 부대 병사들이 보무도 당당히 플랫폼에 들어서 질서정연하게 도열 했다. 그리고 개인화기며 실탄과 휴대 장비 등 각자 자신의 군장을 점검하고 최종적인 인원 점검을 마친 뒤 배정된 객차에 승차하기 시작했다.

형진은 모리 하사의 꽁무니를 따라다니면서도 틈만 나면 습관처럼 사방을 두리번거렸다. 내심 하루코를 찾아보기 위해서였다. 먼 빛에서나마 얼굴이라도 한번 보고 싶었으나 하루코의 모습은 끝내 보이지 않았다. 눈에 밟히는 것은 온통 황색 유니폼의 물결뿐 기모노 여인은커녕 게다짝을 끌고 다니는 일본인 거류민조차 구경할 수가 없었다.

'하늘로 치솟았나, 땅으로 꺼졌나, 대체 모두 어디로 사라졌단 말인가. 어딜 가든 하루코 누이만은 무사해야 할 텐데……'

조바심이 나 이런저런 생각에 잠기면서 어쩔 수 없이 모리 하사를 따라 열차에 올라탔다. 마치 농무濃霧처럼 하얀 수증기를 뿜어내던 기관차가 마침내 기적을 울리며 서서히 움직이기 시작했다. 이 열차는 당초 톈진의 조차장에서 대기하고 있던 황군 전용 열차였으나 퉁저우 일본인 거류민 중 생존자들의 피란을 돕고 가네무라 부대의 긴급 철수를 위해 달려온 것이다.

퉁저우는 이미 중국 자치공안군과 황군의 잇단 대학살사건으로 도시기능이 완전히 마비되고 온 시가지가 생지옥으로 변해버렸다. 이 때문에 황군을 더 이상 주둔시킬 필요성이 없어진 데다 자칫 팔로군의 역습을 당할지도 모른다는 북지나 파견군 최고사령부의 판단에 따라 서둘러 철수 작전에 나선 것이었다.

동남쪽으로 한참을 달리던 열차가 어딘지 모르게 낯익은 시가지로 진입하는가 했더니 웬걸 톈진역으로 들어서고 있었다. 이미 황군의 점령지로 변해버린 톈진에는 을씨년스럽던 퉁저우와는 달리 생기가 넘쳐흘렀다. 곳곳에 보무당당한 황색 유니폼이 물결쳤고 기모노와 게다짝을 걸친 일본인 거류민들의 활기차고 여유만만한 모습도 보였다. 톈진은 일본 침략군의 점령지로 완전히 탈바꿈해 가고 있었다.

형진은 낯익은 톈진 시가지가 시야에 들어오자 갑자기 삼촌의 모습이 눈에 밟혀 마음이 들뜨기 시작했다.

'삼촌은 어떻게 되었을까? 내레 먼저 퉁저우로 피란을 떠날 때 가게를 정리 하구서리 곧 뒤따라 오겠노라고 약속하디 않았냐구. 기런데 삼촌이 찾아오겠다는 퉁저우는 이미 사람의 그림자도 찾을 수 없는 생지옥으로 변해 버렸단 말이외다. 기렇다문 삼촌은 도대체 어디로 갔단 말이가.'

삼촌이 미처 피란을 떠나지 못하고 그대로 톈진에 눌러앉아 있는지도 몰 랐다. 그렇다면 얼마나 다행한 일일까. 하지만 삼촌은 분명히 톈진을 떠났 을지도 모른다. 그는 누구보다 민족의식이 강했고 배일사상이 강해 평소 에도 황군이라면 고개를 돌리며 치를 떨었으니까. 그래서 형진을 먼저 퉁 저우로 떠나보내면서도 '우리 조센진은 왜놈들에게 눈엣가시 같은 존재다. 특히 몸조심해야 살아남는다'고 누누이 당부하지 않았던가.

"내래, 짐승만도 못한 왜놈들의 생리를 속속들이 다 알구서리 하는 니야 기(얘기)니까니 단단히 들어 두라우야. 왜놈들이래 본디 못 배워 먹은 사악 한 야만인들이야. 도덕이라든가, 윤리라든가, 그런 인간의 기본을 모르는 무지막지한 섬놈들 이라니까니. 력사(역사)적으로 따져 봐두 기래. 우리 백 제인들이 일찍이 일본으로 건너가서 라무네 그런 야만인들에게 인간으로서 지켜야 할 도덕과 윤리를 깨우치게 했디만 기거이 무슨 소용이 있갔어야?"

"……."

"놈들은 오로지 힘… 힘밖에 믿는 거이 없다니까니, 그저 닛폰도의 힘만 믿구서리 지네들끼리 칼부림으로 세월을 죽이다가 결국 우리 조선을 유린 하구서리 지금은 거대한 따루를 할퀴고 있디 않아. 그런 왜놈들 눈에는 자 기 민족, 그러니까니 덴노헤이카의 백성이 아니문 사람 취급도 하디 않아 야."

"……."

"기래서라무네 우리 조선사람이나 중국사람 죽이는 걸 무시기 개, 돼지 죽이는 것보다 더 우습게 안단 말이야. 그 놈들이레 온전한 사람이 아닌 짐 승들이야. 짐승… 고럼 짐승만도 못한 놈들이구 말구. 내래 당부하는 말인 데 기걸 단단히 명심하라우야. 기래야 살아남을 수 있는 기야."

삼촌은 평소 일본의 일자 소리만 들어도 피부에 두드러기가 돋는다고 했다. 그토록 일본과 일본인을 증오하고 혐오했다.

그래서 황군이 톈진으로 공격해 온다는 소식을 전해 듣고는 지레 가게 문까지 닫아버렸다. 그런 삼촌이 톈진에 눌러앉아 있을 리 만무하지 않은가. 하지만 삼촌이 퉁저우에 오지 않았다는 사실만은 분명했다. 형진은 그렇게 믿고 싶었다. 퉁저우에 자치 공안군의 반란이 일어나기 전 마지막으로 발을 디딘 외지인은 그의 일행들뿐이었으니까. 그리고 곧 무장 폭도들이 들고일어나 온통 난리가 나고 사방에 교통망이 두절 되었기 때문이었다.

그렇다면 삼촌이 톈진보다 앞서 황군에 점령당한 베이징으로 갔을 리는 더욱 만무한 일이고 어쩌면 산시성山西省의 시안西安으로 피신했는지도 몰랐다. 그곳에는 직·간접적으로 독립운동에 참여하고 있는 우리 동포들이 많이 살고 있었으니까. 게다가 삼촌은 평소 산시성 '화베이조선청년연합회 華北朝鮮青年聯合會' 간부들과 자주 접촉을 해왔고 시안이 톈진에서 멀리 떨어져 있는데도 삼촌은 소금 도매상 수입금을 털어 그들에게 독립자금을 지원하는데에 앞장서기도 했었다.

적어도 형진이가 알기로는 그 당시 '조선청년연합회'라는 단체가 정식으로 조직된 게 아니고 한창 발족단계에 있었다. 그 청년조직의 수는 기십 명에 불과했지만 워낙 민족의식이 강해 당초 산시성 타이항산太行山에서 '민족해방운동'을 조직하자고 뜻을 모아 독립운동의 활동 범위를 점차 넓혀 왔었다. 하지만 그들 중 핵심 요원들은 중국 공산당에 입당한 공산주의자들이었다.

그 무렵까지만 해도 삼촌은 그냥 민족주의자로 자처할 뿐 공산주의에 물들지 않았다. 그러나 이후 본격적인 조직 확대에 나선 그들에게 삼촌이 자금책으로 포섭되었고 중국대륙에 흩어져 있는 조선인 공산주의자들의 자생조직인 조선의용대원들을 모아 '항일조 · 중연합(抗日朝中聯合)'을 결성하기에 이른다. 그러고 나서 의기투합한 중국의 공산당 청년 당원들과 함께 중국과 조선의 해방을 목적으로 무장투쟁을 벌여왔다고 했다.

그러니까 이 조직은 처음부터 이념적으로 공산주의자들이거나 공산주의에 가까운 사람들의 모임이었다. 특히 그들은 화베이를 비롯한 산시성 일대에 사는 조선인 동포들을 포섭하고 보호하는 한편 '항일통일전선' 결성과 무장투쟁을 행동강령으로 삼고 '조선의용군 화베이지대朝鮮義勇軍華北支隊'를 별도로 결성해 무장투쟁에 나서면서 많은 민족주의자를 참여시켰다.

그러나 결국 이념 갈등으로 조직이 와해 되었고 조선의용대는 옌안으로 건너가 마오쩌둥의 팔로군 예하 조선의용군에 편입되었다. 그 당시 조선의용군 사령관은 삼촌과도 친분이 있다는 무정 장군으로 알려져 있었다. 그러니까 삼촌도 이념적인 면에서는 민족주의보다 공산주의에 심취한 사람인지도 몰랐다.

형진은 열차가 톈진역에 도착하자 불현듯 삼촌이 보고 싶어 조바심이 났다. 당장 뛰어내려 삼촌에게로 달려가고 싶은 마음 간절했다. 톈진 거리는 그가 훤히 꿰고 있으니까 역에서 삼촌의 소금 도매상까지는 불과 20분이면 달려갈 수 있는 거리였다. 그 중간에는 지난 2년 동안 그가 다녔던 톈진 시립초급중학교가 있었다.

어쨌든 그는 잠시 잠깐이라도 시간이 허락한다면 삼촌의 가게에 한번 가보고 싶었다. 만약 삼촌이 톈진을 떠났다면 어디로 갔는지 이웃의 중국인 상인들을 통해 소식이라도 수소문해 볼 수도 있지 않을까. 평소 친화력이 강한 삼촌은 소금 도매상을 경영하면서 경쟁 관계에 있는 화상華商(중국상인)들과도 비교적 가깝게 지내 온 편이었다.

모르긴 해도 삼촌은 어쩌면 중국 상인들과 모르핀 밀거래에도 관계하고 있는 것 같기도 했다. 어떤 때엔 고리짝에 인민폐(지폐)를 가득 쌓아 놓고 중국의 밀무역상들과 뭉텅이 돈을 거래하는 것도 여러 번 목격했으니까. 그리고 그 자금이 '조선의용군 화베이지대'로 흘러 들어가기도 했다.

남북 간 철도를 따라 산둥성山東省 성도 지난濟南을 거쳐 푸커우浦口까지 달려야 하는 황군 열차는 톈진역에서 한 두어시간 가량 머문다고 했다. 증기기관차는 원래 증기의 열에너지를 이용하여 운행하므로 석탄과 물을 충분히 보충해야 했기 때문이다. 그래서 석탄과 물을 보충하고 기관차의 실린더 점검을 받기 위해 열차가 톈진역에 머문다는 것이었다.

형진은 내내 고민하던 끝에 일단 모리 하사에게 솔직하게 심정을 토로하고 잠시 삼촌의 행방을 알아볼 요량으로 모리 하사를 찾아갔다. 적어도 지금의 심정으로서는 자신을 이해해 줄 사람은 모리 하사밖에 없었기 때문이다. 게다가 간밤에 와루쿠치惡口 에이코가 그러지 않던가. 모리 고쵸는 독하긴 하지만 여느 황군 하사관들과는 달리 우리 조센진을 동정하는 잔정도 있는 사람이라고 말이다.

어쨌든 우연한 기회에 모리와 첫 인연이 맺어졌고 황색 물결의 유니폼 속에서 그가 알고 의지할 수 있는 사람은 유일하게 모리 하사뿐이라는 사실에 고무되었다. 하여 그는 텐진역 플랫폼에 내려 거들먹거리고 있던 모리 하사에게 다가가 조심스럽게 운을 뗐다.

"모리 고쵸님!"

"아니, 혼쵸 군이 아닌가."

"네, 그렇습네다."

"그래, 자네가 웬일이냐? 내게 무슨 할 말이라도……."

"네, 개인적인 건의 말씀을 드리고자 찾아 왔습네다."

"개인적인 건의라… 그래, 그게 무슨 말인가?"

"실은 저의 삼촌이 이곳 텐진에 살고 있습네다."

"그래서?"

"여기서 불과 20분 거리입네다만 고쵸님께서 허락해 주신다문 잠시 다녀올까 해서 말입네다."

순간 모리 하사의 안색이 싹 달라졌다.

당장 도끼눈을 치뜨고 그를 똑바로 바라보면서 뺨따귀부터 한 대 갈기는 거였다. 왼쪽 뺨에서 불이 나는 것 같았다.

"바카(바보), 바카야로(바보자식)! 이런 미친 놈 봤나."

"……?"

"혼쵸! 넌 비록 군속이지만 우리 고군皇軍과 똑같은 신분이란 사실을 잊었는가?"

"아, 아닙네다."

"우리가 지금 전선으로 이동 중인 상황에서 지금이 어느 때라고 감히 소속 부대를 이탈하겠단 말인가?"

"……?"

"하아, 그러고 보니까, 혼쵸 이 놈, 이거 또라이가 아냐? 비록 나이가 어리다곤 하지만 감히 덴노헤이카 군대의 엄정한 군기를 우습게 알다니."

모리 하사가 정색하고 내뱉는 말은 숫제 오금이 저릴 만큼 위협적이었다.

사태가 심상치 않게 돌아가고 있다는 사실을 직감한 형진은 한순간에 삼촌을 만나야겠다는 생각을 접을 수밖에 없었다. 자칫 잘못하다간 무슨 변을 당할지 몰랐다. 그래서 그는 무조건 머리를 조아리며 모리 하사에게 사죄했다. 자신이 과연 무엇을 잘못했는지도 모르고 말이다.

"잘못했습네다. 모리 고쬬님! 내레 아무 것도 모르구서리 기냥 갑자기 삼촌이 보고 싶어서라무네 모리 고쬬님께 건의했을 따름입네다. 용서하시구레."

"야, 혼쵸! 고노야로(이 자식아), 이 모리 고쬬의 말을 똑똑히 들어라."

"하이."

"네가 아직 위대한 우리 고군의 군기를 잘 몰라서 그러는 모양인데 자칫 잘못하다간 그냥 골로 가는 수가 있어. 어제 하라다 이병이 도야마 다이이 大尉한테 당하는 걸 너도 똑똑히 봤겠지?"

"넷, 그렇습네다."

"넌 하라다 이병에 비하면 파리 목숨이란 말이야. 파리 목숨… 내 말 한마디면 당장 죽는 수가 있어. 명령 위반으로 즉결처분이란 말이야. 알겠어?"

이 말에 형진은 당장 오금이 저려 왔다.

"넷, 잘 알갔습네다. 조심하갔습네다. 모리 고쵸님!"

긁어 부스럼이라더니 공연히 쓸 데 없는 말 한마디 내뱉었다가 혼쭐이 나고 말았다.

형진은 급히 돌아서서 열차에 올랐다. 이제부터 혈육도 잊어야 했다. 갑자기 설움이 북받쳐 올랐다. 이렇게 해서라도 살아야 하는 걸까? 비굴한 자신의 태도가 너무도 역겨워 분노와 비애와 환멸을 느꼈으나 어쩔 수 없는 일이 아닌가. 스스로 자위하면서 차창 밖 먹구름에 뒤덮인 먼 하늘로 시선을 보냈다. 뜨거운 액체가 양 볼을 타고 흘러내리는 것을 의식하면서 그것을 손등으로 훔쳤다.

다시 기적이 울고 열차가 서서히 움직이기 시작했다. 차창 밖을 내다보니 기모노 차림의 일본 여인들과 게다짝을 끌고 바쁜 걸음을 옮기는 사내 등 일본인 거류민들의 모습이 스쳐 가고 있었다. 아마도 이 열차에 타고 있던 퉁저우의 거류민들 같았다. 그들은 황군의 민사정책에 따라 안전지대인 이곳 톈진역에 모두 내린 모양이었다. 한 50여 명은 족히 되고도 남았다. 더러는 피란 봇짐을 지고, 안고 끙끙거리며 플랫폼을 빠져나가고 있었다.

서서히 움직이는 열차 안에서 이런 광경을 무심히 바라보던 형진은 하마터면 큰 소리로 외칠 뻔했다. 마침내 하루코를 발견한 것이다. 낡은 기모노 차림에 조그만 옷 보따리를 가슴에 안고 일본인들 틈에 뒤섞여 하염없는 표정으로 플랫폼을 빠져나가고 있는 일단의 여인들 속에 분명 하루코가 있었다. 와루쿠치 에이코의 거친 모습도 보였다.

하루코는 아마도 형진을 찾고 있는지 인파에 떼밀려 플랫폼을 빠져나가면서도 막 떠나는 열차에 시선을 박은 채 두리번거리고 있었다.

"누이! 하루코 누이!"

형진은 차창을 열고 미친 듯이 손을 흔들며 하루코를 불렀다.

마침 플랫폼을 지나 출찰구를 향해 철길 건널목을 지나던 하루코가 애타게 부르는 형진의 절규를 알아듣고 고개를 들며 뒤돌아서는 게 아닌가.

"아아, 누이! 하루코 누이!"

그는 손을 마구 흔들며 하루코를 한없이 불렀다.

마침내 하루코도 그를 발견하고 반색을 하며 안타깝게 손을 흔들어 주었다. 그리고 그녀는 통곡하듯 그 자리에 털썩 주저앉아버리는 거였다. 그것이 하루코와의 영원한 이별이 될 줄이야.

12. 전속명령

그로부터 5개월 후인 1937년 12월.

마침내 중일전쟁이 전면전으로 확산하고 말았다. 광활한 중국대륙 전체가 거센 전화戰火의 소용돌이에 휩쓸리기 시작했다. 중무장한 일본 북지나 파견군은 전투병력을 총동원해 우선 중국 국민당 정부의 수도이자 장쑤성江蘇省 성도인 난징南京을 유혈 점령했다. 저들은 상대적으로 전력이 약한 장제스의 국부군을 섬멸하면서 '퉁저우 대학살사건'과 마찬가지로 사전에 짠 각본대로 대량 학살극을 벌여 수많은 난징 주민들을 무참한 죽음으로 내몬 참사부터 저질렀다.

줄잡아 30여만 명이 희생되었다는 소문이 자자했다. 세계의 대국 중화민국이 하루아침에 조그만 섬나라 일본의 먹잇감이 되고 말다니… 중일전쟁에서 거대한 대륙을 지배하고 있던 중화민국이 일본 황군의 무력 침공을 막지 못하고 대학살의 빌미까지 제공한 것은 20세기의 불가사의한 사건이 아닐 수 없었다.

어쨌든 황군은 난징을 유혈 점령하면서 무자비하게 양민학살을 자행한 지 한 달 만인 1938년 1월, 만주의 군벌 왕자오밍汪兆銘을 수반으로 하는 일본의 괴뢰정부를 수립하여 광활한 중국대륙을 수탈할 발판으로 삼았다. 중국 국민당 정부는 그동안 주요 도시를 거의 잃고 임시수도를 충칭重慶으로 옮기면서 마침내 마오쩌둥의 공산당 정부와 힘을 합친 이른바 제2차 국공합작으로 전열을 재정비하여 일본에 항전하게 된다. 8년간에 걸친 중일전쟁의 서막이었다.

톈진을 거쳐 한없이 남쪽으로 이동한 가네무라 부대는 마침내 산둥성의 성도 지난에 주둔하고 타이산泰山을 비롯한 루중산지鲁中山地에서 준동하는 장제스의 국부군과 마오쩌둥의 인민해방군 등 국공연합군 패잔병들의 소탕 작전에 나선다.

황허강黃河 유역의 화베이華北평야를 끼고 있는 지난은 한 때 제齊나라의 낙읍洛邑이었으며 송宋나라 때에는 지난부濟南府가 있던 역사적인 도시였다. 해발 1524미터의 험준한 타이산을 거점으로 타이안泰安, 창칭長淸, 장추章丘 등 주요 전략적 요충지가 위치 해 있으며 이들 지역에 국공연합군이 집결, 전력을 재정비하여 황군 토벌 작전에 완강하게 저항하는 제2 전선을 구축하고 있었다.

그 무렵 가네무라 부대는 2개 중대의 증원군을 받아 중대 규모에서 대대 규모로 확대, 개편되면서 도야마 대위가 소좌少佐(소령)로 진급해 명실상부한 대대장의 지위에 올랐다. 그의 주 임무는 황군 전투부대의 점령지 지난을 중심으로 산둥성 일대의 위수지역에 대한 치안 유지와 국공 연합군의 패잔병 토벌 작전을 수행하는 데 있었다.

이때 형진의 역할도 무시할 수 없을 만큼 중요한 포지션을 차지하게 되었다. 부관 스즈키 중위가 대위로 진급해 본부중대장을 맡으면서 포로심문부가 신설되고 모리 하사도 중사로 진급하여 포로심문 담당 고쵸(오장)의 직책을 맡았기 때문이었다.

황군의 국부군에 대한 토벌 작전에서 하루에도 수십 명씩 잡혀 오는 포로들을 모리 중사가 미처 감당을 못해 혼쵸 분칸本朝文官부터 찾았고 유일한 중국어 통역관인 형진의 역할이 저들에게 그만큼 중요하게 인식되었다.

그래서 스즈키는 도야마 소령에게 건의하여 그를 정식 군속[문관]으로 발령한다.

포로심문 여하에 따라 포로들의 생살여탈권이 자연 그의 말 한마디에 달려 있게 마련이었고 중요한 정보도 포로심문 과정을 통해 입수한다고 해도 과언이 아니었다. 그동안 그를 한낱 쓸데없는 사냥개 정도로 취급했던 도야마 소령이나 여타 지휘관들의 인식이 달라진 것은 물론이지만 특히 매일 얼굴을 맞대고 호흡을 맞춰야 하는 모리 중사는 점차 그에게 각별히 관심을 기울여 주지 않을 수 없었다.

이 때문에 그는 모리 중사의 배려로 그동안 고작해야 건빵 한 봉지나 주먹밥 한 덩어리로 허기를 면하게 해 주었던 급식 관행을 깨고 여느 황군 하사관들과 조금도 차별 없는 대우로 먹는 문제부터 해결해 주었다. 여기에다 땅바닥에 거적때기를 덮거나 깔고 자던 잠자리도 바뀌어 야전침대까지 제공받게 되었다.

그야말로 파격적인 대우였다. 모리 중사와 별반 차이 없는 현역 하사관급 대우를 받는 군속이 된 것이다. 언젠가 퉁저우의 야전 막사에서 '독한 쪽바리들 중에서도 모리 고쵸는 그나마 인간미가 있는 사람'이라고 내뱉던 와루쿠치 위안부 에이코의 말이 순간적으로 뇌리를 스쳤다. 그래서 그는 모리에게 진정 신뢰감이 가는 인간미를 느꼈다.

그러나 따지고 보면 모리 고쵸가 형진에게 정식으로 군속 대우를 해 주는 것은 포로심문을 통해 적의 동향이나 전략적 가치가 있는 중요한 정보를 수집하여 이를 상부에 보고하는 처지에 처해 있었기 때문이다. 그래서 형진은 가능한 한 포로들을 상대로 중국어 통역을 하는 과정에서 냉정하게 정보수집에 신경을 쏟았다. 인간적인 대우를 받는 만큼 뭔가 모리 중사에게 보답해야 한다는 부담이 따를 수밖에 없었기 때문이다.

여기에다 저들이 필요할 때마다 내뱉는 슬로건에 불과하지만, 이른바 나이센잇타이內鮮一體 신민臣民의 한 사람으로서 덴노헤이카에 대한 충성심의 명분도 찾아야 했다. 어쩌면 조선인 최형진은 이 무렵부터 철저한 황국신민으로 길들여지기 시작했는지도 몰랐다.

모리 중사는 언제나 포로심문을 통해 적의 정세를 파악할 수 있는 정보수집에 혈안이 돼 있었다. 그래서인지 때로는 포로심문 과정에서 만족할 만한 정보가 나오지 않을 경우, 걸핏하면 포로들의 뺨따귀를 마구 갈기면서 '바카야로!' 하고 불평하기 일쑤였다.

가네무라 부대가 지난에 주둔한 지 얼마 되지 않아 알게 된 사실이지만 어렵사리 심문을 마친 포로들은 이상하게도 가네무라 부대 포로수용소가 아닌 인근 북지나 파견군 예하 특수부대인 '지난지구방역급수반濟南地區防疫給水班'으로 보내졌다. 하기야 가네무라 부대에 설치된 임시 포로수용소란 곳도 연병장 한 모퉁이에 철조망을 쳐놓고 포로들을 일시적으로 가둬 두는 것에 불과했기 때문인지도 몰랐다.

현대적인 정수시설을 갖추고 있는 방역급수반은 가네무라 부대가 이곳에 진주한 이후 줄곧 급수차를 동원해 급수지원을 해 주었고 대신 닛산日産 트럭으로 포로들을 실어 날랐다. 방역급수반에서 포로들을 인수해 간 뒤 어떻게 수용하고 관리하는지 아는 사람은 아무도 없었다. 그것은 가네무라 부대 지휘관들의 관심 밖의 문제였기 때문이다. 저들은 오로지 포로심문을 통해 적정을 입수하고 토벌하는 데에만 혈안이 돼 있을 뿐이었다.

그러나 왜 하필이면 일선 전투부대에 급수지원을 전담하는 방역급수반에서 전투부대에 투항해온 포로들을 실어나르는지 형진은 그것이 궁금했다. 위생적인 식수 공급과 방역이 주 임무인 방역급수반에서 어떻게 포로를 수용할 수 있단 말인가. 아무리 생각해 봐도 그것은 상식 밖의 일이 아닐 수 없었다. 그는 비록 군사 조직이나 임무 수행에 대해 아무것도 모르는 문외한이긴 하지만 누구나 간단하게 생각할 수 있는 포로수용 문제는 도저히 이해할 수 없었다.

게다가 가네무라 부대 전 장병들에게 인근 방역급수반에 대한 접근이나 방문이 일절 금지돼 있었다. 가네무라 부대가 지난에 주둔할 무렵 도야마 소령의 지휘관 지시사항으로 전달된 지침에 따르면 특수부대인 방역급수반 캠프에서 사방 500미터 이내에 접근하는 자는 무조건 사살한다는 엄명이 내려져 있었다.

그렇다면 같은 아군에게까지도 철저하게 보안을 요구할 만큼 기밀에 속하는 중요한 특수시설이 방역급수반 캠프에 들어서 있다는 암시가 아닌가. 때문에 가네무라 부대 병사들은 신비의 베일에 싸여 있는 방역급수반 근처에 얼씬도 하지 않았다. 물론 도야마 부대장도 그곳 방역급수반을 한 번도 방문한 일이 없었다. 북지나 파견군 총사령관의 허락이 없이는 지위 고하를 막론하고 출입이 금지되어 있기 때문이라고 했다.

그래서인지 가네무라 부대와 방역급수반의 접촉이라곤 다만 급수 차량이 오가며 정기적으로 하루 한두 차례씩 급수지원을 해 주었고 가끔 포로 수송을 위해 닛산 트럭이 드나들 뿐이었다. 그런 비밀스러운 부대에서 왜 하필이면 하찮은 포로들을 수용한단 말인가? 그것도 끊임없이 포로들을 실어 날랐다. 그러고는 포로들의 동향에 대해 아는 사람은 아무도 없었다. 모두 꿀 먹은 벙어리처럼 입을 다물고 있었고 굳이 알려고도 하지 않았다.

모리 중사도 소기의 정보 획득을 위해 포로심문에 신경을 쏟을 뿐 자신의 임무만 끝내면 그만이라는 식이었다. 하지만 형진은 포로들에 대한 궁금증을 쉽사리 떨쳐버리지 못했다. 그 이유는, 개 끌리듯 끌려가는 포로 중에는 국부군이나 인민해방군에 입대한 우리 조선인 동포들도 상당수 포함돼 있었기 때문이다. 그래서 그는 애써 외면하면 할수록 비참하게 끌려가던 포로들의 뒷모습이 떠올라 더욱 궁금증이 쌓여가기만 했다. 과연 그들은 어떻게 지내고 있을까?

가네무라 부대는 줄곧 지난에 주둔해 있었지만, 상부의 명령에 따라 가끔 먼 길을 오가며 산둥성 일대 곳곳으로 토벌 작전을 위한 원정 출동도 마다하지 않았다. 주로 쯔촨淄川과 보산博山 등 산둥성 중부지역을 중심으로 남부 소도시 쉐청薛城의 산악지대에 이르기까지 저들의 발길이 닿지 않은 데가 없었다. 따지고 보면 고달픈 토벌 작전이었다.

달이 가고 해가 바뀌면서 황군 병사들은 원정 출동에 지칠 대로 지쳐 있었다. 때론 마오쩌둥의 팔로군 특공대의 기습을 받아 고전하면서 사상자가 속출하는 등 별다른 전과도 올리지 못하고 사기가 떨어져 부질없이 지휘관들과 병사들 간에 갈등만 빚기 일쑤였다.

각급 지휘관들 사이에는 적정 분석을 두고 의견충돌을 일으켜 작전에 차질을 빚기도 하는 데다 소츠헤이卒兵들은 졸병들대로 원정 출동과 지난 지역 특유의 무더위와 풍토병에 지친 나머지 걸핏하면 자기들끼리 패싸움이나 벌이곤 했다.

게다가 보급로가 길어지면서 적기에 보급품이 조달되지 않아 어떤 경우에는 비상식량마저 바닥나는 바람에 하루 건빵 한 봉지로 허기를 달래기도 했다. 아마도 국공 연합군의 완강한 저항으로 중국대륙의 전반적인 전세가 황군에게 불리하게 돌아가고 있는지도 몰랐다. 뭔가 황군 내부에서 붕괴 조짐마저 일어나고 있는 것 같았다.

그러나 형진은 충직한 황군의 사냥개 마냥, 한눈팔지 않고 오로지 모리 중사만 따라다니며 4년이란 세월을 보냈다. 그는 비록 일개 식민지 백성인 조센진에 불과했지만, 그동안 저들과 부대끼면서도 충분한 신뢰를 쌓아갈 수 있었다. 그의 나이 벌써 만 20세. 성년을 맞은 것이다. 그야말로 황군에서 잔뼈가 굵었고 중국어 통역관 생활에도 익숙해졌다.

비록 정규군이 아닌 비전투원인 군속이었지만 상황에 따라 자신보다 어린 졸병들을 부릴 만큼 부대 내에서 차지하는 위상도 많이 달라졌다. 따지고 보면 황군의 충직한 사냥개로 성실하게 임무를 수행한 덕분이었다. 하지만 모리 중사가 본부중대 선임하사관을 겸임하게 되자 무엇보다 성년이 된 그를 보고 정식으로 황군에 입대하라고 종용하기 일쑤였고 마침내 모리는 거의 강압적으로 현지 입대를 강요하기도 했다.

심지어 '현지 입대하면 군속 경력을 인정해 졸병이 아닌 하사관급 대우를 받을 수 있다'고 은근슬쩍 꼬시기도 했다. 모리 중사의 이런 술책은 만약 그가 현지 입대 할 경우 골치 아픈 포로심문을 아예 전담시키고 자신은 본부중대 선임하사관 직책에 안주하기 위해서였는지도 몰랐다. 그럴 때마다 그는 전혀 마음이 내키지 않아 대답을 얼버무리곤 했으나 점차 시간이 흐를수록 달리 피할 방법이 없어 전전긍긍하지 않을 수 없었다.

사실 그는 그동안 가네무라 부대 중국어 통역관 생활에 염증을 느낀 나머지 몇 차례나 달아날 궁리도 해 보았고 주위의 눈치를 살펴 가며 모리 중사에게 '고향으로 돌아가고 싶다'며 인간적으로 풀어줄 것을 호소해 보기도 했다. 그러나 모리 중사는 요지부동이었다. 단적으로 말해서 그가 그동안의 중국어 통역관 생활에서 외부에 노출되지 않아야 할 황군의 군사작전이나 군사기밀을 너무 많이 알고 있었기 때문에 종전 때까지 함께 있어야 한다는 것이 모리의 견해였다.

그것은 일종의 협박이기도 했다. 그러니까 결과적으로 그는 단순한 황군의 군속이 아니라 모리 중사에게 인질로 잡혀 있는 모양새가 되고 말았다.

"혼쵸 군! 반역자가 되기 싫으면 황군에 현지 입대하든가, 그대로 눌러 있어. 넌 명색이 나이센 잇타이의 황민이 아닌가. 이런 상황에서 애국심도 없이 고향으로 돌아가겠다니 그게 말이 된다고 생각하나?"

나이센 잇타이… 평소 우리 조센징을 인간쓰레기로 취급하던 저들이 흔히 필요에 따라 써먹는 슬로건에 불과했다.

"……."

"혼쵸 군! 자네가 지금까지 쌓아온 공적에도 불구하고 자칫 잘못 처신하다간 반역자로 몰려 엄중한 처벌을 받게 될지도 몰라. 그렇게 되면 자네 인생은 끝장이란 말이야."

숫제 협박이었다.

형진은 마침내 모든 것이 허사로 돌아가자 절망한 나머지 한때 자살할 생각까지 해 보았다. 날이면 날마다 아비규환의 생지옥과 다름없는 상황에 부딪히며 목숨을 지탱하는 생활에 진저리가 났기 때문이었다.

'탈영…? 그래 탈영하자우. 용케 철조망을 뛰어넘어 부대를 이탈할 수만 있다문야 어딜 가더라두 이 작은 몸뚱이 하나 숨길 수 있지 않갔어. 내래 중국어에 능통하니까 어딜 가든 배일사상이 투철한 시나진들의 도움도 받을 수 있을 거이구. 아니, 어쩌문 충칭의 임시정부를 찾아가 도움을 청할 수도 있지 않갔어. 차라리 광복군에 지원 입대하지 뭐.'

그는 이참에 황군의 사냥개가 된 것을 속죄하는 의미에서 친일행각을 거두고 독립운동에 투신해야겠다는 마음을 남몰래 굳히고 있었다. 설마한들 황군의 군홧발에 짓밟히면서 핍박받는 것보다야 낫지 않겠는가. 별의별 생각과 궁리를 해 보았으나 막상 마지막 단계에서는 뾰족한 방법이 없어 그대로 주저앉기 일쑤였다. 그러다가 또 한 해가 저물어가고 있었다.

1941년 12월 7일.

이른바 대일본제국의 연합함대가 자그마치 360대의 제로센零戰 함재기를 날려 보내 하와이 오하우 섬에 있는 진주만眞珠灣의 미 태평양함대를 기습공격하고 말았다. 일본이 선전포고도 없이 진주만을 기습 공격한 것은 1937년 중일전쟁을 일으킨 지 4년 만의 일이었다. 태평양전쟁이다.

일본이 세계 최대강국인 미국을 상대로 전쟁을 일으킨 것은 바로 한 해 전인 1940년 독일, 이탈리아와 동맹을 맺은 데 미국이 반발, 자국 내의 일본 자산을 동결시키고 석유를 비롯한 전쟁물자의 대일 수출을 금지하였기 때문이라고 했다. 따라서 일본은 이에 대한 보복과 동시에 동남아시아와 남태평양 일대를 장악하는데 장애가 되는 미 태평양함대에 타격을 가하기 위해 기습공격을 감행한 것이었다.

조그만 섬나라가 대담하게 러시아와 싸워 이기고 중국대륙을 삼키고 이제는 세계 최대강국인 미국에 도전해 태평양전쟁의 서곡을 울리고 말았다. 실로 전 세계 인류를 경악하게 하고도 남을 일본 군국주의의 간교한 전략 전술이 아닐 수 없었다. 지난 4년간에 걸친 중일전쟁에서 막대한 인적, 물적 자원을 쏟아붓고 그것도 모자라 또다시 태평양전쟁을 감행하다니 가히 혀를 내두르고도 남음이 있었다.

그 무렵 일본 군부는 남만주에 주둔하고 있던 관동군과 중일전쟁의 주력인 북지나 파견군 100만 병력을 재편성해 말레이시아 · 베트남 · 인도네시아 등 동남아시아 점령지인 이른바 남방전선南方前線으로 파병하는 대이동 작전을 전개했다. 중일전쟁을 전후해서 최대 5개 군단 30개 사단으로 구성되었던 북지나 파견군은 50만 병력을 재편해 거의 절반에 가까운 20여만 병력을 남방 전선에 투입하게 되었다.

여기서 미세한 한 톨 모래알에 불과했던 조선인 청년 최형진의 운명이 또 한차례 소용돌이치며 뒤바뀌고 만다. 지난 4년 동안 몸담았던 가네무라 부대가 남방 전선으로 이동하게 되면서 그의 개인적인 의사와는 전혀 무관하게 타율에 의한 인사이동이 단행되었기 때문이다.

솔직히 말해 그는 가네무라 부대가 남방 전선으로 이동을 단행하기 하루 전까지만 해도 이런 사실을 전혀 확인할 수 없었다. 물론 군대의 부대이동이란 극비의 군사작전이기 때문에 일부 지휘관들을 제외하고는 비밀사항에 부쳐지게 마련이었다. 하지만 태평양전쟁 발발 이후 북지나 파견군의 재편에 대한 소문이 은밀히 나돌기 시작했다.

시간이 흐를수록 이 같은 소문은 점차 현실로 나타났고 마침내 가네무라 부대도 동남아 점령지역의 병력증강 정책에 따라 남방 전선으로 이동하게 될 거란 얘기가 황군 병사들 사이에 파다하게 번져 나갔다. 그렇다면 가네무라 부대에 중국어 통역관이 필요 없게 될지도 모른다는 생각에서 들뜨게 된 형진은 이 기회를 잘만 이용하면 무사히 풀려나 고향으로 돌아가게 될지도 모른다는 일루의 희망을 얻게 되었다.

가네무라 부대의 남방 이동설이 나돌고부터 그동안 중국 국공 연합군의 패잔병들에 대한 토벌 작전도 뜸해졌다. 하루하루 찌는 듯한 무더위 속에서 지겹게 세월을 죽이는 동안 도무지 심란해 일이 손에 잡히지 않았기 때문이다. 형진은 이럴 때 '혼쵸 군! 그동안 수고 많았어. 이제 넌 우리 부대에서 필요 없게 되었으니 네 갈 길을 찾아가라.' 하고 모리 중사가 한마디 내뱉기만 간절히 바라고 있었다.

그러나 그것도 잠시 잠깐 스쳐 가는 바람결처럼 이내 좌절감에 사로잡히고 말았다. 고향으로 돌아가게 될지도 모른다는 실낱같은 희망을 접어야 한다는 사실이 금방 현실로 나타났기 때문이다. 그것은 그가 가슴 속 깊숙이 품고 있던 희망의 끈이 한순간에 끊어지는 듯한 충격이었다.

"어이 혼쵸, 혼쵸 군!"

부대이동을 위해 비상 나팔이 울리고 전 병력이 연병장에 도열 한 가운데 각 중대, 소대별로 인원 점검이 이루어지고 있을 무렵 비전투원으로 본부중대 열외列外에 서 있던 형진은 선임하사관 모리 중사의 부름을 받고 달려갔다.

모리 중사의 옆에는 양쪽 허리춤에 손을 찌르고 닛폰도와 권총을 찬 한 장교가 의도적으로 위엄을 과시하듯 목에 힘을 주고 뻣뻣하게 서 있었다. 언뜻 보기에 양쪽 어깻죽지에 츄이中尉 계급장이 달려 있었다.

"혼쵸 군! 자넨 말이야. 우리와 함께 갈 수 없게 되었어. 전속 명령이 떨어졌다니까. 어쩌면 개인적으로 잘된 일인지도 몰라."

"아니, 모리 츄시中士님! 전속이라니, 갑자기 그거이 무슨 말씀이외까?"

솔직히 형진이 바랐던 것은 그게 아니지 않은가.

'혼쵸! 넌 이제 필요 없게 되었으니 고향으로 돌아가든지 텐진으로 가 공부를 계속하든지 네가 알아서 네 갈 길을 찾아가라.'

모리 중사의 이 말 한마디를 간절히 바라고 있었는데 뜬금없이 전속이라니… 이게 대체 무슨 날벼락이란 말인가? 형진은 절망적인 심정으로 모리 중사를 쳐다봤다.

"전속에 무슨 이유가 있나. 명령을 받으면 무조건 떠나는 게 군대란 말이야. 알겠어? 혼쵸 분칸文官!"

모리 중사는 이렇게 신경질적으로 내뱉고는 괴로운 표정으로 숫제 고개를 돌려버리는 거였다.

아마도 형진이와 헤어지는 것이 몹시 안쓰러웠던 모양이었다. 형진은 그렇게 좋은 방향으로 생각했다. 적어도 모리는 잔정이 있는 사람이니까. 그러나 그는 모리의 말 한마디에 그만 절망의 늪으로 빠져들면서 고향으로 돌아가게 될지도 모른다는 일루의 희망마저 체념하지 않을 수 없었다. 더 이상으로 모리의 신경을 건드려서 덕 볼 게 아무것도 없었기 때문이었다.

"네. 알갔습네다. 모리 코쵸님!"

엉겁결에 대답은 그렇게 했지만, 도무지 어리둥절해서 무슨 영문인지 알 수가 없었다.

군속도 전속이란 게 있는 건가? 그런 의문이 뇌리를 스쳤으나 모리 중사에게 감히 따져 볼 용기가 나지 않았다. 모리는 언제나 그에겐 두려운 존재였다. 잠시 후 모리 중사는 표정을 바꾸며 말머리를 돌렸다.

"혼쵸 군!"

"하이!"

"지금부터 네 소속은 가네무라 부대가 아니라 지난지구 방역급수반이다."

"네에…?"

"우선 인사부터 드려. 여기 장교님은 방역급수반의 오노大野 중위님이

시다.”

“하이, 오노 중위님!”

형진은 놀란 토끼처럼 부동자세를 취하며 오노 중위에게 거수경례부터 올려 붙였다.

오노 중위는 마치 사관생도처럼 꼿꼿이 기합이 든 자세로 그에게 거수경례로 답례했다. 황군 장교들의 자세가 판에 박힌 듯 한결같았지만 오노 중위의 첫인상은 원리원칙주의자인 것처럼 너무도 딱딱해 보였다.

“오노 츄이님은 방역급수반의 부관이시다. 오노 츄이님께서 앞으로 토벌작전에서 인수하는 포로들을 직접 심문하는 임무를 맡게 되었으니까 자네가 지금까지 해왔던 것처럼 중국어 통역관으로서 오노 츄이님을 잘 보필하길 바란다.”

그리고 모리 중사는 오노 중위에게 절도있게 거수경례를 바치고 뒤돌아서자마자 본부중대 병사들이 도열 해 있는 곳으로 뚜벅뚜벅 걸어가는 거였다.

형진이 그의 뒷모습을 멍하니 바라보니 고개를 푹 숙인 채 걸음걸이마저 버릇처럼 거들먹거리던 평소와는 달리 맥이 풀려 있었다. 게다가 모리는 바지 호주머니에서 손수건을 꺼내 흐르는 눈물을 훔치고 있었다.

평소 그저 냉혹한 존재로만 여겨졌던 전형적인 황군 하사관, 모리 중사도 역시 감수성이 예민한 한 인간에 불과하다는 사실을 형진은 그때 비로소 느꼈다. 자신도 역시 그런 모리 중사의 뒷모습을 바라보는 순간 그동안 맺혔던 감정이 눈 녹는 듯 사그라지면서 갑자기 가슴이 뭉클해졌다.

'미운 정, 고운 정, 다 들었던 고쵸… 모리 중사님! 부디 무운을 빕네다.'

형진은 그런 생각에 잠기며 배낭을 챙겨 오노 중위를 따라갈 수밖에 달리 어찌할 방도가 없었다.

오노 중위는 사이드카sidecar가 옆에 달린 삼륜 오토바이를 타고 왔다. 오노 중위의 지시대로 배낭을 벗어들고 사이드카에 올랐다. 시동을 걸자 날아가듯 황진을 일으키며 달리기 시작하는 삼륜 오토바이가 영문을 빠져 나갈 때까지 주위를 부지런히 둘러봤으나 먼빛으로나마 그를 향해 손을 흔들며 작별 인사를 건네는 사람은 아무도 없었다.

그래도 지난 4년 동안 몸담았던 병영인데… 그의 전속 명령을 전달하고 돌아서서 눈물을 훔치던 모리 중사의 뒷모습도 보이지 않았다. 그는 그렇게 씁쓸하게 가네무라 부대를 떠났다. 악명 높은 도야마 소령, 스즈키 대위, 사카모토 중위 등 각급 지휘관들의 모습이 주마등처럼 스쳐 갔다.

13. 백색白色캠프

북지나 파견군 예하 지난지구 방역급수반은 고압 전류가 흐르는 이중철 조망으로 울타리가 쳐져 있었고 동서남북 네 곳의 가장자리에는 캠프가 한 눈에 훤히 내려다보이는 높다란 망루가 설치되어 있었다. 망루에는 살벌한 기관총좌가 금방이라도 불을 토해낼 듯 삼엄하게 24시간 총구를 겨누고 있는 데다 밤이면 강력한 서치라이트가 간단없이 회전반경을 돌며 캠프를 샅샅이 감시하고 있었다.

가네무라 부대가 인근에 주둔해 있을 때부터 평소 감히 아무도 접근할 수 없는 곳으로 소문이 나 있던 이 비밀 캠프에 뜻밖에도 조선인 청년 최형진이 발을 내디딜 줄이야. 가까이 다가갈수록 냉기가 으스스 스쳐 갔다. 이 중철조망이 살벌하게 에워싸고 있는 부대 주변 곳곳에는 '수하막론 접근사살誰何莫論 接近射殺(이유여하를 막론하고 접근하는 자는 사살 한다)'이라는 흰색 바탕에 붉은 글씨의 경고판이 나붙어 있어 누구나 이 경고판을 볼 때마다 가슴이 섬뜩해지게 마련이었다.

삼엄한 경계망이 펼쳐진 영문을 통과할 때부터 간담이 서늘해져 바짝 긴장하지 않을 수 없었다. 형진은 바로 극비의 베일에 가려져 있는 캠프의 중국어 통역관으로 배속된 것이다. 앞으로 이 비밀 캠프에서 부관 오노 중위와 함께 중국인 포로들에 대한 심문을 맡아야 하기 때문이다. 그동안 가네무라 부대나 여타 전투부대에서 토벌 작전에 나가 조달해 오던 포로들을 앞으로는 이 캠프에서 직접 조달해야 하는 새로운 임무도 주어졌다고 했다.

그는 타 부대 병사들의 접근이 철저하게 금지돼 있어 말로만 들어왔던 방역급수반에 대해 막연하게나마 비밀스러운 특수부대라는 이미지만 생각해 왔다. 하지만 막상 중국어 통역관으로 부임하고 보니 전혀 별개의 영역이 그를 기다리고 있었다.

베일에 가려진 캠프에 들어서자마자 당장 눈에 띄는 것은 드넓은 광장에 야전 천막이 즐비하게 들어서 있고 야전 천막을 중심으로 삼엄한 경계망이 펼쳐져 있었다. 하시모토橋本 대위가 지휘하는 경비 중대 캠프라고 했다. 이 경비 중대 캠프에서 동떨어진 들판에는 마치 제로센 전투기의 격납고처럼 생긴 반달형의 커다란 퀀시트 건물 한 동棟을 비롯한 뱃집형船型의 일반 퀀시트가 앞뒤로 3개 동씩 모두 6개 동이나 자리 잡고 있었다. 연구 병동이라고 했다. 무슨 연구를 하는 곳인지 알 수 없었다.

경비 중대의 황군 병사들 사이엔 그냥 연구 병동으로만 알려져 있다고 했다. 그들 중에서도 일부 경비병력을 제외하곤 평소 접근이 금지돼 있다는 것이었다. 좀 특이한 상황은 황색 유니폼을 착용한 경비 중대 소속 병사들과 행정지원병 등 특별히 선발된 기간요원들을 제외하고는 연구 병동에서 근무하는 모든 의료진이 하나같이 위생복인 백색 가운을 걸치고 있다는 점이다. 하여 이 연구 병동을 '백색 캠프'라고 불렀다.

하루 24시간 내내 백색 가운만 착용하고 있는 황군 군의軍醫 장교와 위생병이 50여 명이나 되고 서무·보급·경리·통신·취사·경비 등 지원병력 60여 명을 합해 연구 병동에 배치된 요원들만 100여 명에 이르고 있었다. 그러나 이마저 인적자원이 부족해 수시로 조달되는 중국군 포로 중 건장한 20~30명을 선발, 임시잡역부로 부리고 있었다.

특히 관심을 끌고 있는 것은 백색 가운을 착용한 군의관들이 하나같이 세균학과 해부학, 임상병리학을 전공한 엘리트 의학도 출신이라는 점이다. 장비는 5톤 용량의 물탱크가 갖춰진 닛산 급수 차량 3대와 여과濾過차량 2대, 닛산 카고트럭과 옆에 사이드카가 달린 삼륜 오토바이가 각각 3대씩이었다. 형진이 타고 온 삼륜 오토바이는 부관인 오노 중위가 관리하면서 군의관들이 공용으로 사용한다는 것이었다.

부대장은 와타나베 가즈오渡邊一夫 중좌中佐[중령] 부대 규모에 비해 지휘관 계급은 상당히 높은 편이었다. 그만큼 임무가 중대하다는 뜻인지도 몰랐다. 그래서 그는 가명을 쓰고 있다고 했다. 비단 와타나베 중좌뿐만 아니라 연구 병동에 배치해 있는 군의관들의 이름도 모두가 가명이라고 했다. 그들이 수행하는 임무가 하나같이 극비였기 때문이었다.

부대장 와타나베 중령은 도쿄 의대를 나온 군의관 경력 15년의 신분이었으나 유일하게 군복을 착용하고 있었다. 그는 양쪽 어깻죽지에 츄사中佐 계급장이 달린 황색 유니폼을 유달리 즐겨 입는다고 한다. 자랑스러운 다이닛폰데이코쿠 고군大日本帝國 皇軍의 고급장교가 된 것을 가문의 영광으로 생각하기 때문이라고 했다. 그래서 그는 백색 캠프 안에서도 가운을 외면한 채 언제나 중좌 계급장이 빛나는 황색 군복차림으로 근무하고 있었다.

그러나 와타나베 중령을 제외한 백색 캠프 요원들은 세균학과 해부학, 임상병리학을 전공한 군의관들을 비롯해 모든 위생병이 하나같이 백색 가운만 착용하고 있었기 때문에 그들이 배치해 있는 연구 병동에 이른바 '백색 캠프'라는 별칭이 붙여졌다는 것이다.

하시모토 대위의 경비 중대에서 가동하고 있는 모든 군사 장비는 외부에 노출돼 있었으나 출입이 극히 제한된 퀸시트 연구 병동의 백색 캠프 내부에 갖춰진 각종 실험시설과 의료장비는 같은 부대의 기간요원들에게도 극비에 붙여져 있었다. 하지만 행인지 불행인지, 몰라도 이들 극비 의료장비와 내부 시설이 최형진에게만은 공개되었다. 이곳에 배속된 지 일주일만의 일이었다.

이 비밀 의료장비와 내부 시설은 바로 특수임무를 수행하는 인체실험용이었고 실험대상자인 포로들의 심문에 그가 직접 참여해야 하는 데다 인체실험의 임상 과정에서도 수시로 통역을 해야 했으므로 부득불 공개하지 않을 수 없었다.

'아 아, 그러고 보니까니 이거이 인간백정의 집단이로구만 기래.'

그는 이 백색 캠프가 아군에게조차 접근이 금지된 인체실험 캠프라는 사실을 비로소 알게 되었고 그동안 가네무라 부대에서 넘겨준 포로들이 모두 인체실험 대상자였다는 사실도 뒤늦게 확인할 수 있었다. 여간 큰 충격이 아닐 수 없었다. 바로 이 비밀 캠프가 장차 전개될 세균전에 대비해 각종 세균폭탄을 제조하는 곳이기 때문이었다.

게다가 이 캠프에 배속된 후 알게 된 사실이지만 그는 판임관判任官(초급장교)급 군속으로 이른바 조센진이면서도 황국신민으로서 황군의 일반 하사관급보다 높은 대우를 받았고 행동에도 별다른 제약을 받지 않았다. 소위 말해 제법 출세한 조센진이었다.

가네무라 부대에서 근무할 때 모리 중사의 당번병이나 진배없이 온갖 궂은일까지 도맡았고 인간 대우도 제대로 받지 못했던 그가 어쩌다 판임관급 대우 군속이라니 좀체 믿을 수 없었다. 하지만 그것은 엄연한 사실이었다.

부관 오노 중위를 통해 전해 들은 이야기지만 평소 가네무라 부대에서 하사관 직급을 부여하겠다며 현지 입대를 종용하던 모리 중사가 전속명령서에 판임관급 군속으로 기재했다는 것이었다. 어쩌면 모리 중사에게 사냥개처럼 충성을 바쳤던 그동안의 수고를 보상하는 뜻에서 그를 특별히 배려했는지도 몰랐다. 막상 지나고 보니 평소 무지막지한 들짐승처럼 보였던 모리도 역시 눈물을 읽을 줄 아는 인간이었다. 그는 그런 모리 중사에게 새삼 고마운 정을 느꼈다.

그러나 판임관급 군속이라고 마냥 좋아할 일도 아니었다. 왜냐하면 그에 따른 보수는커녕 앞으로 그가 수행해야 할 임무가 판임관급의 신분에 어울릴 만큼 비밀스럽고 중요한 일이기 때문이었다. 그러니까 따지고 보면 그는 판임관급 군속이라는 미명 아래 이곳 백색 캠프에 인질로 잡혀 와 있는 셈이었다. 따라서 그는 기약도 없이 이 비밀 캠프에 눌러있어야 할 운명을 순순히 받아들이지 않을 수 없었다. 그것이 너무도 끔찍했다.

인체실험용 의료장비와 내부 시설을 공개할 때 부대장 와타나베 중좌가 직접 나서서 〈어떤 경우에라도 극비의 의료장비와 내부 시설 및 인체실험 사항 등 모든 임무를 외부에 누설하지 않겠으며 만약 이를 어길 시 다이닛폰데이코쿠 고군의 군법과 내부규정에 따른 엄격한 처벌을 감수 한다〉라는 무시무시한 내용의 서약서를 내밀고 형진에게 서명을 요구했다.

그런 삼엄한 분위기 속에서 과연 어떻게 처신해야 할지 잠시 망설여졌으나 형진은 와타나베의 명령에 순순히 따르는 수밖에 달리 피할 길이 없었다. 그것이 그가 살아남을 수 있는 유일한 방법이기 때문이었다. 그는 서약서에 '혼쵸本朝'라는 서명을 한 뒤 선임군의관인 우에노上野 대위의 안내를 받게 되었다.

이제 '최형진崔亨振'이라는 그의 본명은 영원히 사라지고 마는 것일까. 사실 '혼쵸'라는 일본식 이름은 이미 4년 전 모리 중사에게 징발당할 당시 '토박이 조센진'이라는 뜻으로 지어준 이름이 아닌가. 이후 줄곧 '혼쵸'라는 이름만 사용해 왔고 이곳 방역급수반에 배속돼 부대장 와타나베 중령으로부터 받은 군속 임명장에도 역시 그의 이름이 '혼쵸'로 적혀있었다.

이 때문에 각 연구 팀별로 브리핑을 받을 때도 팀장들은 몇 번이고 그를 '혼쵸 분칸文官'이라 부르며 앞으로 그가 보고 익히는 모든 사항이 극비임을 강조하기도 했다. 그래서 그는 저들에게 '죽을 때까지, 아니 죽어서 눈에 흙이 들어가더라도 모든 비밀을 지키겠노라'라고 서약한 것 이상으로 분명한 태도를 다짐하면서 애써 태연한 척했지만 그럴수록 어떤 두려움과 공포심이 가슴을 짓누르곤 하는 거였다.

하지만 막상 그들이 극비라고 주장하면서 공개한 의료장비란 민간종합병원이나 군 병원에서 일반적으로 흔히 볼 수 있는 고성능 현미경 20여 대와 대형 살균기 2대, 세균배양기와 소독기가 각각 5대, 인체 해부 장비와 용도를 알 수 없는 초정밀 의료기기 10여 종이 고작이었다.

이 백색 캠프는 만주사변 직후 하얼빈에 주둔해온 관동군 휘하 인체실험 캠프인 제731 세균부대와는 전혀 다른 북지나 파견군이 극비에 '방역급수반'이라는 이름으로 위장하여 중국 본토 지난에 설립한 별개의 세균부대였다.

흔히 마루타(통나무)로 불리는 제731부대는 만주사변 이듬해인 1932년부터 중국인과 조선인 · 러시아인 등을 붙잡아다 발진티푸스와 콜레라 등 세균을 주입 시키는 인체실험을 했고 심지어 생사람을 해부하는 이른바 생체실험으로 숨진 실험대상자만 3000여 명으로 알려져 있다.

특히 제2차 세계대전과 태평양전쟁이 치열하게 전개되던 시기인 1940년부터 42년 사이 731부대는 모두 6차례에 걸쳐 세균무기를 개발했으며 지린성吉林省과 저장성折江省, 장시성江西省 등지에서 페스트균에 감염된 벼룩을 살포해 무고한 주민 2만6000여 명을 감염시킨 기록도 전해지고 있다.

그 당시 헤이룽장성黑龍江省 하얼빈에 본부를 둔 731부대는 중일전쟁과 태평양전쟁 당시 인체실험 중에서도 잔혹한 생체실험으로 악명이 높았던 반면 '지난지구 방역급수반'의 실체는 주로 임상실험을 자행해온 별개의 캠프라고 했다.

히로히토 천황의 칙령에 따라 당초 관동군 '방역급수부'로 설립된 일본 군국주의 최초의 세균부대로 부대장은 이시이 시로石井四郞 중장. 지휘관의 이름을 따 '이시이부대'로 불리기도 했다. 치치하얼齊齊哈爾의 516부대를 비롯하여 하이라얼海拉爾의 543부대, 창춘長春의 100부대 등 만주에만 5개 예하 부대가 있었고 중국대륙에는 베이징에 1855부대, 난징에 1644부대 등 일본군의 점령지마다 인간사냥과 인체실험을 위한 예하 부대를 둔 군단급 규모였다. 그뿐만 아니라 이시이부대는 동남아 영국 연방의 외국인 사냥을 위해 싱가포르에도 9420부대를 설치, 운영했다.

그러나 지난지구 '방역급수반'은 그로부터 5년 후인 중일전쟁 직전에 북지나 파견군이 설립한 대대급 규모의 조그만 비밀 캠프였기 때문에 종전 70여년이 지난 지금까지도 검은 베일에 가려져 왔다. 이 캠프에서는 주로 중일전쟁에서 포로로 잡혀 온 국부군과 인민해방군 및 양민들을 대상으로 인체실험을 자행했다.

특히 충격적인 사실은 중국인 학살자나 인체실험 대상자들 가운데 그 당시 이념에 따라 국부군이나 인민해방군에 입대한 조선인들과 중국인으로 가장해 대륙을 유랑하던 우리나라 독립운동가 또는 유민流民들도 상당수 포함돼 있었다는 점이다.

저들의 인체실험은 중일전쟁 이후 종전까지 8년간에 걸쳐 페스트균을 비롯한 콜레라 · 발진티푸스 · 천연두 · 풍토병 등 각종 전염 병원균을 포로들에게 주입注入하고 배양해 세균무기를 개발하는 특수임무로 은밀히 추진해 왔다. 지난 백색 캠프는 이 같은 악랄한 인체실험을 자행해오면서 1945년 종전 때까지 극비의 베일에 가려져 있었고 종전 후에도 여전히 역사의 뒤안길에 묻혀 버린 악마의 소굴이었다.

지난지구 방역급수반으로 위장한 백색 캠프의 세균전 역시 731부대와 똑같은 형태로 진행해 왔음이 낱낱이 드러난다. 어쩌면 군단급에 중국대륙 곳곳에 예하 부대를 두고 있는 731부대보다 규모는 훨씬 작았지만 인체 실험의 정도는 더 잔혹했을지도 모르겠다.

정확히 말해 1942년 2월 중순.

형진이 백색 캠프에 배속된 지 3개월쯤 지났을 때 우연히 연구 병동에 100여 명의 인체실험용 중국인 포로들이 수용된 사실을 목격하게 된다. 그들은 대부분 가네무라 부대가 남방 전선으로 이동하기 전에 토벌된 이른바 국공연합의 신4군新四軍 소속이었으나 여기에 조선인 포로들도 상당수 포함돼 있었다.

조선인 유민들이 조선총독부의 수탈정책으로 인해 대물려 받은 문전옥답을 다 빼앗기고 중국대륙으로 건너가 헐벗고 굶주리며 방황하다가 입에 풀칠이라도 하기 위해 우리 임시정부와 우호적이던 중국 국부군에 입대했다가 신 4군으로 편입된 사람들이 적지 않았기 때문이었다.

지난지구 백색 캠프의 병영구조는 제네바협약에 따라 적기의 공습을 피하기 위해 실험 병동과 연구 병동의 퀸시트 지붕에 적십자 형태의 대공 표지판으로 야전병원처럼 위장해 있었다. 이들 퀸시트 건물 안에는 인체실험실과 해부실, 세균배양실, 연구실 등이 배치돼 있었고 그 주변에 부대장 와 타나베 중좌의 집무실이 있는 본부 퀸시트를 비롯해 위병실, 취사장, 식당, 창고, 장교 및 사병 숙소 등 지원시설이 들어서 있었다.

특히 이중철조망에 고압전선을 연결, 주위를 완전히 고압 전류로 차단한 격납고 형태의 특수시설 2개 동은 인체실험용 포로수용소로 관계자 외에 출입이 극히 제한돼 있었다. 10명씩 수용하는 12개의 감방에는 포로들의 탈출을 막고 동태를 일일이 감시하기 위해 사방 벽마다 환한 반사경을 설치해 놨다. 일종의 CCTV와 같은 시설이다.

여기에다 출입문이 있는 감방 정면에는 군의관과 위생병들이 오가며 내부를 관찰, 실험대상을 선택하기 쉽도록 감방 안에서는 밖이 보이지 않지만 밖에서는 안을 볼 수 있는 대형 유리 벽을 설치해 두고 있었다. 이밖에 세균실험용 축사 2개 동에는 우역牛疫 독극물을 채취하기 위한 황소 20마리를 비롯해 토끼 100여 마리, 모르모트(흰쥐) 500여 마리 등을 사육하고 있었다. 하지만 종두種痘 채집용인 황소를 제외하곤 인체실험을 위장하기 위한 동물에 불과했다.

백색 캠프에서는 주로 황군 토벌대에 투항해온 국부 군과 인민해방군 등 중국 국공 연합군 포로들을 인수해 수용하면서 각종 병원균을 주입 시켜 발병에서 죽음에 이를 때까지의 투병 과정을 일일이 관찰하는 인체실험을 집중 실시하고 있었다. 이 과정에서 각종 세균을 배양해 세균 포탄을 제조하는 등 미국을 비롯한 연합국을 상대로 대규모의 세균전에 대비하는 것이었다.

그러나 실험용 포로가 부족할 경우 하시모토 대위의 경비 중대가 인근 중국인 부락을 돌며 어른·아이 할 것 없이 마구잡이로 인간사냥까지 일삼기 일쑤였다. 그러기에 저들은 이 같은 악랄하고 추악한 범죄행위를 숨기기 위해 이 캠프의 명칭도 '방역급수반'이라는 제법 그럴싸한 간판으로 위장했다.

게다가 이 백색 캠프는 북지나 파견군 예하 부대의 같은 황군 사이에도 이러한 특수임무를 위장하기 위해 우물물을 퍼다 여과 차량으로 여과시킨 뒤 급수 차량에 싣고 식수가 부족한 인근 전투부대에 나눠 주는 등 급수 임무도 병행하고 있었다.

형진이 백색 캠프에 배속된 지 일주일 만에 최초로 목격한 것은 실험 병동의 축사에서 사육 중인 황소의 종두를 채집하는 과정과 말로만 듣던 중국인 포로들에 대한 인체실험. 선임군의관인 우에노 대위가 '혼쵸 분칸! 이 캠프 생활에 익숙해지려면 배포가 커야 해. 자, 이제 곧 기상천외한 구경거리를 접하게 될 거야' 하고 자진해서 그를 축사와 인체실험실로 안내했기 때문이었다.

형진은 처음 이곳 군의관들이 주어진 임무의 특수성에 비춰 다소 배타적인 성격의 소유자들일 것이라고 지레짐작을 했으나 알고 보니 그런 우려와는 달리 상당히 인간적이고 개방적이었다. 가네무라 부대의 도야마 소령이나 모리 중사 등 야전에서 사나운 들짐승처럼 양민학살에 길들여져 온 잔혹한 보병들과는 인간미에서 질적으로 달랐다.

그들도 한때는 의학도로서 마땅히 지켜야 할 윤리강령인 히포크라테스의 선서를 하지 않았던가. 세상의 모든 인류에게 인술을 펴 생명의 존엄성을 지키는 것을 사명감으로 삼겠노라고 말이다. 그러나 그들은 지금 히포크라테스의 선서 따위는 헌신짝처럼 내던지고 인간의 탈을 쓰고 양심상 도저히 저지를 수 없는 인체실험이라는 인간 백정의 주인공으로 전락해가고 있었다.

건평이 200여 평이나 되는 종두 채집 축사에 안내되었을 때 위생병들이

군의관의 지시에 따라 체중이 400킬로그램은 족히 나갈 듯한 황소의 복부를 면도로 깨끗이 밀고 있었다. 그러고는 그 부위에 생두生痘의 종균을 이식시킨 뒤 황소의 앞다리와 뒷다리를 단단한 마닐라 로프로 묶어 대들보에 매다는 작업을 진행했다. 그 큰 황소가 다섯 마리나 이런 식으로 축사 천장에 도르래로 대롱대롱 매달린 채 잦아드는 신음으로 거친 숨을 몰아쉴 때면 부연 입김이 안개처럼 서리곤 했다.

그러다가 차츰 피가 역류하듯 축사 천장에 매달려 신음하는 황소의 그 큰 눈은 벌겋게 충혈되고 부릅뜬 눈에서 눈물이 흘러내리기도 했다. 마치 천장에 맺혀 있던 물방울이 뚝뚝, 떨어지듯 흘러내리는 황소의 눈물은 어쩌면 간악하고 탐욕스러운 인간을 향해 뿌리는 저항의 눈물인지도 몰랐다. 이렇게 황소를 천장에 매달아 놓고 한 사흘이 지난 뒤 복부를 감쌌던 마대와 기름종이를 풀면 그 부위에 포창疱瘡이 돋고 두독痘毒이 퍼지면 종두 채집단계에 들어가는 것이다.

그러나 더욱 가증스러운 것은 무서운 천연두를 퍼뜨리는 인체실험 과정이었다. 세균배양 팀이 종두 채집을 마치면 그다음으로 대기하고 있던 인체실험 팀이 나선다. 그들은 이미 건장한 포로 10명을 선발, 두독이 퍼진 천연두 병원균을 포로들에게 접종시켜 발병과정을 관찰하는 것이다. 주사한 대로 천연두 병원균이 포로들의 몸속으로 침투된 후 처음에는 고열과 두통, 오한에 옥죄는 고통을 견디다 못해 미친 듯이 비명을 지르며 몸부림치기 일쑤였다.

그러다가 마침내 체온이 내려가고 아랫배와 넓적다리 등의 발진과 함께 온몸에 붉은 원형의 반점이 돋아나면서 거의 사경을 헤매게 된다. 이들의 공통적인 발병과정은 주사를 맞고 얼마 지나지 않아 천연두 병원균이 순식간에 온몸으로 퍼지면서 뼈마디가 들쑤시기 시작한다는 것이었다. 이어 저려 오는 통증에 마비증세까지 일으키는 데다 탈진상태에서 견디다 못해 마구 비명을 지르며 '살려달라'고 애원하는 단말마적인 몸부림의 행태. 한마디로 아비규환의 생지옥에 이르는 처절한 정경이 아닐 수 없었다.

하지만 이런 참상을 눈도 한 번 깜짝하지 않고 대형 유리 벽을 통해 일일이 관찰하는 인체실험팀의 우에노 대위를 비롯한 군의관과 위생병들의 표정은 사뭇 냉혹하고 진지했다. 아니, 어쩌면 인간의 탈을 쓰고 먹이를 지켜보는 탐욕스러운 야수의 모습과 별반 다를 바 없었다. 그들은 극심한 병고에 시달리는 포로들이 거의 사경을 헤맬 무렵에 이르러서야 기다렸다는 듯이 황소의 복부에서 채집한 종두를 와친(백신) 주사해 주는 것이다.

그러나 급성전염병인 천연두는 자칫 종두의 접종 시기를 놓칠 경우 중증환자는 으레 명줄이 끊어지기 마련이며 비록 병마에서 헤어나 완쾌된다고 해도 얼굴 등이 얽어 이른바 '곰보'가 되고 마는 무서운 병이다. 형진이 직접 목격한 다섯 차례의 인체실험 과정에서 포로 세 명이 목숨을 잃었으나 어차피 인간의 목숨이 아닌 실험용 모르모트에 불과한 것을 누구 하나 안쓰러워하는 사람도 없었다.

그렇게 처참하게 죽어간 포로들의 시신은 중국인 잡역부들에 의해 소각장으로 실려 나가기 마련이었다. 한 줌 재로 변하는 증거인멸의 과정이다. 저들의 잔인하고 악독한 인체실험은 나치 독일이 자행한 아우슈비츠의 유대인 학살보다 더 섬뜩하고 끔찍했다. 이 같은 인체실험 과정을 통해 개발된 종두는 성능이 우수한 것으로 최종 판정된 것만 엄격하게 멸균처리 과정을 거쳐 분말 무기로 만든 뒤 북지나 파견군사령부를 통해 본국으로 보내진다는 것이었다.

세균 연구팀과 배양 팀의 인체실험은 정기적인 일정에 따르는 것이 아니라 수시로 실시되는 데 보통 1~2개월에 한두 차례씩 10~20명 단위로 제법 건장한 포로들을 선발하여 은밀히 추진되는 것이 상례라고 했다.

장티푸스 왁친을 개발할 때에는 포로들의 급식인 니기리메시(주먹밥)와 미소시루(된장국), 다꾸앙(단무지) 등에 병원균을 혼합하는 가장 손쉬운 방법을 이용, 인체실험에 들어가기도 했다. 장티푸스 병원균을 주먹밥에 섞어 20명의 포로에게 급식시킨 결과 불과 3~4일간의 잠복기를 지나 발병의 양상이 나타났고 일주일이 경과했을 때에는 대부분이 감염돼 있었다. 인체실험 팀장인 우에노 대위의 진단 결과 감염률은 80% 정도였다.

그러나 급식 전에 왁친을 예방 접종한 별도의 10명 중 발병한 사람은 겨우 한 명뿐인 것으로 나타났다. 장티푸스균은 통상적으로 사람의 입을 통해 소장小腸에 이르러 발병하기까지 잠복 기간이 보통 1~2주일 걸리는 데에 비해 인체실험의 잠복기는 극히 짧은 것으로 밝혀졌다.

처음 열이 나고 두통과 허리의 통증을 호소하던 포로들은 발병 2주일 째 접어들면서 심장 기능이 쇠퇴하고 장 출혈을 일으키는 등 증세가 악화하기 시작한다. 이 과정에서 식음을 전폐하고 병마에 시달리던 환자 3명이 영양

실조에다 장천공腸穿孔 등 합병증을 일으켜 명줄이 끊어지고 만다. 하지만 인체실험 중 사망자가 발생하면 으레 소각장으로 옮겨가 기름을 붓고 흔적도 없이 태워버리기 일쑤였다.

저들은 인체실험 중 사망한 포로들의 시신을 화장할 때 흔히 쓰는 말로 불고기를 굽는다는 뜻의 '야키니쿠燒肉'라고 했다. 원래 저들이 즐기는 음식은 니기리스시(생선초밥)라지만 '스시보다 야키니쿠가 한 맛 더 난다'고 능청을 떨기도 했다. 그런데 어디 할 말이 없어 억울하게 죽은 사람의 시신을 화장하면서까지 야키니쿠란 말을 함부로 구사할 수 있단 말인가.

형진은 저들의 그런 농을 그냥 듣고 넘기기에는 너무도 역겹고 끔찍했다. 사망자에게는 한마디로 지옥 불과 다름없는 야키니쿠였기 때문이다. 연구 병동 뒤에 음흉하게 버티고 서 있는 검은 벽돌조의 소각장 굴뚝은 높이가 20여 미터나 되는 데도 인체실험에서 희생된 사람들의 시신과 세균실험 중 적출된 각종 의료 부산물을 태울 땐 심한 악취가 밀폐된 포로수용소 감방에까지 스며들어 포로들을 더욱 불안과 공포에 떨게 했다.

그 무렵 백색 캠프에 수용된 포로들의 국적은 대부분 중국으로 밝혀졌으나 이들 중 이념에 따라 장제스 휘하의 국부군이나 마오쩌둥 휘하의 팔로군에 입대한 조선인들도 상당수 포함돼 있었다. 게다가 더러 중국인 이름으로 변성명까지 하고 대륙을 유랑하다 치안유지법 위반으로 걸려든 조선인 유민流民들이 억울하게 백색 캠프의 인체실험 대상이 되는 경우도 허다했다.

특히 조선인 유민 중 국가관이 투철한 일부 젊은이들은 광복군에 투신,

독립투쟁에 앞장서기도 했으나 토벌에 나선 황군과의 전투에서 불행하게도 포로가 돼 인체실험의 대상으로 전락하는 비운을 맞는 경우도 더러 있었다. 내일의 삶을 기약할 수 없는 백색 캠프의 포로 생활에서 그들은 굶주림과 추위에 떨어야 했고 포악무도한 왜놈들의 매질에 몸서리치며 인체 실험대에 오르는 운명의 날을 기다릴 수밖에 별다른 도리가 없었다.

아니, 어쩌면 악마의 소굴에 갇혀 서서히 다가오는 죽음의 신을 기다리고 있다는 것이 적절한 표현인지도 몰랐다. 이들 억류된 포로들은 이곳 악마의 소굴에 끌려온 이후 내내 목욕 한번 해 보지 못해 몸에서는 땀내와 악취가 풍겼고 때 절은 옷에는 이虱가 득실거렸다. 어디 그뿐인가. 이발도 하지 못하고 머리도 제대로 감지 못해 비듬이 켜켜이 쌓인 더벅머리에도 이가 들끓었다.

포로들은 저마다 가려움증에 견디다 못해 양손으로 긁어대다 마침내 몸부림을 치거나 쉴새 없이 온몸을 벽에 문지르기 일쑤였다. 하지만 워낙 이가 득실거려 맨바닥에 뚝뚝 떨어지기도 했다. 가려움증에 견디다 못한 포로들 가운데 더러는 옷을 벗어 엄지손톱으로 이를 눌러 죽이는 등의 이 소탕 작전을 벌이는 진풍경을 연출했다. 하지만 만약 이 같은 광경이 간수(경비병)들에게 적발될 경우 '바카야로!' 한마디와 함께 몽둥이찜질을 면치 못했다.

왜냐면 백색 캠프에서는 포로들을 통해 이를 사육하고 있었기 때문이다. 따라서 포로들이 감방 안에서 이를 잡는 것은 절대 금기로 되어 있었다. 하여 자신의 몸에 들끓는 이조차 맘대로 잡을 수 없는 그들은 도무지 인간이 아닌 무슨 하등동물에 불과할 뿐이었다.

포로들의 몸에 기생하면서 피를 빨아먹고 사는 이는 바로 발진티푸스를 옮기는 병원균이 아닌가. 세균실험실에서 이 병원균을 배양해 발진티푸스 왁친을 개발한다는 거였다. 때문에 연구 병동에서는 각 감방마다 이틀에 한 차례씩 지름 15센티, 길이 30센티 크기의 유리병을 2개씩 들여보내 포로들로 하여금 이를 산 채로 잡아 유리병에 넣어 반납하는 것을 감방 규칙으로 정해 두고 있었다.

백색 캠프의 황군 군의관들은 결과적으로 하등동물처럼 취급하는 전쟁 포로들을 통해 이蝨까지 사육하고 발진티푸스 병원균을 배양, 이를 다시 포로들에게 주사하여 병마에 시달리게 했다. 그러고는 그다음 단계에 들어 왁친 주사로 치료하는 등의 인체실험 과정을 거쳐 자신들이 개발한 왁친의 효험을 확인하는 것이었다. 이른바 병 주고 약 주면서 발진티푸스의 왁친을 개발하는 것이라고 했다.

14. 인간 모르모트

〈전지戰地에서 부상병이나 환자가 발생했을 때 마땅히 치료를 받아야 하고 전쟁포로는 인도적인 차원에서 정당한 대우를 받아야 한다.〉

국제적십자위원회 설립자 앙리 뒤낭의 제창에 의해 성립된 이른바 제네바협약이다.

그러나 백색 캠프에 끌려와 억류당해 있는 전쟁포로들에 있어서 제네바협약은 한낱 사치스러운 수사에 불과할 뿐이었다. 전리품을 챙기는 침략자의 탐욕스러운 횡포는 너무도 당당하지만 패배한 자는 구차하게 목숨 하나 구걸하며 온갖 굴욕을 다 겪다가 결국 죽음의 길을 선택할 수밖에 없었기 때문이다.

솔직히 말해 백색 캠프에 끌려온 전쟁포로들은 침략자들의 총칼에 의해 짐승처럼 사냥감으로 포획되고 갇혀 마치 토끼나 생쥐와 다름없이 실험대에 오르는 인간 모르모트에 지나지 않았다. 그래서 포로들은 저마다 이 백색 캠프에 수용되는 순간부터 자신도 모르게 실험용 모르모트로 억류돼 서서히 병마에 시달리며 죽어가고 있는 것이다.

중국대륙은 본디 거대한 황허黃河 유역과 고비사막에서 불어오는 강력한 황토 바람으로 인해 특유의 풍토병이 유행했다. 하지만 백색 캠프에서는 이 풍토병에 대한 완치을 미처 개발하지 못해 와타나베 중좌를 비롯한 군의관들이 하나같이 전전긍긍하고 있었다.

이 풍토병에 걸리면 호흡이 곤란하고 경련이 일어나는 데다 폐렴까지 동반하는 초기증상을 보여 야전병원에서 군의관들이 흔히 파상풍破傷風으로 오진해 환자들에게 항독소 혈청을 주사하는 것으로 그치기 일쑤였다. 하지만 치유는커녕 환자마다 면역성이 전혀 나타나지 않고 효험도 별로 없었다고 했다.

하여 이곳 기후와 풍토에 익숙하지 못한 북지나 파견군이나 관동군 등 중국 풍토병에 면역이 약한 황군 병사들이 풍토병의 면역결핍증으로 목숨을 잃는 일이 허다했다. 하여 백색 캠프 부대장 와타나베 중좌는 이 풍토병의 왁친 개발에 나서도록 북지나 파견군 총사령관의 긴급지휘명령을 받았으나 3개월째 뚜렷한 성과를 거두지 못해 좌불안석이었다.

와타나베 중좌는 연일 군의관들을 소집, 탁상회의를 열고 각종 아이디어를 다 수집했으나 별다른 성과를 거두지 못하던 중 뜻밖에도 세균실험 팀에서 제안한 아이디어를 전격적으로 채택하게 된다. 이 아이디어의 요점은 인근 마을에서 집마다 사육하고 있는 개를 통해 병원균을 밝혀내는 것이었다. 그러니까 개를 매개로 하여 풍토병의 병원균을 찾아내자는 손쉽고 기발한 아이디어였던 셈이다.

흔히들 '개똥도 약에 쓰인다'라는 말이 있지 않던가. 따지고 보면 세균실험 팀에서 제안한 아이디어는 개똥을 이용해 왁친을 개발하자는 유치하기 그지없는 내용이었다. 그러나 저들은 결국 이 기막힌 아이디어로 왁친 개발에 성공하게 된다.

백색 캠프에서는 우선 위생병들과 중국인 잡역부들을 동원, 인근 마을에서 채집해온 개똥에서 풍토병의 병원균을 배양한 뒤 이를 포로들의 급식에 혼합해 투여하는 극히 원시적인 방법부터 활용해 보기로 의견이 모였다.

'개똥에 묻어 있는 풍토병의 병원균까지 포로들에게 먹이다니 설마한들

인간의 탈을 쓰고 이럴 수가….'

이 소식을 전해 들은 형진은 치를 떨었다.

그러나 연구 병동의 군의관들이나 위생병 중 누구 하나 인도적인 입장에서 이의를 제기하는 사람은 아무도 없었다. 오히려 저들은 하나같이 이 기발한 아이디어에 혀를 내두르고 무릎을 치며 뭐, 대단한 업적을 이룬 것처럼 스스로 만족했다.

대다수 포로는 백색 캠프에서 이 같은 각본과 처방에 자신들을 대상으로 끔찍한 음모가 자행되고 있다는 사실을 까맣게 모르고 있었다. 사실 전혀 알 턱이 없었던 것이다. 그들은 다만 특식이라며 평소보다 두 배나 큰 주먹밥이 배식 되자 허기에 지친 나머지 자신들의 목숨을 앗아갈지도 모를 병균투성이의 주먹밥을 한 톨도 남기지 않고 게걸스레 먹어 치우는 데에만 혈안이 돼 있었다.

백색 캠프로서는 절호의 기회가 아닐 수 없었다. 이러한 과정을 거쳐 배양된 병원균과 포로들을 통한 임상실험 결과에 따라 풍토병의 병원체를 밝혀내고 마침내 왁친 개발에 성공할 수 있었기 때문이다. 게다가 왁친 개발 과정에서 이따금 전혀 새로운 병원균이 발견되는 경우도 있었다. 저들은 이같이 새로 발견한 병원균을 폐기하기는커녕 또 다른 연구대상으로 삼아 왁친개발에 나서기도 했다.

예컨대 우에노 대위가 풍토병의 병원균을 배양하던 중 뜻밖에도 콜레라균虎列刺菌이 발견돼 한때 백색 캠프를 긴장시킨 일도 있었다. 콜레라란 수

인성 전염병으로 병원균의 번식력이 강하고 전염성이 빨라 예방책에 국제적으로 공조하고 있는 법정전염병이 아닌가. 하지만 우에노 대위는 와타나베 중령의 지시에 따라 이 콜레라균도 배양해 포로들에게 투여했다. 먼저 포로 20명을 격리해 놓고 이들에게 배식하는 주먹밥과 식수에 콜레라균을 투여해 인체실험 과정을 거쳤으나 전체 대상자 중 발병한 사람이 불과 4~5명 정도에 그치는 등 발병률이 극히 저조하게 나타났다.

그러나 우에노 대위는 결코 포기 하지 않았다. 좀 더 정확한 병원균을 밝혀내기 위해 제2단계 실험에 들어갔다. 저들이 생각하는 포로들은 인간이 아닌 그저 실험용 모르모트에 불과할 뿐이었다. 그래서 저들은 사람 목숨을 한낱 보잘것없는 파리 목숨 정도로 여기고 있는 것이었다. 저들은 이른바 고코쿠신민皇國臣民으로 불리는 자국민만이 사람이고 저들의 지배하의 식민지 국민은 아예 사람 취급도 하지 않았다. 그러기 때문에 국적 불문하고 어디서든 누구에게나 악랄한 만행을 서슴없이 자행한 것이다.

간악하기 그지없는 인간 백정 두목 와타나베 중령은 포로들에게 실시 한 제1단계 인체실험에서 실패하자 그 원인을 분석하고 규명하기 전에 선량한 인근 주민들을 대상으로 제2단계 실험을 자행한다.

백색 캠프에서 10여 킬로미터쯤 떨어진 이따마루─大馬路란 지역에는 채소와 옥수수, 감자 등을 재배, 입에 풀칠해가며 근근이 살아가는 70여 가구 농가가 있었다. 주민들은 비록 헐벗고 굶주리긴 하지만 전쟁의 참화도 잊은 채 평화롭게 오순도순 살아가고 있었다. 그러나 이 평화로운 마을에 비극적인 사태가 발생할 줄이야.

한밤중에 시나진 농부 복장으로 변장한 백색 캠프 요원들이 이따마루 마을에 침투해 주민들이 식수로 사용하는 우물에 콜레라 병원균을 살포하고 콜레라균이 묻은 돼지고기까지 개먹이로 던져주고 철수했다. 그로부터 불과 사흘도 못 돼 이 마을에서 원인 모를 전염병이 나돌기 시작했다. 콜레라!

아니나 다를까, 배탈을 시작으로 주민들이 시간이 지나면서 한결같이 고열에 배가 끓고 토사를 하며 마침내 탈수증세까지 일으키는 등 온 마을에 콜레라가 만연하고 말았다. 주민 300여 명이 남녀노소 할 것 없이 모두 발병하고 이 가운데 20여 명이나 숨지는 사태가 빚어졌다. 일이 이 지경으로 돌아가자 마을에서 가장 가까운 위치에 있던 백색 캠프에서는 기다렸다는 듯이 이 사실을 현청縣廳에 통보하고 전시군령戰時軍令을 발동해 마을과 주변 지역을 전염병 발생지구로 선포했다.

그러고는 흰 마스크에 가운을 걸친 군의관들과 위생병들을 동원, 외부인의 출입을 통제한 가운데 일제히 검역과 방역을 하는 등 기민한 방역 대책에 나섰다. 현지에 급파된 백색 캠프 요원들은 그동안 주민들이 식수원으로 사용해 온 우물 3곳을 폐쇄 조치하고 주민들에게는 우물물이 오염되어 콜레라가 발생했다는 그럴싸한 명분을 내세웠다. 그런 다음 급수 차량으로 여과한 식수를 주민들에게 공급해 주는 등 인심을 듬뿍 썼다.

아무것도 모르는 주민들은 황군의 이 같은 작태에 그저 감지덕지할 뿐이었다. 죄 없는 양민들에게까지 병 주고 약 주는 실로 가증스러운 만행을 저지른 것이었다. 따지고 보면 검역과 방역이란 형식적인 절차일 뿐 저들은 간교하게도 마을을 온통 쑥대밭으로 만들어 놓고 다른 한편에서는 하시모 토橋木 대위가 지휘하는 경비 중대의 1개 소대 병력을 동원, 콜레라에 감염되지 않은 건장한 청장년 20여 명을 가려내 격리한다는 이유로 닛산 트럭에 태우고 어디론가 사라졌다.

청장년들이 아무런 영문도 모르고 끌려간 곳은 마을에서 5킬로미터나 떨어진 허허벌판. 주민들은 모두 손발을 포박당한 채 황군 병사들이 미리 파놓은 커다란 후거우壕溝(구덩이) 속으로 내팽개쳐졌다. 이때 비로소 지옥에 떨어진 사실을 알게 된 주민들이 저마다 '살려달라'며 묶인 손발을 바동거렸으나 불가항력이었다.

형진은 이 참혹한 광경을 지켜보다 말고 뜬금없이 퉁저우 대학살사건 당시의 후거우가 생각나 고개를 돌려 버렸다. 바로 그 순간 귀청을 찢는 듯한 폭발음과 함께 구덩이 안에서 폭발물이 터지면서 주민들 모두가 외마디 비명을 남긴 채 무너지는 흙더미 속에 그대로 파묻히고 말았다. 백색 캠프에서 개발한 분말 형태의 풍선으로 만든 세균 포탄을 시험 발사한 것이었다.

그러나 매설되어 있던 포탄이 터지는 순간 뜨거운 열기로 인해 포탄 속에 장착한 세균이 전멸해 버렸다. 현장에서 이 사실을 확인한 부대장 와타나베 중령은 우에노 대위를 향해 도끼눈을 치뜨며 기가 막힌다는 투로 혀를 끌끌 찼다.

"바카야로! 세균 포탄은 실패작이야. 전염병 확산은 절차가 까다로워도 개를 이용하는 것이 최선이다."

그는 이렇게 한마디 내뱉고는 잔뜩 화난 표정으로 돌아서는 거였다.

와타나베 중령의 이 말 한마디가 그동안 치밀하게 진행되어온 황군의 세균 포탄 개발 작전이 얼마나 무모하고 음흉하고 끔찍했는가를 극명하게 드러내고 있었다.

그러나 무엇보다 가공할 실험은 페스트균에 의한 인체실험. 임상실험실의 사면四面 벽을 완벽하게 시멘트로 도배해 밀폐시킨 뒤 요즘의 CCTV처럼 천장과 사방 모서리에 반사경을 붙여 놓고 페스트균을 투여한 포로 10여 명이 발병한 이후 죽어가는 과정을 하나하나 관찰하는 것이었다. 쥐벼룩이 매개체인 페스트는 흔히 흑사병黑死病으로 불리는 무서운 법정전염병이다.

중세 유럽이나 중국 등지에서 만연되어 사회적으로 큰 혼란을 일으킨 어두운 역사를 지닌 전염병이기도 했다. 그 전염 병원균으로 인체실험을 하다니 광기가 극에 달했다고 해도 결코 과언이 아닐 것이다. 페스트에 전염되면 오한과 전율과 고열에 견디다 못해 온 삭신이 나른해지고 끝내 현기증이 일어나 의식이 몽롱해지면서 피부가 검붉은 자주빛으로 변해 결국 명줄이 끊어지고 만다.

대개 조기 증상일 때는 발버둥을 치고 가슴을 쥐어뜯으며 '살려달라'고 단말마적인 비명을 지르기 일쑤이나 마치 덫에 걸린 들짐승의 몸부림처럼 혼자서 바둥거리다가 제풀에 꺾여 숨지고 만다는 것이었다.

백색 캠프는 수단과 방법을 가리지 않고 야만적인 살인 행위를 자행하는 악마의 소굴이나 다름 아니었다. 아니, 어쩌면 결백을 상징하는 백색 가운을 걸치고 무자비하게 사람의 목숨을 앗아가는 죽음의 캠프인지도 몰랐다. 아비규환의 생지옥도 이럴 수는 없었다.

그러나 악랄한 인체실험을 한없이 되풀이하는 저들은 눈도 한 번 깜짝하지 않고 오히려 처절하게 죽어가는 포로들을 관찰하면서 일종의 관음증觀淫症 환자처럼 본능적인 쾌감을 느끼고 있는 것 같았다. 아니 어쩌면 가학증加虐症을 즐기는 타고난 사디스트임에 분명했다.

적어도 형진의 맑은 눈에 비친 저들은 도무지 인간으로 보이지 않았다. 인체실험에 미쳐 날뛰는 광기의 화신일 뿐이었다. 저들의 가공할 광기에 의해 인체실험의 대상으로 희생되어 간 포로들의 숫자는 과연 얼마나 될까? 3개월에 평균 한 차례씩 100~200여 명의 포로를 보충받는 것으로 미루어 적게는 연간 500명, 많게는 1000여 명씩 인체실험으로 죽어 나간다는 이야기다.

하지만 전황에 따라 황군 전투부대의 중국 국공 연합군 패잔병들에 대한 토벌 작전이 제대로 이루어지지 않아 포로 보충에 차질을 빚을 때도 있었다. 이 때문에 인체실험용 포로가 부족해 각종 전염병의 세균배양 연구와 왁친개발을 일시 중단하는 사태가 벌어지기도 했다.

그럴 때마다 방역급수반의 경비 중대에서 하시모토 대위가 직접 토벌대를 편성, 인근 부락을 돌며 인간사냥을 하듯 선량한 주민들까지 붙잡아오기 일쑤였다. 특히 태평양전쟁 발발 이후 북지나 파견군의 절반 이상이 남방 전선으로 이동하고 중국 전선의 전황이 황군에게 불리하게 돌아가는 바람에 포로 보충에 차질을 빚는 것은 어쩌면 당연한 일인지도 몰랐다.

형진은 이곳 방역급수반에 중국어 통역관으로 배속돼온 지 6개월쯤 지나 양민들에 대한 사냥 작전이 벌어진 것을 직접 목격했고 통역으로 포로심문에도 참여했기 때문에 그런 사실을 훤히 꿰게 되었다. 백색 캠프 생활에 익숙해질수록 일본 군국주의의 악랄한 만행을 하나도 빠뜨리지 않고 목격할수 있었고 새로운 악업에 부딪힐 때마다 경악하며 충격에 빠지지 않을 수없었다.

중국어 통역관이라는 직책상 포로심문뿐 아니라 인체실험 과정에서 군의관들이 임상실험의 대상인 포로들과 상담할 때마다 일일이 통역을 맡아야하는 바람에 군의관들과 행동을 함께 할 수밖에 없었기 때문이다. 그러다보니 가끔씩 몸서리쳐지는 목불인견目不忍見의 참상을 외면할 수 없었다. 때론 끔찍한 정경에 전율하다 못해 간담이 서늘해지고 오금이 저려오기도 했다. 그럴 때마다 우에노 대위가 예리하게 그의 눈치를 살피며 한마디씩 내뱉곤 하는 거였다.

"어이, 혼쵸 분칸! 괜찮아?"

이 말에 형진은 소스라치면서도 의식적으로 태연한 표정을 지으며 능청을 떨어야 했다.

"무슨 말씀이외까?"

"아, 지금 자네가 보고 있는 인체실험 말이야."

"네에…?"

"아, 저것들이 병마에 시달리며 죽어가는 꼴을 보는 감상이 어떠냐고?"

"아하, 네, 저건 사람이 아니라 일종의 고깃덩어리가 아니외까?"

"하하. 사람이 아닌 고깃덩어리라, 그거 말 되네."

"……."

"저놈들이 죽어 나가면 결국 고깃덩어리로 야키니쿠(불고기) 신세가 될 테니까. 하하… 혼쵸 분칸은 역시 겉보기와는 달라. 유머가 풍부한 사나이야."

우에노 대위는 이렇게 말하면서 그의 등을 가볍게 토닥여 주곤 했지만 항상 경계하는 눈초리도 심상치 않았다.

형진은 속으로 울컥, 화가 치밀기도 했으나 저들 앞에서는 의식적으로 눈도 한 번 깜짝하지 않고 언제나 무심하고 태연한 척했다. 그런 태도로 일관하는 자신에게 스스로 전율할 때도 있었지만 그들에게 대담한 사내라는 인식을 심어주고 싶었다. 그래야만 그가 이 악마의 소굴에서 무사히 살아남을 수 있기 때문이었다.

야키니쿠… 형진은 일종의 카타르시스인지도 모르지만 무의식중에 자신의 입에서 그런 말이 불쑥 튀어나오다니 스스로 경악하지 않을 수 없었다. 퉁저우에서 양민을 학살할 때 가네무라 부대장 도야마 대위가 강조한 말이 죽음을 눈앞에 둔 양민들을 가리켜 사람이 아닌 한낱 허수아비라고 하지 않았던가. 도야마가 잔뜩 긴장해 있는 황군 병사들에게 총검술로 '도츠게키 스스메(돌격 앞으로)'의 시범을 보일 때 '저건 사람이 아니라 허수아비야'라고 강조하던 말이 새삼 생각나 그는 자신도 모르게 소스라치기도 했다.

그렇지만 곰곰 생각해 보면 한낱 허수아비로 생각했던 양민들이 결과적으로 닛폰도와 총검에 의해 도살된 인간 고깃덩어리로 썩어가지 않았던가.

백색 캠프의 야키니쿠처럼 연기와 함께 사라지지는 않았지만 고스란히 후거우 속에 파묻히고 말았던 것이다.

도야마가 인종청소에 나서면서 강조하던 말이 항상 형진의 머릿속에 똬리를 틀고 있어서 그런지 어쩌면 백색 캠프의 야키니쿠가 살육의 묘용妙用 면에서는 더욱 잔인하고 교활한지도 몰랐다. 어쨌거나 그는 오로지 살아남기 위한 욕망으로 저들에 동화되면서 점차 자신이 미쳐가고 있다는 사실을 깨달을 때마다 스스로 경악하며 몸서리쳤다.

그러나 저들의 얼굴에 흔히 나타나는 이상야릇한 웃음을 믿고 마냥 안심할 수만은 없었다. 그는 언제부터인가 자칫 자신에게도 죽음의 그림자가 다가오고 있는지도 모른다는 사실을 의식하기 시작했다. 어쩌면 그에게 지나칠 정도로 관심을 기울여 주는 우에노 대위의 묘한 친절과 음흉한 미소가 심리적으로 옥죄어 왔기 때문이다.

그래서 그는 백색 캠프 생활에 익숙해질수록 그런 낌새를 점차 명확하게 느끼기 시작했다. 만약 베일에 가려져 있는 백색 캠프의 임무가 황군 북지나 파견군의 내부에까지 극비에 부쳐진 특수임무라면 그 특수임무의 일부를 담당하고 있는 자신이 성한 몸으로 풀려나긴 어려운 게 아닌가. 그런 생각이 뇌리를 스칠 때마다 그는 자신도 모르게 깜짝깜짝 소스라치곤 했다.

언젠가 우에노 대위가 인체실험을 마치고 동료 군의관들과 함께 일본 사케(술)인 '마사무네(정종)'를 마시는 술자리에 형진을 합석시켜 준 적이 있었다. 그것은 식민지 민족인 조센진에 베푸는 최대의 배려이기도 했다. 아니 어쩌면 저들과 생사고락을 함께해 온 동료로서의 정당한 대우인지도 몰랐다.

저들은 인체실험을 마치면 으레 휴게실에 모여 '마사무네'로 즉석 파티를 열게 마련이었다. 하물며 저들도 인간인데 하루종일 온갖 만행을 저지르고 그 처참한 꼴을 지켜보면서 속이 메스껍지 않을 수 있겠는가. 하여 와타나베 중령의 배려로 '마사무네'를 특별보급품으로 받아 항상 우에노 대위가 비장秘藏해 두고 있었다. 안주라곤 구내식당의 이다바調理師가 마련해 준 쇠고기 간즈메(통조림)나 가마보코(진어묵)와 쓰루메(마른 오징어) 정도가 고작이었다.

술자리에서 저들이 나누는 대화는 주로 인체실험과 세균배양에 따른 뒷이야기였다. 그날도 우에노 대위가 페스트균 실험 때 단말마적으로 비명을 지르며 죽어가던 포로들의 참상을 떠올리며 넋두리던 끝에 뜬금없이 형진에게 눈길을 돌렸다.

"혼쵸 분칸!"

"네, 우에노 대위님!"

"자네도 몸조심하라고. 자칫 잘못하다간 이 백색 캠프에서 야키니쿠가 될지도 모르니까."

비록 웃는 얼굴로 내뱉은 농담이었으나 끔찍한 말이 아닐 수 없었다.

형진은 그 말을 듣고 내심 섬뜩했다. 하지만 그는 의식적으로 전혀 그런 내색을 하지 않았다.

"아니, 그거이 무슨 말씀이외까?"

"자넨 누구보다 우리들의 비밀을 많이 알고 있지 않은가?"

"내레, 발써(벌써) 눈에 흙이 들어갈 때까지 비밀을 지키구서리 덴노헤이카에게 충성을 바치겠다구 서약하지 않았습네까?"

"아, 그렇지. 자넨 우리한테 서약한 게 아니라 사실은 위대한 덴노헤이카에게 서약한 거란 말이지. 하하. 농담이야 농담… 너무 긴장하지 말라구. 그래서 우린 자네를 철석같이 믿고 있다니까."

우에노가 비록 농담으로 던진 말이라 해도 뉘앙스에 섬뜩한 뼈가 박혀 있었고 듣는 형진으로서는 몹시 귀에 거슬렸다. 그래서 그는 내킨 김에 우에노에게 이런 농으로 답해 주었다.

"부디 그런 걱정일랑 꽉 붙들어 매시구레. 우에노 대위님! 우리 조센진의 속담에 이런 말이 있단 말입네다. 봉사(맹인) 3년에, 귀머거리 3년, 벙어리 3년이라고…."

"거참 묘한 말이군. 어디 자세히 설명해 줄 수 있겠는가?"

"네, 다시 말하자문 이렇시다. 내레 여기 백색 캠프에 발을 들여놓는 순간부터서라무네 눈이 멀어 보지 못하고 귀가 막혀 듣지도 못하고 입이 닫혀 말하지도 못한다는 뜻이외다. 이렇게 3년을 지나고 보문 내레 도인道人의 경지에 이른다는 뜻이외다."

"아하, 이제야 알겠군. 혼쵸 분칸은 역시 재치가 있고 유머 감각이 풍부한 사람이야. 봉사 3년에 귀머거리 3년, 벙어리 3년이면 도가 트인다? 하하."

"내레, 따지고 보문 나이센 잇타이內鮮一體의 황민으로서 누구보다 애국심

이 강하다고 자부하는 사람이외다. 그러니까니 염려 쫙 놓으시구서리 자,
덴노헤이카를 위하여 간바이(건배)!"

형진은 느닷없이 자리에서 벌떡 일어서 부동자세를 취하고 이렇게 외치
며 사케잔을 높이 들어 건배를 제의했다.

그제서야 우에노 대위를 비롯한 주위의 군의관들이 안도하는 표정으로
부동자세를 취하며 그의 건배 제의를 기꺼이 받아주는 거였다.

"덴노헤이카를 위하여!"

이런 일이 있은 후 형진은 공연히 심란해지고 우울증이 찾아와 불안에
떨지 않을 수 없었다.

15. 영약靈藥

형진은 연구 병동에만 처박혀 있는 일이 잦아지면서 혹시 자신이 페스트 균이나 발진티푸스 등 무서운 병원균에 전염되지 않을까 하는 일종의 두려움에 휩싸이기도 했다. 마치 저승사자들만 우글거리는 지옥의 한복판에서 혼자 외롭게 헤매고 있는 것 같은 그런 절망적인 심정에 사로잡혀 정신적인 방황에서 벗어나지 못했다. 일종의 피해망상증처럼.

그러나 군의관들을 비롯한 위생병 등 백색 캠프의 모든 기간요원은 저들 스스로 취급하는 무서운 병원균이나 세균에 오염되어 죽는다는 불안감에 떠는 사람은 아무도 없었다. 왜냐면 인간 백정처럼 사람 죽이는 일을 다반사로 해치우는 것이 그들의 임무이기도 하지만 자신들의 건강을 위한 방역은 철두철미했기 때문이다.

형진이 역시 그동안 예방 접종이며 방역을 철저히 한 덕분에 병원균에 감염된다는 생각은 별로 해 보지 않았으나 우에노 대위와의 술자리 이후 갑자기 어떤 불안 심리에 휘말려 전전긍긍하지 않을 수 없었다.

어쩌면 저들이 천황폐하의 칙령을 받든다는 명분으로 수단과 방법을 가리지 않고 저지른 온갖 악행을 그가 죄 알고 있는 만큼 이 조직의 비밀을 지키기 위해 언젠가는 그를 속죄양으로 삼지 않을까 하는 두려움에 소스라칠 때가 한두 번이 아니었다. 솔직히 말해 아무리 나이센 잇타이라 하더라도 그는 이른바 피압박민족인 조센진에 불과했다. 나이센 잇타이란 빛좋은 개살구와 다름없는 식민 통치의 달콤한 슬로건이었기 때문이다.

게다가 어느 날 백색 캠프가 임무를 완료하고 폐쇄되거나 전쟁이 끝난다면 형진이 같은 존재는 자연 이용 가치가 없어져 쥐도 새도 모르게 끌려가

풀 이슬처럼 사라지게 될지도 모른다. 저들은 비밀을 지키기 위해 충분히 그러고도 남을 놈들이었다. 그는 이런 생각이 뇌리를 스칠수록 가슴을 짓누르는 공포심에서 헤어나지 못해 자꾸만 절망의 늪으로 빠져들곤 했다.

하루하루 가슴을 조이며 생명의 위협을 느낄수록 탈출해야겠다는 상대적인 집념이 마음속에서 강하게 요동치곤 했다. 어쩌면 중국대륙의 지리는 이 캠프의 어느 누구보다 자신이 훤히 알고 있었다. 때문에 그는 철조망 울타리만 벗어날 수 있다면 충분히 살아날 수 있다고 생각했다.

그래서 그는 평소 자주 접촉하는 군의관들이나 위생병들은 물론 경비병들에 이르기까지 주위의 모든 황군 병사들에게 신뢰를 심어주기 위해 의도적으로 노력했다. 조금이라도 자신을 경계하는 눈초리를 느낄 때나 의심하는 말이 나돌 때마다 비록 의도적이긴 하지만 저들에게 들어라 합시고 일부러 큰소리로 외치곤 했다.

"다이닛폰 데이코쿠大日本帝國와 조센朝鮮은 나이센 잇타이內鮮一體가 아닌가. 내레, 덴노헤이카天皇陛下의 은혜를 입은 고코쿠신민皇國臣民으로서 충성을 다할 뿐이외다."

틈만 나면 으레 이 말을 앵무새처럼 되뇌곤 했다. 하지만 날이 가고 달이 바뀔수록 불안과 초조와 공포가 그의 가슴을 끊임없이 짓누르곤 했다.

1943년 7월 중순.

폭염이 몰고 온 지난지역 특유의 열대야에 시달리며 밤잠을 설치고 있는데 느닷없이 비상 나팔이 요란하게 울렸다. 시간은 새벽 3시 45분을 가리키고 있었다.

"기상 15분 전!"

당직 고쵸伍長(오장) 유키오幸夫 하사가 핸드 마이크를 들고 병영을 돌며 목청껏 외치고 있었다. 잠시 후엔 또다시 '기상 5분 전!' 구령에 이어 '총기 상!'과 함께 '완전무장으로 연병장 집합!'이라는 명령이 떨어졌다.

인체실험용 포로들을 보충받기 위해 전투부대가 작전 중인 토벌지역으로 출동한다는 거였다. 통상 토벌 작전에는 2개 소대의 경비병력에 급수 차량 1대와 카고트럭 3대, 사이드카가 달린 삼륜 오토바이 1대로 중무장해 경비 중대의 선임 장교인 야마다山田 중위가 지휘해 왔다. 하지만 이번 출동에는 중대한 임무인지 몰라도 야마다 중위가 빠지고 중대장인 하시모토 대위가 지휘했다.

중간집결지인 지난역濟南驛 광장에 도착하자 이미 인접 전투부대의 중대 병력이 집결해 있었다. 하시모토 대위가 지휘하는 방역급수반의 병사들은 이들 전투부대의 후미後尾에서 차량 행렬을 따라갔다. 전투부대가 토벌 작전을 벌여 생포한 포로들을 인수하기 위해서라고 했다.

칠흑같이 어두운 밤길에 20여 대의 각종 군용차량이 전조등만 켠 채 삼엄한 사주경계를 펴면서 시속 20~30킬로미터의 느린 속도로 비포장도로를 달릴 때 뽀얀 황토 먼지가 포연처럼 꼬리를 물고 한없이 퍼져나갔다. 두 눈만 남기고 얼굴 전체를 두건頭巾으로 감쌌는데도 매캐한 황토 먼지가 콧구멍으로 스며들어 숨이 막힐 지경이었다.

여기에다 설상가상으로 지난 지역 특유의 후덥지근한 무더위에 비지땀까지 온몸을 적셨다. 마치 누런 콩가루가 날아드는 것처럼 흩날리는 흙먼지를 고스란히 뒤집어쓴 채 한 시간쯤 달렸을까, 어느새 동녘에서 희부옇게 먼동이 트고 있었다.

이따금 멀리서 들개의 울음소리가 적막을 깨뜨리며 기분 나쁘게 허공을 가로지르는가 했더니 웬걸 차량 행렬이 서서히 멈춰서는 거였다. 지휘부가 타고 있는 선두 삼륜 오토바이에서 '뒤로 전달' 사항이 전해졌다. 전달사항은 30분간 아침 식사였다.

"30분간 아침 식사!"

지휘관의 선창에 따라 모든 병사가 복창하면서 배낭 속에 휴대하고 있던 건빵 한 봉지씩 꺼내 수통의 물과 함께 입속에 털어 넣고 허기를 달랬다.

운전병들이 식사 시간을 이용해 보닛를 들어 올리고 엔진과 오일, 냉각수 등을 점검하고 스패너로 앞뒤 타이어와 휠도 두들겨 보는 등 바쁘게 움직였다. 이윽고 '뒤로 전달' 사항이 왔다.

"출발!"

차량 행렬은 엔진 소음을 죽여가며 다시 행군을 계속했다.

날이 훤하게 밝아오자 차량 속도는 시속 50~60킬로미터 이상으로 빨라지고 달리는 차량 바퀴에서 일으키는 황토 먼지가 매연처럼 뿜어 올랐다. 황진黃塵 속을 질주하길 다시 한 시간여 만에 차량 행렬이 산악지대의 협곡으로 접어들었다.

그리고 얼마나 지났을까, 협곡의 우거진 수림 속에서 갑자기 콩 볶는 듯한 총성이 울려 왔고 앞서가던 차량에서 뛰어내리던 황군 병사 몇 명이 쓰러지는 모습이 눈에 띄었다. 협곡에 포진해 있던 중국 국부군의 기습공격이 감행된 것이었다.

"후진! 후진!"

삼륜 오토바이의 사이드카에 타고 있던 하시모토 대위가 당황한 표정으로 급히 오토바이를 돌리면서 목이 터져라 외쳤다.

비좁은 2차선 비포장도로에서 맨 후미를 달리던 백색 캠프 방역급수반의 차량들이 하시모토 대위의 다급한 명령에 따라 흙먼지를 일으키며 후진했다. 협곡을 벗어나 평원으로 빠져나오자 앞의 차량들도 잇따라 후진해 오고 있었다.

적의 일제사격이 발광하는 가운데 잠시 멎었던 차량들이 돌발적인 상황에서 벗어나기 위해 후진하는 사이 황군 병사들이 저마다 달리는 차량에서 황급히 뛰어내렸다. 그들은 방어작전에 유리한 지형지물을 찾아 대피하며 전열을 가다듬고 즉각 전투태세에 돌입해 응사하기 시작했다.

이런 와중에 형진은 무작정 트럭에서 뛰어내려 길가 들머리의 수수밭으로 몸을 날려 땅바닥에 납작 엎드렸다. 원래 비무장인 나는 '전투 배치!'라는 하시모토 대위의 명령에서 제외돼 있었다.

국부군 진지에서 마침내 황군의 차량 행렬을 향해 박격포까지 쏴대고 있었다. 맨 앞줄의 콘보이(선도) 차량이 직격탄을 맞고 화염에 휩싸였고 그 주변에도 적의 박격포탄이 떨어져 굉음과 함께 지축을 뒤흔들며 포연이 자욱했다. 황군 포대에서도 이에 뒤질세라 국부군 진지를 향해 박격포탄을 마구 쏴 올리고 있었다.

형진은 비록 비전투원이지만 조금도 당황하지 않았다. 이미 퉁저우 대학 살사건 때 이 같은 광란의 포성을 충분히 경험하지 않았던가. 그래서 그는 나름 쌍방의 전투상황을 관측하는 데 익숙해져 있었다.

각종 포성과 총성이 잇달아 울려 퍼지는 가운데 고개를 들어 주위를 살펴보니 그가 몸을 숨긴 수수밭에서 50여 미터쯤 떨어진 전방 나지막한 둔덕에 무덤방이 즐비한 공동묘지가 보였다. 조선에서는 흔히 높은 산비탈에 묘지를 쓰고 있으나 중국대륙에는 산지가 적고 대부분의 지형이 광활한 평원이어서 그런지 대개 들머리나 평지에 묘를 쓰는 경우가 많았다.

게다가 조선인의 장묘법은 일반적으로 무덤방을 조성한 뒤 관구棺柩를 묻고 그 위에 흙으로 다져 봉분封墳을 조성해 완전히 밀폐하지만 중국인의 무덤방은 이른바 개방형으로 조성하는 것이 특이했다. 장방형長方形으로 벽돌을 쌓아 앞면과 뒷면에 출입문을 내고 좌우 양쪽에는 열십자(十)형의 통풍 구멍을 낸 것이 조선의 풍습과 다른 이색적인 무덤방의 형태였다.

무덤방의 출입문에는 조선의 묘지에 흔히 세워지는 망주석望柱石과는 달리 잡신의 근접을 막기 위해 목각木刻한 귀면신장鬼面神將을 세워 두었다. 그리고 죽은 사람의 시신이 들어 있는 관구는 아예 매장하지 않고 장방형의 무덤방 안에 진열해 두고 제례祭禮를 올리는 것으로 장례의 절차를 마치는 것이 일반적인 풍습으로 전래되고 있었다.

그러나 이들 무덤방은 유족들의 빈부귀천에 따라 천차만별로 조성돼 있었다. 들머리에는 아담한 관구를 질서정연하게 진열한 품격 높은 무덤방이 있는가 하면 그 뒤쪽으로는 어지럽게 관구만 놓여 있었고 눈에 잘 띄지 않는 후미진 곳에는 아예 관구도 없이 거적때기에 시신을 말아 방치해 놓은 무덤방도 많았다. 무덤방 중 거적때기 묘지는 입에 풀칠하기도 어려운 가난한 사람들이 쓴 것으로 이른바 풍장風葬이나 조장鳥葬 형태를 취했으나 대개 안치된 시신이 여우나 들개, 또는 독수리 등 짐승들의 먹이로 사라지기 마련이었다.

미처 엄폐물을 찾지 못한 일단의 황군 병사들이 국부군의 공격에 쫓기다가 단숨에 공동묘지에까지 달아나 무덤방 속의 벽면 등에 몸을 숨기는 모습도 눈에 띄었다. 하지만 국부군의 박격포탄이 이곳 공동묘지에까지 날아와 작열하는 바람에 황군 병사들은 혼비백산해 우왕좌왕하다가 그대로 땅바닥에 납작 엎드리기도 했다. 눈여겨 바라보니 저들은 모두 방역급수반 소속 경비대원들이었다.

게다가 공교롭게도 적의 박격포탄 파편이 무덤방의 벽면에 붙어 있던 봉소蜂巢(벌집)에 박히는 바람에 놀란 벌떼가 왱왱거리며 땅바닥에 엎드려 있는 황군 병사들을 일시에 공격하는 거였다. 벌떼도 보통 벌이 아니라 묘지에서 서식하는 사나운 토봉土蜂(땅벌)이었다. 자칫 잘못하다가 땅벌에 한 번 쏘이는 날에는 목숨까지 잃는다고 하지 않던가. 하필이면 그 경황 중에 무서운 땅벌 떼의 습격까지 받다니, 황당하기 그지없었다.

거의 무방비상태에서 땅벌 떼의 습격을 받아 얼굴이며 목이며 손등이며 닥치는 대로 물린 황군 병사들은 '사람 살려라'라고 비명을 지르며 껑충껑충, 이리 뛰고 저리 뛰고 마치 미친놈들처럼 날뛰다가 끝내 통증에 못 이겨 땅바닥에 데굴데굴 구르기도 하는 거였다. 다행히도 수수밭에서 땅벌 떼의 습격을 피해 그런 정경을 바라보는 형진은 웃어야 할지 울어야 할지, 그 꼴이 참으로 가관이었다.

그러나 지휘부를 비롯해 신속하게 주 저항선을 형성한 황군 전투부대는 침략전쟁에 풍부한 경험을 쌓은 역전의 병사답게 야포를 비롯한 각종 화력을 총동원하여 민첩하게 응전하고 있었다. 불과 30분 남짓한 교전 상황에서 중국 국부군은 엄폐가 용이한 수림 등 자연적인 지형지물을 이용해 선제공격을 가하고도 결국 상대적으로 화력이 약해 패주하고 말았다.

마침내 극성을 부리던 땅벌 떼도 어디론가 사라져 버리고 전투상황이 끝나자 형진은 기다렸다는 듯이 서둘러 파괴된 봉소가 있는 묘지 쪽으로 달려갔다. 어릴 때 한의학에 일가견이 있던 할아버지께서 '무덤방에서 서식하는 토봉의 봉밀蜂蜜은 분밀墳蜜 또는 분청墳淸이라 하여 천하의 명약名藥'이라고 강조하던 생각이 퍼뜩 떠올랐기 때문이었다.

하여 우선 벌집이 있는 무덤방 안에 안치된 관구부터 살펴보니 웬걸 당초 검은 들기름으로 도포塗布한 빛깔이 낡고 퇴색해 회색으로 변해 있었다. 게다가 관구 속의 해골에 누런 액체가 고여 있는 게 아닌가. 어쩌면 땅벌 떼가 이 해골의 액체를 먹고 봉밀을 만들었는지도 몰랐다. 장구한 세월 동안 풍상풍우風霜風雨로 관구가 퇴색할 대로 퇴색한 것을 보니 아마도 무덤방을 쓴 지 수백 년이 흐른 모양이었다.

땅벌에 쏘여 얼굴이며 목이 퉁퉁 부어오른 황군 병사들이 끙끙 앓고 있는 사이 형진은 풍비박산이 난 벌집의 분청을 따기 위해 무덤방 안으로 들어가려다 그만 낡은 관구에 무릎을 부딪히고 말았다. 약간 통증을 느끼며 관구를 바라보는 순간 무언가 관구 모서리에서 흡사 반딧불 같은 형광螢光이 번쩍이는 것을 목격했다. 자세히 들여다보니 분명 그 귀하디 귀하다는 분청이 아닌가.

땅벌은 단 한 마리도 보이지 않았고 마치 올곧은 적송赤松의 불그스름한 빛깔이 광솔松光처럼 빛나는 분청이 자그마치 두 뼘 두께나 되는 육각형의 벌집에 촘촘히 박혀 있었다. 살짝 손가락으로 찍어 분청을 입에 대보니 혀 끝에 감미로운 향기가 알싸해지는 거였다. 보통 토종꿀과는 달리 향기부터 그윽했고 톡 쏘는 듯한 맛에 알알한 느낌이 들었다.

할아버지께서 생전에 말씀하시던 명약 중의 명약 '분청'임이 분명했다. 오래된 무덤방, 즉 고총古冢에서 만들어진 진한 토종 벌꿀…. 그는 비극적인 퉁저우 대학살사건 이후 언제나 침울했던 마음이 마치 진흙 속에서 진주를 캐낸 듯 모처럼 들뜬 기분으로 묘한 카타르시스를 느꼈다.

이때 협곡에서는 한바탕 전투를 치르고 승기를 잡은 황군 전투부대가 달아나는 국부군을 향해 야포를 마구 쏴대고 있었다. 저 멀리 날아간 야포가 작열하는 순간 포연이 치솟고 '콰쾅!' 하고 진동하는 폭발음이 지진처럼 지축을 흔들며 그가 정신없이 분청을 따고 있는 공동묘지에까지 울려 왔다.

곧이어 '도츠게키 스스메(돌격 앞으로)!'를 외치며 총검을 앞세우고 적진을 향해 달려가는 황군 전투병들의 모습이 아련히 시야에 들어왔다. 그리고 얼마 후 일단의 황군들이 일장기日章旗를 좌우로 흔들고 '다이닛폰 데이코쿠 반자이!'와 '덴노헤이카 반자이!'를 외치며 승전보勝戰報를 알리고 있었다. 마침내 하시모토 대위가 이 승전보에 따라 집합 명령을 내려 흩어진 병사들을 집결시켰다.

형진은 황급히 커다란 냄비만 한 분청을 따 배낭 속에 가득 집어넣고 이미 시동을 걸고 출발을 서두르는 닛산 트럭 쪽으로 달려갔다. 하시모토 대위는 각 소대장들이 일일이 병사들의 머릿수를 세며 인원 점검을 마치고 이상 없음을 보고하자 서둘러 승차를 명령했다.

트럭에 올라타 보니 다행히 부상자는 없었으나 방역급수반 경비대의 황군 병사들은 대부분 땅벌에 쏘여 얼굴이며 목덜미와 손등에 큰 혹이 돋아난 것처럼 어디 성한 구석이 없을 정도로 퉁퉁 부어올라 있었다. 그야말로 만신창이가 아닐 수 없었다.

그런 꼴을 지켜보자니 형진은 멀쩡한 자신이 민망스럽기도 하고 한편으로는 웃음이 절로 터져 나올 듯해 억지로 웃음을 참느라고 먼 하늘만 바라봤다. 한마디로 꼴불견들이었다. 공교롭게도 전투 현장 가까이에 피신해 있던 하시모토 대위를 비롯한 일부 지휘관들만 땅벌에 쏘이지 않았다.

그러나 땅벌에 쏘인 어느 대원은 얼굴이 퉁퉁 부어오른 데다 심지어 눈이 짜부라지는 바람에 앞이 보이지 않아 장님처럼 헤매기도 했다. 위생병이 땅벌에 쏘인 병사들을 찾아 일일이 아카징키(포타딘액)를 발라 주었으나 별 효과는 없는 것 같았다.

16. 야수들의 축제

방역급수반 경비대가 전투부대의 후미를 따라 뒤늦게 입성한 곳은 지난 濟南에서 동북쪽으로 100여 킬로미터 떨어진 옛 성터 카이먼한청開門汗城. 텅 빈 성안에는 한나절인 데도 폐허처럼 적막만이 감돌았다. 이미 앞서간 전투 부대의 차량은 보이지 않았고 대기하고 있던 연락병이 하시모토 대위에게 메모 쪽지를 전달했다.

「전투부대가 도주 중인 국부군 패잔병들을 소탕하기 위해 다시 출동하게 되었으니 방역급수반은 충분한 식수를 확보하고 야영 준비하라」

일종의 작전명령서였다. 하여 방역급수반은 토벌 작전에 나선 전투부대 와는 달리 동떨어진 후방, 카이먼한청이라는 옛 성터의 한 마을에 처지게 되었다. 병사들은 하시모토 대위의 지휘로 삼삼오오 수색조를 편성, 가택 수색에 들어갔고 위생병들은 별도로 우물井水을 찾아 나섰다.

마을에서 공동으로 쓰는 우물을 찾아 수질검사를 해 보니 다행히도 독극 물이나 생명을 위협하는 이물질은 전혀 검출되지 않았다. 하시모토 대위는 식수가 부족할 때를 대비, 비상용으로 사용하기 위해 우물에 소독약을 뿌 려 두도록 위생병들에게 지시했다. 급수 차량에는 경비대가 출동할 때 싣 고 온 식수가 가득 차 있었고 병사들도 개인별로 수통에 물을 넉넉하게 채 워 두었지만 그래도 급수반의 임무는 전투부대의 식수 확보에 만전을 기하 지 않을 수 없었다.

한편 일단의 경비병들이 수색 중인 카이먼 마을은 황군의 짓인지 국부군 의 짓인지 분간할 수 없으나 피아간에 한바탕 전투상황이 벌어지는 바람에 이미 쑥대밭으로 변해버렸고 집마다 쉬파리 떼가 들끓고 있는 가운데 썩어가는 시나진中國人들의 시신만 널브러져 있었다.

그러나 황군 병사들은 이 끔찍한 정경에도 아랑곳하지 않고 떼강도로 변해 양민들의 시신에서 금이빨까지 빼내는 등 귀중품 수집에 혈안이 되어 있었다. 형진은 도무지 저들이 사람으로 보이지 않았다. 마치 썩은 고기를 찾아 헤매는 하이에나와 무엇이 다른가.

황군은 원래 토벌 작전에 나설 때면 주식인 쌀 외에 비상식량으로 건빵과 쇠고기 간즈메(통조림) 또는 꽁치 간즈메만 휴대, 그 외의 부식은 현지 조달을 원칙으로 했다. 이 때문에 수색조의 임무는 토벌지역의 수상한 자를 색출하는 것도 중요하지만 그보다 닭이나 돼지 또는 소채류 등 부식조달을 우선했다. 다행히 살찐 돼지라도 한 마리 잡는 날에는 소풍 온 기분으로 푸짐한 만찬을 즐길 수 있었기 때문이다. 하지만 돼지는 눈을 씻고 찾아봐도 좀체 구경할 수 없었다.

폐허로 변해버린 텅 빈 마을을 이 잡듯 뒤지던 황군 병사들은 마침내 '꼬꼬댁, 꼬꼭……' 하고 총검의 서슬에 놀란 닭이 서너 마리 지붕 위로 날아 흩어지자 우루루 몰려들었으나 그만 닭 쫓던 개가 지붕 쳐다보는 꼴이 될 수밖에 없었다.

이때 마침 험상궂은 얼굴이 된 유키오 하사가 마당으로 달아나던 닭 한 마리를 쫓아가다 말고 어느 집 정원으로 들어서는가 했더니 멈칫하고 걸음을 멈추는 거였다. 방안에서 분명 인기척이 나는 것을 들었기 때문이었다. 평소 쌀쌀맞기로 소문난 유키오 하사 역시 땅벌에 쏘여 얼굴이 소도둑놈처럼 험상궂은 모습으로 변해 있었다.

그런 그가 훈련된 조교처럼 날렵하게 흙벽에 등을 기대고 순간적으로 방문을 열어젖히며 총검부터 들이댔다. 아니나 다를까, 방 안에는 피골이 상접해 거동도 제대로 하지 못하는 노부부가 난폭자의 침입에 질겁을 하며 살려달라고 엎드리며 와들와들 떨고 있는 게 아닌가.

그러나 유키오는 굽은 허리를 제대로 펴지 못한 채 곱추처럼 엎드려 사시나무 떨듯 온몸을 떨고 있는 노부부에게 성큼 다가가 목침대 위에 놓여 있던 목침木枕을 집어들기 무섭게 노인의 뒷머리를 내리치고 말았다. '퍽!' 하는 소리와 함께 노인은 비명 한 번 못 지르고 사지를 파르르 떨더니만 그대로 뻗어 버리는 거였다.

유키오는 떨어진 목침을 다시 주워들고 이번에는 몸을 일으키며 살려달라고 애원하는 노파의 앞이마를 무자비하게 찍어 버렸다. 역시 노파도 맥없이 뒤로 벌렁 나동그라지며 단숨에 사지를 뻗고 말았다. 차마 이럴 수가… 노부부의 죽음을 확인한 유키오는 침을 퉷, 뱉으면서 밖을 향해 외쳤다.

"야, 모리오 죠토헤이上等兵!"

"하이!"

"이 쓰레기들을 치워버려."

그는 모리오 상병이 대원 2명을 데리고 들이닥치자 이렇게 외치며 다시 요긴한 것이 생각난 듯 방안을 두리번거렸다.

모리오 상병은 대원 둘을 시켜 차마 눈도 제대로 감지 못한 노부부의 시신을 양쪽 팔다리를 잡고 뒷마당을 향해 집어 던져 버렸다. 유키오의 말마따나 쓰레기를 치우는 것과 별반 차이가 없었다.

그러나 유키오 하사는 그것으로 그칠 위인이 아니었다. 유키오 특유의 후각嗅覺엔 분명히 또 한 사람의 냄새가 코끝을 스쳤기 때문이다. 분명 쿠냥姑娘(아가씨)의 냄새였다. 평소 개 코처럼 냄새 잘 맡기로 소문난 그는 '귀신은 속여도 결코 내 코는 못 속인다'고 큰소리치던 위인이 아니던가.

뭔가 후각에 자극된 그의 눈동자가 살기를 느낀 듯 날카롭게 번뜩이더니 어느새 우람한 팔뚝을 잽싸게 목침대 밑으로 집어넣는 거였다. 그러고는 곧이어 마치 닭 모가지를 비틀 듯 나약한 쿠냥의 목덜미를 낚아채고 끌어냈다. 이제 겨우 열대여섯 살쯤 되었을까 말까 한 앳된 철부지 소녀였다.

소녀는 황군과 국부군 사이의 전투상황이 벌어질 무렵 미처 난을 피하지 못하고 할아버지, 할머니와 함께 목침대 밑에 납작 엎드려 몸을 숨기고 있었던 것이었다. 그러나 유키오 하사가 접근하고 있다는 사실을 의식한 할아버지와 할머니는 손녀를 구하기 위해 먼저 목침대 밑에서 빠져나와 살려달라고 애원하다가 그만 참변을 당하고 말았다.

할아버지와 할머니의 끔찍한 죽음을 목격한 소녀마저 숨을 죽인 채 사시나무 떨듯 와들와들 떨고 있다가 잽싸고 난폭한 유키오의 폭력에 영락없이 끌려 나올 운명에 처하게 되자 결사적으로 항거했다. 하지만 그것도 잠시 잠깐, 마치 독수리에 채인 다람쥐 새끼처럼 기력이 다한 소녀는 더 이상 버티지 못하고 맥없이 끌려 나왔다.

새파랗게 질린 소녀는 무릎을 꿇고 두 손으로 싹싹 빌면서 할아버지와 할머니가 그랬던 것처럼 '살려달라'고 애원했으나 소귀에 경 읽기였다. 이미 눈이 뒤집혀 핏발이 곤두설 대로 곤두선 유키오가 쉽사리 풀어 줄 리 만무했기 때문이다. 그는 대뜸 한 손으로 와들와들 떨고 있는 소녀의 머리채를 움켜쥐고 또 다른 한 손으로는 총검을 들이대며 소녀를 목침대 위로 몰아넣었다.

소녀가 미처 피할 겨를도 없이 목침대 위에 벌렁 나동그라지며 긴 중국 전통 치마폭 사이로 사타구니를 가린 속옷이 드러나자 유키오는 음흉한 미소까지 머금었다. 당장 요긴한 생각이 떠오른 순간 그의 성난 생식기에 힘이 불끈 솟아올랐다. 그는 마침내 기다렸다는 듯 한쪽 손으로 허리춤을 풀며 본성을 드러내기 시작하는 거였다.

여리디여린 소녀는 눈만 한 번 부릅떠도 당장 숨이 넘어갈 것만 같았다. 그런데도 인면수심人面獸心으로 가득 찬 유키오는 허겁지겁 단숨에 허리춤부터 풀어헤쳤다. 그리고 벌겋게 성난 생식기를 드러내며 탐욕으로 일그러진 야수처럼 숨 가쁘게 달려들었다. 소녀는 짐짓 달아날 엄두도 못 내고 거의 본능적으로 새가슴처럼 작은 앞섶을 양손으로 감싸며 뒤로 물러나 앉았다.

그리고 나서 자신을 덮치는 유키오의 손등을 물어뜯고 마구 할퀴는 등 발악적으로 항거했다. 쫓기던 쥐가 달아날 구멍이 없을 때 돌아서서 고양이를 문다고 했던가. 소녀는 놀랄 만큼 강인했다. 그녀의 갑작스러운 저항에 부닥친 유키오는 멈칫하며 겸연쩍게 물러나 잠시 엉거주춤하다 이를 지켜보던 모리오 상병 등 대원들을 향해 다급하게 외쳤다.

"야, 고노야로(이 자식들아)! 안 거들고 뭘 해."

마침내 대원들이 합세하자 소녀는 무참하게 찢긴 블라우스 자락으로 앞가슴을 가리면서 마구 울부짖었다.

그러나 이미 눈이 뒤집혀버린 유키오는 대원들로 하여금 소녀의 양팔과 양다리를 붙잡게 하고 블라우스와 치마폭을 무자비하게 북북 찢어 발가벗긴 뒤 여리고 나약한 아랫도리를 그대로 덮치고 말았다. 포악한 들짐승이 먹이를 낚아채 허기진 배를 채우듯 마구 광기를 부리며 소녀의 알몸을 핥고 아랫도리를 짓밟았다.

유키오 하사에게 무참하게 짓밟힌 소녀의 벌거벗은 사타구니에서 진한 핏빛이 번졌다. 유키오의 광기를 지켜보고 이미 눈이 뒤집혀 버린 대원들도 유키오가 욕심을 채우고 물러나기 바쁘게 모리오 상병부터 들짐승처럼 덤벼들었다. 그들은 이미 초주검이 돼 기진맥진한 상태에서 거의 무저항으로 누워 있는 소녀의 알몸을 계급 순위에 따라 차례차례 짓밟는데 혈안이 되었다.

그러나 소녀의 수난은 그것으로 끝나지 않았다. 어떻게 쿠냥姑娘의 냄새를 맡았는지 바깥엔 10여명의 병사들이 줄지어 차례를 기다리고 있었다. 아마도 맨 처음 욕심을 채운 유키오가 인심이라도 쓰듯 은밀하게 소문을 퍼뜨린 모양이었다.

'야, 저기 저 골방에 아주 뜨끈뜨끈한 쿠냥이 있단 말이지. 식기 전에 선착순으로 먹어 치우는 게 몸에 좋을 거야.'

아마 분명히 그랬을 것이다.

평소에도 갖은 음담패설이 입에 발려 있었으니까. 유키오란 놈은 패륜적인 성격으로 미뤄 봐 충분히 그러고도 남을 놈이었다. 그래서 한동안 섹스에 굶주렸던 황군 병사들은 마치 공중변소 앞에서 오줌이 마려워 차례를 기다리는 군상들처럼 성난 생식기를 움켜잡고 길게 줄을 잇고 있는지도 몰랐다.

아니, 그보다도 어쩌면 연약한 암캐 한 마리를 눕혀 놓고 발정한 여러 수캐들이 코를 박고 쿵쿵거리며 서로 물고 뜯는 것과 무엇이 다른가. 야전에서 발견되는 쿠냥은 먼저 먹는 놈이 임자라고 했다. 순서대로 윤간을 하고 증거를 없애기 위해 살해해 버리는 것이 저들의 불문율이었다.

그래서 유키오 하사가 범한 쿠냥 사냥에 대원들을 모조리 끌어들여 소녀의 명줄을 무참하게 끊어버렸는지도 몰랐다. 예컨대 중일전쟁 초기 베이징에 진주했던 황군 전투부대 경비초소의 오장이 제법 귀티 나는 한 중국인 쿠냥을 검문 검색을 하다가 성적 욕구가 발동해 총검을 들이대며 초소로 끌고 가 성폭행을 하고 돌려보낸 일이 있었다.

하지만 그것이 엄청난 화를 자초하고 말았다. 풀려난 피해자가 이 사실을 관할 헌병 대장에게 신고했기 때문이다. 하여 그 오장은 군사재판에 회부 돼 징역 2년의 실형을 선고받고 감방에 갇히는 신세가 돼버렸다는 것이다. 이후 도야마 소령처럼 일부 성격이 난폭한 지휘관들은 평소 정신교육 시간에 대원들에게 이런 일화를 한 토막씩 들려주며 성폭행의 요령을 가르치기 일쑤였다.

일단 야전에서 쿠냥을 발견하고 용트림을 하듯 발정하는 음기淫氣를 주체하지 못해 사고를 칠 경우 후환이 없도록 해야 한다고 강조하는 것이 저들의 판에 박힌 지휘관 훈시였다.

"그런 머저리 같은 바카(바보)가 어디 있냐. 훈련된 황군이라면 대가리를 쓸 줄 알아야 해. 대가리를… 윗 대가리頭腦와 아랫 대가리男根는 원래 살았을 때 써먹는다고 하지 않던가. 일단 목적을 달성한 후엔 인정사정 볼 것 없이 싹 해치워 버려야지. 죽은 자는 말이 없다고, 그래야만 증거를 없애고 후환을 피할 수 있는 거야."

이런 식의 지휘관 훈시는 한때 유행어처럼 번지기도 했다.

전쟁 시기 대원들의 성범죄를 부추기면서 지휘관 자신의 책임을 면탈하기 위한 방편이기도 했다. 도야마 소령이나 모리 중사 등 야전에서 풍부한 전투 경험을 쌓으며 들개처럼 살아온 황군들은 오가다 적진에서 쿠냥을 발견했을 경우 가차 없이 '도츠게키 스스메' 식으로 심장부터 찔러버린다고 했다.

그러고 나서 피해자가 선혈이 낭자한 채 가슴을 팔딱거리며 막 숨이 넘어갈 때 지체하지 않고 욕심을 채운다고 했다. 피해자의 명줄이 끊어질 찰라 하복부가 극도로 수축하며 이루 형용할 수 없는 성적 쾌감을 느낄 수 있다는 것이 저들이 즐겨 나누는 진중한담陣中閑談이었다. 이른바 '긴자코' 스토리다.

형진은 이 같은 참상을 지켜보다 못해 치가 떨리고 가슴 한가운데에서 증오의 불길이 치솟아 견딜 수 없었다. 따지고 보면 자신과는 전혀 상관없

는 일이긴 하지만 그대로 방관하기에는 인간으로서의 양심이 용서치 않았
다. 하지만 저들의 끔찍한 만행을 자기 혼자 힘으로 어떻게 막을 방법이 없
었다.

한숨을 삼키며 전율하다 말고 하늘을 바라보며 부디 천벌을 내려달라고
저들의 만행을 한없이 규탄하고 저주했다. 그러나 무심한 하늘에 걸려 있
는 태양은 따가운 땡볕만 쨍쨍 내리쬐고 있을 뿐이었다.

형진은 저들의 만행을 달리 막을 방도를 찾지 못해 전전긍긍하다가 마침
내 단단히 결심하고 하시모토 대위를 찾아 나섰다. 하시모토는 마침 마을
입구 느티나무 아래 토벽土壁에 걸터앉아 전투모를 벗고 땀을 식히고 있었
다. 그는 지체하지 않고 하시모토에게 달려가 자신이 직접 보고 느낀 참상
을 그대로 보고했으나 하시모토 역시 예외는 아니었다.

가재는 게 편이라 했던가. 그가 사태를 심각하게 보고하는 데도 하시모
토는 건성으로 받아들였다. 게다가 하시모토는 이렇게 빈정거리기까지 했
다.

"혼쵸 군! 그건 전리품이 아닌가."

"전리품이라니, 그거이 무슨 말씀이외까?"

"그래, 전리품… 목숨을 담보로 하는 전쟁터에서 흔히 그런 전리품을 챙
겨야 전쟁을 치르는 맛도 생길 게 아닌가. 자네도 생각나면 한 번 거들어
보지 그래. 하하."

형진은 하시모토가 무심히 내뱉는 말에 일종의 모멸감을 느껴 더 이상
말문을 잇지 못했다.

하지만 하시모토는 눈도 한 번 깜짝하지 않고 태연히 뒷짐만 진 채 음흉한 미소까지 머금었다. 그러고는 '하토鳩' 담배를 꺼내 한 개비 꼬나물고 자리에서 일어나 천천히 만행의 현장으로 다가가는 거였다. 그는 부하들의 짐승 같은 성범죄에 철퇴를 가하기는커녕 마치 관음증 환자처럼 되레 방관만 하며 즐기고 있었다.

성난 야수들의 축제가 한창 벌어지고 있는 목침대 위엔 소녀가 죽은 듯이 미동도 하지 않고 초점 잃은 시선을 허공에 박은 채 누워 있었다. 벌써 20여 명이 거쳐 갔는데도 바깥에는 10여 명이 더 기다리고 있었다. 모든 대원이 광란의 축제에 참가하고 있는 것 같았다.

소녀는 이미 명줄이 끊어졌는지도 몰랐다. 그런데도 훈도시褌(일본인 특유의 속옷)만 걸친 야수들이 성난 생식기를 주체하지 못해 축 늘어진 소녀의 알몸을 할퀴며 요동을 치고 있는 거였다. 이윽고 소녀가 맥없이 양팔을 축 늘어뜨리며 숨을 거두자 절정에 이르던 짐승들의 축제도 막을 내렸다.

굳어가는 소녀의 사타구니엔 짐승들이 쏟아놓은 정액으로 뒤범벅이 되어 목침대 모서리를 타고 방바닥을 흥건히 적시며 역겨운 비린내를 풍겼다. 난폭한 짐승들이 휩쓸고 간 소녀의 방엔 어디서 날아왔는지 쉬파리 떼가 들끓기 시작했다.

쉬파리 떼는 실오라기 하나 걸치지 않은 채 알몸으로 숨져 있는 소녀의 사타구니를 파고들며 쉬를 슬어 한마디로 목불인견이었다. 게다가 방바닥에도 새까맣게 뒤덮여 쉬슬이에 바쁜 쉬파리 떼가 왱왱거리며 제2의 축제를 벌이기 시작하는 거였다. 차마 눈 뜨고 볼 수 없는 생지옥의 한 단면이 아닐 수 없었다.

집합 나팔이 요란하게 울리고 점심시간이 되자 1인당 건빵 한 봉지에 쇠고기 간즈메(통조림) 반 캔씩 배식 되었다. 야전에서 건빵으로 식사할 때엔 보통 꽁치 통조림이 나왔으나 이번에는 특별히 하시모토 대위의 지시에 따라 쇠고기 간즈메가 배식 된 것이었다. 아마도 아까운 정액을 어렵사리 한 대롱씩 빼버렸으니까 영양 보충이나 하라는 하시모토 대위의 특별한 배려인지도 몰랐다.

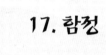

17. 함정

해 질 무렵 토벌 작전에 나섰던 전투부대가 개선행진곡도 우렁차게 일장기를 나부끼며 카이먼한청으로 돌아왔다. 저들은 귀대 직후 또다시 판에 박은 듯 살아 있는 신의 영원한 치세를 기원하는 기미가요를 합창하고 '다이닛폰 데이코쿠 반자이!'와 '덴노헤이카 반자이!'를 광적으로 외치며 만세 삼창을 부르는 의식을 치렀다.

하시모토 대위가 전투부대로부터 인수한 포로는 모두 25명. 그러나 이 가운데 장제스의 국부군 포로는 불과 3명뿐이었고 나머지 22명은 순수한 농민들이었다. 이들 중 60세 이상의 노인 1명과 10대 청소년 2명이 포함되어있는 사실이 포로심문 과정에서 밝혀졌으나 하시모토 대위는 농민들도 모두 국공연합군의 패잔병들로 포로명단을 작성토록 지시하는 거였다.

'이럴 수가… 이건 말도 안 돼.'

형진은 갑자기 울컥하는 분노를 느꼈다.

연세가 많은 노인과 철부지 청소년들까지 인체실험용으로 수용하다니 한마디로 어처구니가 없었다. 아무리 상명하복上命下服이 절대적인 군대조직의 지상명령이라 해도 이런 기막힌 지시를 맹목적으로 따라야 한단 말인가. 그는 고심 끝에 하시모토 대위를 찾아갔다. 당장 불벼락이 떨어질지도 모른다는 생각에 잠시 망설여지기도 했으나 결코 불법 부당한 명령에 복종할 수 없었기 때문이다.

"하시모토 대위님! 저의 뜻을 말씀드리고자 찾아 왔습네다."

"그래, 뭔가?"

하시모토는 사뭇 귀찮다는 표정으로 넌지시 형진을 바라보는 거였다.

"저어… 노인과 어린 청소년들은 전쟁포로가 아니지 않습네까?"

"그래서…?"

"그래서라무네 저들을 포로명단에서 열외로 빼서 돌려보내는 게 낫지 않 갔습네까?"

"아 아니, 혼쵸! 내 명령을 거역하겠다는 건가?"

"아니 옳습네다. 저는 다만 인도적인 입장에서 건의드릴 따름입네다."

"뭐, 인도적인 입장…? 감히 누구 앞에서 그따위 망발을 내뱉는가 말이 다. 전시 상관의 명령을 거역하면 즉결처분이라는 사실도 모르는가?"

하시모토는 버럭 화를 내며 외쳤다. 그러고는 한낱 조센진 주제에 감히 황 군 지휘관에게 반발하느냐는 투로 따지고 드는 거였다.

"혼쵸 분칸! 이 하시모토 대위의 명령을 우습게 아는가?"

"아, 아닙네다. 내레, 감히 하시모토 대위님의 명령을 거역하는 거이 아니 외다. 그거이 천부당만부당한 오해란 말입네다."

"오해라… 그렇다면 전투부대가 목숨을 걸고 잡아 온 포로들을 감히 네 따위가 뭔데 돌려보내라, 마라하고 주장할 수 있단 말인가?"

"아, 아닙네다. 내레, 늙고 병든 노인과 어린 청소년들을 군이 수용할 필 요가 있겠냐는 좁은 생각에서 그만…."

갑자기 일이 험악하게 돌아가자 뜻밖에 입장이 난처해진 형진은 궁지에 몰린 나머지 이렇게 얼버무렸다.

"포로들이란 어차피 인체실험용이 아닌가?"

"네, 그렇긴 합네다만…."

"그렇다면 노인이면 어떻고 청소년이면 어떤가. 어차피 죽을 목숨인 걸…."

"잘 알갔습네다. 내레 아무 뜻 없이 말씀드린 거이니까니 오해하셨다문 용서해 주시라요."

"앞으로 주의해. 상관이 지시하는 일에 감히 왈가왈부하다간 덕될 게 아무 것도 없으니까."

"넷, 주의 하갔습네다."

하시모토는 포로들을 한낱 하등동물에 불과한 실험용 모르모트로 취급하고 있었다.

형진은 그런 가혹한 하시모토에게 적이 회의를 느끼지 않을 수 없었다. 하기야 장교나 하사관이나 병졸이나 황색 유니폼을 입은 놈들이란 하나같이 인간의 탈을 쓴 악마들이니까. 저들에게는 미쳐 날뛰는 광기 외에 최소한의 인도주의라곤 티끌만큼도 찾아볼 수 없었다.

형진은 언젠가 톈진에 있을 때 삼촌이 주장하던 말이 떠올랐다. 우리 조선인들은 본디 일본을 작은 섬나라라 하여 '왜국倭國'이라 불렀고 일본인들을 속 좁고 비열하고 용렬한 인간으로 비하하며 '왜놈'으로 부르기도 했다는 얘기. 하지만 그렇게 무지막지한 왜놈들에게 결국 임진왜란과 정유재란으로 국토를 유린당하고 마침내 한일합병으로 국권까지 빼앗기지 않았는가 말이다.

그는 생각할수록 가슴이 답답하고 심란해 견딜 수가 없었다. 다른 병사들은 마을의 들머리 개활지에 텐트를 치고 야영에 들어갔으나 그는 밤늦게까지 손전등으로 포로들의 얼굴을 비춰가며 성명·주소·생년월일·직업 등 신상을 일일이 확인하면서 포로명단을 작성하느라고 골머리를 썩여야 했다.

하지만 현역 군인인 국공연합군 포로 3명을 제외한 농민들의 직업란을 공란空欄으로 비워 둘 수밖에 없었다. 명색이 포로명단인데 직업란에 농업이나 학생이라고 기재한다는 것도 황당한 노릇이기 때문이었다. 그러나 아뿔싸, 이것이 또 빌미가 되어 하시모토 대위에게 책을 잡히고 말았다.

밤새 작성한 포로명단을 받아 본 하시모토가 마침 벼르고 있던 참에 잘 되었다는 식으로 또다시 따지고 드는 거였다.

"혼쵸 군! 여기 포로들의 직업란을 왜 공란으로 비워둔 건가?"

"네, 모두 농민들이 아니문 학생신분이라서……."

당황한 형진은 엉겁결에 이렇게 얼버무렸다.

"전쟁포로의 직업은 군인 아니면 유격대원이 아닌가. 농민이나 학생을 가장한 팔로군의 게릴라, 테러리스트, 빨갱이 등등……."

"네, 알갔습니다. 댁각(즉각) 고치갔습네다."

그러나 하시모토는 그대로 놔 주지 않고 돌아서는 형진을 다시 불러 세우는 거였다. 벼르고 있던 참에 꼬투리를 잡아 잘 되었다 싶어 단단히 혼쭐을 낼 요량이었다.

"혼쵸 군! 자넨 포로 문제로 사사건건 반발하는데 그 이유가 대체 뭔가?"

"아, 아닙네다. 내레, 반발이라니… 그럴 리가 없습네다."

"식민지 조센진으로서 짱꼴라들한테 동병상련의 정이라도 느끼고 있다는 뜻이 아닌가 말이야."

마침내 하시모토 대위가 버럭 화를 내며 트집을 잡고 늘어지기 시작했다. 역시 왜놈들 특유의 속 좁은 성격을 드러낸 것이다.

"아, 아닙네다. 반발이라니 당치 않은 말씀이외다. 내레, 몰라서 그랬을 뿐입네다. 앞으로 주의 하갔습네다."

형진은 하시모토 대위에게 무조건 사과하고 용서를 빌었다.

상관이 지시하는 일에 왈가왈부하다간 득 될 게 아무것도 없다는 하시모토의 경고가 퍼뜩 뇌리를 스쳤기 때문이다. 자칫 잘못하다가 미친 들개처럼 날뛰는 자에게 무슨 봉변을 당할지도 몰랐다. 일이 점차 이 지경으로 돌아가자 형진은 자신의 목숨까지도 부지하기 어려울 것이라는 생각이 자꾸만 떠올라 견딜 수 없는 불안감에 떨어야 했다.

백색 캠프에서는 토벌 작전에서 마구잡이로 생포해온 포로나 양민들만 인체실험의 대상으로 삼는 게 아니라 이따금 헌병대나 특무대 등 군 첩보부대에서 체포한 이른바 치안유지법 위반 피의자들까지도 보충을 받았다. 이들 치안유지법 위반 피의자들은 대개 중국의 항일유격대원들이나 조선독립운동가 등 사상범들로 아무리 회유하고 심한 고문을 가해도 완강하게 버티기 마련이었다.

이 때문에 조사 결과 혐의를 제대로 입증하지 못한 채 고문으로 만신창이가 된 사람들을 석방하기는커녕 종래엔 백색 캠프와 같은 생지옥으로 보내고 있었다. 왜냐하면 이런 골치 아픈 회색분자들은 따지고 보면 대부분 사상적으로 흔들림 없이 무장된 자들이어서 좀체 속 시원한 조사 결과를 기대할 수 없는 데다 다분히 말썽의 소지가 있었다. 게다가 고문 중 자칫 명줄이 끊어지는 날에는 그 뒤치다꺼리가 골치 아파 사후 연구용으로 백색 캠프에 기증하는 것을 최상책으로 삼았다.

형진이 뒤늦게 알게 된 사실이지만 이들 사상범 중엔 황군 주둔지 주변을 무대로 정탐을 하거나 독립투쟁을 벌여오다 검거된 조선인 유민들도 상당수 포함돼 있었다. 하지만 조선인들은 대개 황군 수사기관의 악랄한 고문 등 보복이 두려워 한결같이 변성명을 하고 시나진中國人 행세를 하는 바람에 정확한 실상을 파악할 수 없었다.

특히 이들 중 헌병대나 특무대 등 군 수사기관의 조사과정에서 사상범으로 드러난다 해도 죄질이 미미하거나 회유 또는 전향 등 이용 가치를 상실했을 경우 이곳 백색 캠프로 보내 인체실험의 우선순위에 오르는 사람들이 대부분이라고 했다. 그들은 여느 포로들과는 달리 수용되자마자 지체없이 격리병동에 갇혀 각종 병원균과 약물이 투여되기 마련이었다.

그러나 그들은 비교적 고분고분한 중국 국부군 포로들과는 달리 저항력이 강했다. 그러다가 결국 모진 고문에 시달려 불가항력에 부닥치고 만다. 격리병동에 수용되는 것조차 완강히 거부하다 린치를 당하기 일쑤였다. 게다가 사상범이라는 이유로 여느 포로들과는 달리 혹독한 인체실험 과정에서 으레 명줄이 끊어지곤 했다. 그뿐만 아니라 그들은 죽어서도 특별히 취급되어 대뇌와 소뇌, 심장기능, 신장, 생식기능 등이 모조리 해부되고 만다.

그러고는 부위별로 유리 용기에 넣어 알코올로 처리된 후 군 수사기관 등에 수사 연구용으로 제공된다고 했다. 그들은 결국 사후에도 침략전쟁을 위한 일본 군국주의의 연구대상으로 길이 보존 되고 있는 것이다. 그들 중 의연하게 죽어간 한 애국지사를 형진은 악몽처럼 기억하고 있다.

이름은 김광복金光復. 그러나 그의 본명이 아니었다. 조국 광복의 날을 손꼽아 기다린다는 염원에서 스스로 자기 이름을 그렇게 부른 애국자였다. 1928년 중국대륙으로 건너가 김구 선생이 조직한 한국독립당에 가입한 후 군자금 조달과 무장투쟁에 나서는 등 독립운동가로 활동하면서 여러 가지 변성명으로 가명을 사용해 온 인물이기도 했다. 그런 그가 불행하게도 황군 특무대의 불심검문에 걸려 체포되는 비운을 맞았을 때의 진술한 이름이 '김광복'이라고 했다.

어쩌면 그의 마음속 깊이 우리나라의 광복을 바라는 간절한 소망이 절절히 배어 있는지도 몰랐다. 그는 1년여 동안 전시군법회의에서 군법률에 따른 정식재판도 받지 못하고 북지나 파견군 특무대 감방에서 불법으로 감금돼 매일같이 되풀이되는 악랄한 고문에 시달리던 끝에 그만 폐인이 되고 말았다고 했다.

만약 나이치內地에서 이런 일을 당했더라면 여론이 무서워서라도 정식재판에 회부 되었을 것이나 중국대륙에서는 저들의 악랄한 고문이 바로 전시군법이었다. 하지만 그는 자신이 알고 있는 임시정부의 비밀을 단 한마디도 토설吐說하지 않았고 오히려 황군 수사관들을 비웃으며 꿋꿋하게 버텼다고 했다. 결국 그의 강인한 기개를 꺾지 못한 특무대에서는 백색 캠프에 인체실험용으로 보내고 말았다는 것이었다.

백색 캠프에서 그를 인수한 것이 1943년 4월 중순. 형진이 보기엔 그는 적어도 폐인으로 낙인찍힌 겉모습과는 달리 정신은 아주 맑아 보였다. 통역을 위해 마주 앉았을 때 그는 중국어 대신 우리 조선어를 사용했으며 고문 후유증으로 얼굴이 비틀어지고 말이 어눌하긴 했으나 억양은 또렷했다.

그는 단박에 형진을 조선인으로 알아봤다. 조선인은 쓱, 얼굴만 한 번 훑어 봐도 왜놈과 다르다는 것을 알 수 있다고 그는 말했다.

"이걸 조상 탓으로 돌려야 하나…? 비록 우리 대한제국이 일찍이 국력을 축적하지 못해 왜놈들에게 국권을 빼앗겼다고는 하나 젊디젊은 놈이 조선인으로 태어나서 하다못해 곡괭이라도 들 생각은 하지 않고 왜놈들 통개 노릇이나 하고 있는 게야? 쯔쯧… 네 놈을 보아하니 우리나라가 망하게 돼 있어. 희망이 없는 게야. 그게 가슴을 치고 싶도록 분하고 안타까울 따름이야."

형진은 그 말에 속 부끄러워 고개를 바로 들지 못했다.

"야, 이놈아! 네 놈이 아무려면 안중근 의사나 윤봉길 의사는 기억하고 있을 테지?"

"네, 니야기는 여러 번 들어 잘 알고 있습네다만…."

"그런 놈이 왜놈들 통개 노릇을 한단 말인가?"

"면목 없습네다. 어쩌다가 살아남기 위해서라무네…."

"안중근 의사는 하얼빈역에서 우리나라 국권 찬탈의 원흉인 이토 히로부미를 사살하고 떳떳하게 형장의 이슬로 사라진 우국 충절의 표상이었어.

그때가 1909년이었으니 네 놈이 아직 세상에 태어나기 전이란 말이야. 또 윤봉길 의사는 어떻고… 그분은 상하이 홍커우 공원에서 시라카와 대장을 비롯한 왜놈들 군 수뇌부를 폭살하고 장렬하게 24세의 젊은 생애를 바친 대한국인大韓國人의 영웅이었어."

"……."

"내가 그런 선열의 유업을 잊지 못하고 개죽음을 당하는 것이 억울할 뿐이야. 하지만 왜놈들 손에 죽는 것은 나라를 빼앗긴 식민지 국민으로 힘이 없어 죽는 것이지 놈들이 내 영혼까지 죽일 수는 없어. 하여 죽어서도 내 영혼은 살아 왜놈들이 망하는 꼴을 반드시 보고 말 테다."

다른 사람들은 고통에 못 이겨 단말마적인 비명을 지르며 살려달라고 몸서리치다 명줄이 끊어지기 마련이었지만 그는 끝까지 의연하게 죽음의 고통을 감내했다. 그의 시신은 곧 해체되어 오장육부五臟六腑가 알코올 소독 과정을 거친 뒤 연구용으로 일본 대본영(합동참모본부)에 보내졌다고 한다.

최형진이 지난지구 방역급수반의 중국어 통역 문관으로 배속된 지 1년 6개월쯤 지났을 때였을까, 그는 비로소 전임 통역관들이 근속 1년을 전후해 증발된 후 소식이 끊겼다는 사실을 경비 오장인 엔도 하사를 통해 전해 듣고 큰 충격에 빠졌다.

백색 캠프에서 사라진 통역관들은 일어에 능통한 시나진들이었다고 했다. 그러나 형진은 어쩌면 시나진과 다른 나이센 잇타이의 황민으로 자처하지만 어차피 저들의 눈에는 식민지의 천민인 조센진이 아닌가. 그렇다면 시나진 통역관과 무엇이 다르단 말인가. 생각할수록 등골이 오싹해지기만 했다.

엔도 오장의 말에 따르면 대개 수용 포로들이 남아 돌 경우 50~100명씩 선발, 악명 높은 만주의 마루타(제731 세균부대)로 이송하는 데 이때 호송 요원으로 선발된 황군 경비병들과 함께 포로들을 인솔해 갔던 중국어 통역관이 영영 돌아오지 않았다는 거였다.

"시나진 통역관이 도중에 탈출했단 말인가, 아니면 실종되었단 말인가. 그게 이상하단 말이야."

엔도 하사는 지나치는 말로 그렇게 내뱉었지만 형진에겐 엄청난 충격으로 와 닿았다. 어쩌면 그것은 엔도 하사가 지나치는 길에 무심히 던진 말이 아니라 형진에게 의도적으로 경고한 것인지도 몰랐기 때문이다.

그는 '중국인 통역관이 증발 되었다.'라는 이야기를 달리 확인할 길이 없었지만 어쨌든 백색 캠프에서 인체실험이라는 저들의 특수임무를 극비에 부치기 위해 필시 그런 끔찍한 일을 저지르고도 남을 것이라는 의구심에 가슴이 떨렸다. 그나마도 다행한 일인지 모르겠으나 그가 이곳에 배속돼온 이후 인체실험용 포로가 모자라 인접 전투부대에 토벌을 요청하는 등 인체실험에 차질을 빚는 일이 종종 일어나는 바람에 사실상 자체 조달도 힘든 상황이 계속되고 있었던 것이다.

이 때문에 남아도는 포로를 731부대로 이송하는 사례는 단 한 건도 없었다. 하지만 엔도 오장이 전한 이야기를 들은 이후 불길한 예감이 가슴을 짓누르며 마구 방망이질 치는 바람에 안절부절 어쩔 바를 몰라 잠시도 안정을 취하지 못하고 두려움에 떨어야 했다. 그는 포로 이송 중에 실종되었다는 시나진 통역관과는 달리 이곳 백색 캠프에 배속된 지 벌써 1년을 훌쩍 넘겼다. 하지만 그도 역시 어느 날 갑자기 사라진 시나진 통역관처럼 어쩌면 조만간에 증발될 지도 모른다는 절박한 위기의식이 똬리를 틀기 시작했다.

때문에 날로 스트레스만 쌓이고 멍청하게 하늘만 바라보는 등 심란해 도무지 일이 손에 잡히지 않았다. 하루하루 가슴을 짓누르는 불안감에 떨며 탈출의 기회를 노렸으나 아무리 눈여겨 찾아봐도 고압 전류가 흐르는 이중 철조망을 뚫고 이 악마의 소굴을 빠져나갈 구멍이란 단 한 군데도 보이지 않았다.

18. 뇌물공세

중국인 통역관의 실종 소식을 전해 들은 형진은 날이면 날마다 탈출의 기회를 엿보며 온갖 궁리를 다 짜내 봐도 별 뾰족한 방법이 떠오르지 않았다. 그렇게 내내 고민하던 끝에 마침내 방역급수반 부대장 와타나베 중령과 경비중대장 하시모토 대위, 그리고 수석군의관 우에노 대위와 부관 오노 중위 등 이른바 백색 캠프의 실세 4인방을 구워삶는 길밖에 달리 묘책이 없다는 결론에 도달하게 된다.

'하늘이 무너져도 솟아날 구멍이 있다고 하지 않던. 내레, 머릿속에 똬리를 틀고 있는 묘책이 어쩌면 기막힌 방법일지도 몰라야. 뇌물 공세…. 원래 왜놈들은 뇌물을 좋아하는 동물이 아닌가 말이야.'

그나저나 이 황량한 곳에서 웬 뇌물 공세냐고?

그가 가지고 있는 배낭 속에는 수 백년 동안 풍상풍우風霜風雨를 다 겪은 고총古冢에서 캐낸 분청墳淸이 잠자고 있지 않은가. 천하의 명약 중 명약이라는 분청. 흡사 반딧불 같은 형광이 번쩍이는 검붉은 광솔 색깔의 육각형 봉밀을 말한다.

그것은 땅벌이 관구 속 해골에 고인 누런 액체를 빨아 먹고 만든 최상의 강정제이자 만병통치약이라고 했다. 하지만 현대의학을 전공했다는 놈들이 분청에 대해서는 일자 무식꾼에 지나지 않았다. 뇌물 공세를 취하더라도 우선 우리 조선의 고귀한 동의보감東醫寶鑑부터 교육을 좀 시켜야 하지 않겠는가.

'왜놈들이레 강정제라문 자다가도 벌떡 일어날 만큼 환장한다고들 하지 않던. 자, 인차(이제) 이 분청으로 호랑이를 잡으러 호랑이굴로 뛰어들어가

보자니까니. 기래, 기거야. 다행히 성공하문 대통大通이 열리는 거이구 실패하더라도 뭐, 크게 손해 볼 것두 없디 않아. 밑져야 본전이라구 했디. 하다 못해 호랑이 꼬리는 밟아 볼 수 있디 않갔어.'

형진은 여기까지 생각이 미치자 크게 한숨을 삼키면서 마침내 단단히 결심하기에 이른다. 토벌 작전에서 돌아온 지 사흘 만의 일이었다. 명분도 떳떳했다.

우선 '포로심문 결과 보고서'를 보존문서로 작성하여 부관 오노 중위의 결재를 받은 뒤 분청이 가득 담긴 배낭을 메고 하시모토 대위를 찾아갔다. 오노 중위를 거쳐 하시모토 대위와 우에노 대위, 와타나베 중령 등의 순으로 결재과정을 거치는 것이 통상적인 백색 캠프의 절차였다. 그런 절차를 밟으면서 뇌물 공세를 취할 요량이었다.

'포로심문 결과 보고서'를 쭉 훑어본 하시모토 대위는 공란으로 비워 두었던 포로명단의 직업란에 농업이 아닌 '공산당 유격대원'이라고 기록돼 있는 것을 확인하고 만족한 듯이 결재란에 도장을 꽉, 눌렀다. 그리고 나서 어색하게 배낭을 멘 형진을 눈여겨 바라보며 의아한 표정으로 운을 떼는 거였다.

"아니, 혼쵸 분칸! 웬 배낭을 메고 결재를 받아? 정규군이 아닌 군속이라도 이거 기합 빠진 태도가 아닌가?"

은근히 기다리던 말이었다.

마침내 형진이 짠 각본대로 일이 척척 맞아 들어가기 시작하는 것 같았다. 하시모토는 기분이 좋을 땐 언제나 그를 보고 분칸文官으로 예우했지만 수틀리면 당장 군君으로 한 단계 낮춰 부르기 일쑤였다. 그런 그가 분명 형진을 보고 분칸으로 불렀겠다. 형진은 은근히 미소부터 지었다.

"아니, 혼쵸 분칸! 상관이 주의 주는 데 웃음이 나오다니?"

"하이, 하시모토 대위님! 실은 이 배낭 속에 귀중한 보물이 들어 있어서 내레 직접 메고 다닙네다."

"뭐라구, 보물…?"

"하이, 보물!"

"보물이라니, 혼쵸 분칸! 그게 무슨 뚱딴지 같은 소리야?"

"하이, 이 배낭 속에 아주 귀한 보물이 들어 있단 말입네다."

"혼쵸 분칸! 자네 지금 날 놀리고 있는 건가?"

"아, 아닙네다. 내레, 감히 하늘 같은 하시모토 대위님을 놀리다니요?"

"아, 그럼 분명히 말해야 할 거 아닌가?"

"실은 내레, 개인적으로 습득한 것입네다만 고코쿠신민皇國臣民의 한 사람으로서 감히 하시모토 중대장님께 보고를 드리지 않을 수 없어서라무네 이 배낭을 메고 왔습네다."

형진은 이렇게 말하면서 어깨에 둘러메고 있던 배낭을 벗어 하시모토 대위의 야전 책상 위에 올려놓았다.

"아니, 혼쵸 분칸! 대체 이 배낭 속에 무슨 보물이 들었길래 그렇게 뜸을 들이고 있는가?"

귀중한 보물이라는 말에 사뭇 신경질적이던 하시모토 대위의 표정이 점차 밝아지면서 궁금증이 동해 침을 꿀꺽 삼키기까지 하는 거였다.

"이런 보물 구경하신 적 있습네까? 하시모토 중대장님!"

형진은 그 자리에서 배낭을 풀어 헤쳤다.

배낭 속에서 푸른 형광빛이 도는가 했더니 웬걸 검붉은 솔광의 색깔을 띤 육각형 봉밀이 촘촘히 박힌 크다란 물체가 모습을 드러내는 거였다. 순간, 소스라친 하시모토의 눈빛이 경이롭게 반짝였다. 아름다운 분청의 봉밀이 은은한 향기를 내뿜고 있었기 때문이다.

"아니, 이게 도대체 뭔가? 무슨 벌집 같기도 하고… 향기가 아주 진하고 독특하구먼 그래."

입을 헤벌린 하시모토의 표정이 무슨 대단한 것을 발견하기라도 한 듯 호기심으로 가득 차기 시작했다.

"하이, 옳습네다. 일반적으로 벌집처럼 보이긴 합네다만 이걸 분청이라고 부르지요."

"분청… 처음 듣는 말인데…?"

"하이, 아마 분청이란 말은 처음 들어보실 겁네다. 분청이란 바로 오래된 무덤방 속에 봉소蜂巢(벌집)를 짓고 서식하는 토봉土蜂(땅벌)이 만든 꿀… 다시 말해서라무네 봉밀蜂蜜이라는 뜻이지요."

"아, 그렇다면 혹시 로열젤리를 말하는 게 아닌가?"

"천만의 말씀이외다. 로열젤리와는 전혀 질적으로 다르단 말입네다. 로열젤리는 꿀벌에서 나오는 분비물의 일종으로 우윳빛깔을 띠는 여왕벌 유충의 먹이를 말하지 않습네까."

"……?"

"로열젤리는 일반적으로 아미노산과 비타민 B군이 많아 노화를 방지하고 정력을 강화시켜 주는 장수약으로 널리 알려져 있긴 합네다만 이 분봉의 봉밀에 비하면 하늘과 땅 차이지요. 로열젤리는 한마디로 아무것도 아니란 말입네다."

"뭐, 로열젤리가 아무것도 아니라고⋯?"

"네, 로열젤리는 이 분청의 근처에도 못 온단 말입네다. 아예 저리 가라는 거외다."

"아니, 우리 나이치內地에서는 로열젤리라면 그 희소성 때문에 벌꿀의 최고로 쳐주고 있다니까. 그래서 감히 나 같은 사람은 로열젤리 맛도 못 보고 살아왔는데 말이야."

"나이치 뿐만 아니라 우리 조센에서도 일반적으로 그렇게들 생각하구 있디요."

"그렇다면 토봉이란 문자 그대로 풀이하면 토종벌밖에 더 되냐고? 그렇다고 효험이 대단하다는 석청石淸도 아니고 말이야."

"석청은 역시 이 근처에도 못 온답네다. 우선 이 분청의 맛부터 보고 말씀하시라요. 백문불여일견百聞不如一見이라 했습네다. 자, 손가락으로 한 번 찍어서 입에 넣어 보시라요."

하시모토의 들뜬 모습에 형진은 점차 신바람이 나기 시작했다.

그가 거침없이 술술 내뱉자 하시모토는 어리벙벙해서 어쩔 줄 몰라 완전히 정신 나간 사람처럼 멍한 표정을 짓고 있었기 때문이다. 하시모토는 마침내 형진이 내민 분청에 얼른 손가락부터 찔러 맛을 보는 순간 눈이 휘둥 그래지고 마는 거였다.

"야하, 이 향기, 이 알싸한 맛… 뭐라 형용할 수 없구먼 그랴."

"이 분청의 봉밀이야 말로 보통 토종벌이 아니라 땅벌 중에서도 무덤방에서만 서식하는 땅벌의 봉밀을 말하는 거외다. 그러니까 분봉밀墳蜂蜜에서 나온 꿀이 바로 분청이란 말입네다."

"아니, 그렇다면 지난 토벌작전 때 우리 대원들이 쏘여 혼쭐이 난 그 땅벌 말인가?"

"네, 그렇습네다."

"그럼 대원들이 땅벌에 쏘여 아우성을 치는데 혼쵸 분칸, 자네는 이 분청을 따러 분봉을 찾아 헤맸다는 얘기야?"

"네, 말하자면 그렇습죠. 내레 비전투원이니까니."

"그래, 비전투원 보고 시비를 거는 게 아닐세만… 그렇다면 자네는 왜 땅벌에 쏘이지 않았나?"

"호랑이를 잡으려문 호랑이굴에 들어가야 한다는 말이 있지 않습네까."

"으음…?"

"분청을 따려문 당연히 봉소, 즉 땅벌집을 찾아야겠디요. 하지만 내레, 땅벌의 천적이기 때문에 감히 땅벌이 덤벼들 수가 없단 말입네다."

형진은 거침없이 말을 내뱉다 보니 초까지 듬뿍 치게 되었다.

"허허, 그거 참, 희한한 얘기로군."

"그렇디만 그 땅벌보다 땅벌의 서식 환경이 더 중요하단 말입네다."

"아니, 혼쵸 분칸! 자네 땅벌에 대해서 어떻게 그리 잘 아는가?"

"내레, 조부님한테서 배운 거라니까니. 조부님은 유명한 한의사였댔시요. 특히 할아버지께서는 분청에 대해 둘째가라면 서러워할 정도로 전문가적인 식견을 가지신 분이었시요. 이미 별세하셨디만 말입네다."

"아하, 그렇구먼. 그러니까 혼쵸 분칸! 분청에 대한 자네의 그 해박한 지식이 바로 할아버지한테서 전수한 거란 말이군."

"네, 그렇습네다만 어쨌든 이 분청의 봉밀을 채취한다는 거이 하늘의 별따기 만큼이나 어렵다는 거를 아셔야 합네다. 왜냐하문 이 봉밀은 땅벌이 수백 년이 지난 무덤 속의 관구에 벌집을 지은 뒤 해골이나 골강骨腔에 가득 차 있는 결체질의 물질인 소위 골수骨髓를 빨아먹구서리 꿀을 생산해 내기 때문이야요."

"……?"

"기래서라무네 이 분청의 희소가치가 있다는 니야기(이야기)외다. 무덤 분자墳를 붙여 분밀이라고도 하고 분청이라고 부르기도 한단 말입네다."

"……?"

"그렇다구 해서라무네 이 분청이 아무 무덤방에서나 나오는 것두 아니란 말입네다. 적어도 수백 년이 지난 무덤방에서 나온 것이라야 명약 중의 명약으로 쳐 주디요. 감히 값을 따질 수 없는… 그러니까니 따지고 보문 보물보다 더 귀한 것이디요. 어쨌든 내레, 이걸 손에 넣을 수 있었다는 거이 그만큼 운이 좋았다는 니야기디요."

"아하, 그렇구먼."

하시모토는 형진이 거침없이 풀어내자 연방 고개를 끄덕이며 혀를 내둘렀다.

"내레, 하시모토 대위님을 따라 나서지 않았다문 어케(어떻게) 이런 귀중한 보물을 찾을 수 있갔습네까."

"허허 참, 기막힌 얘기군."

형진이 어디 한 군데 막힘이 없이 조리 있게 설명하자 하시모토는 매우 신기한 듯이 귀를 바짝 기울이며 탐욕에 가득 찬 표정으로 연방 혀를 내두르며 고개만 끄덕이곤 했다.

얼씨구, 신바람이 난 형진은 그동안 자신이 익혀온 한방의 모든 지식을 동원해 하시모토의 넋을 빼놓고 말았다.

"이 분청은 한마디로 신이 내린 영약靈藥이라고 해도 과언이 아니란 말입네다. 그러니까니 대중없이 닥치는 대로 많이 먹으면 절대 안 된다는 거외다. 신의 노여움을 사 약효가 떨어지게 마련이니까 말입네다. 그저 하루 한 술 정도 먹는 거이 정량입네다. 자, 우선 한술 들어 보시라요."

형진은 분청을 한술 떠서 하시모토 대위의 입에 살짝 넣어 주었다.

그것은 거짓말이 아니라 진짜 인간이 분청을 복용하는데 지켜야 할 절대적인 수칙이었다. 하시모토는 마치 유치원 어린이처럼 형진의 말을 고분고분 잘도 들어 주었다. 분청을 한술 복용한 뒤 불과 얼마 지나지 않아 평소 볼멘 표정으로 잔뜩 찌푸려 있던 하시모토의 얼굴이 쫙 펴지면서 불그스름하게 화색이 감돌기 시작하는 게 아닌가.

"아하, 이게 무슨 조화란 말인가. 온몸에 열기가 치솟고 훨훨 날아갈 듯이 그렇게 가벼울 수가 없다네. 정신도 한결 맑아지고 마음이 편안해지는 거 있지. 바로 그런 기분이야."

"그러니까니 이 분청은 그냥 보통 토종꿀이 아니라 신이 내린 영약이라구들 하디 않습네까. 정력을 강화해 주면서 노화를 방지하고 무병장수하는 영약이란 말입네다."

"으음… 정말 기가 막히는구먼."

하시모토 대위가 점차 흥분하는 것을 보고 형진이도 덩달아 신바람이 나 입에 발린 듯 말머리를 돌렸다.

"아, 옛날 중국 진나라의 시황제始皇帝가 불로초를 찾아 선경을 헤맸으나 결국 찾지 못하고 죽었다고 전해지고 있습네다만 이 분청이야 말로 진시황이 그렇게 찾아다니다 못 찾은 불로초란 말입네다. 신이 내린 영약…."

형진은 분청을 신이 내린 영약이라고 입에 침이 마르도록 누누이 강조하곤 했다.

하시모토는 마치 넋을 잃은 듯 입을 헤벌린 채 맹목적으로 고개를 끄덕이며 멍하니 형진의 열변에 귀를 쫑긋 세우고 있었다. 백문이 불여일견이라 했듯이 분청의 효험을 단단히 본 이상 어떻게 달리 핑계를 댈 말이 없었기 때문이었다.

그래서 형진은 이 귀하디 귀하다는 분청을 와타나베 중령을 비롯해서 우에노 대위와 오노 중위 등 지휘부의 중요 직책을 맡고 있는 이른바 실세 4인방이 나눠 먹고 덴노헤이카에게 충성을 바치는 힘을 축적하라고 은근슬쩍 내비쳤더니 왠지 하시모토 대위가 펄쩍 뛰는 거였다.

"아, 물론 내 직속상관인 와타나베 츄사中佐님에게는 보고해야겠지만 이 영약이야 말로 우리가 먹을 게 아니라 덴노헤이카에게 진상하여 다이토아 쿄에이켄大東亞共營圈을 위해 노심초사 하시는 덴노헤이카의 만수무강을 기원해야 한다."

하시모토는 덴노헤이카의 충실한 사냥개답게 갑자기 자리에서 벌떡 일어나 부동자세를 취하며 이렇게 외쳤다.

그러나 형진은 흥분한 하시모토를 진정시키며 침착하게 말해 주었다.

"하시모토 대위님! 덴노헤이카에게 진상한다는 그 충정은 충분히 이해가 갑네다만 이 영약이 중국의 오래된 무덤방에서 나온 거이라문 자칫 덴노헤이카의 천운天運을 능멸한 죄로 화를 자초할 수도 있단 말입네다. 덴노헤이카가 누굽네까. 바로 문자 그대로 살아 있는 다이닛폰 데이코쿠의 신神이신 천황 폐하가 아니십네까. 그럴수록 처신을 신중히 하셔야디요."

"……?"

"무덤방이라는 거이 그 자체가 살아있는 사람에겐 혐오스러운 말로 들리지 않습네까. 그러니까니 우선 북지나 파견군 총사령관님에게 이런 희대의 영약을 발견했노라고 보고한 다음 황궁에 진상하는 절차를 밟는 게 타당할 것 같습네다."

"오, 혼쵸 분칸! 자네는 정말 생각이 깊은 사람이야. 내가 왜 자네의 그런 훌륭한 인품을 진작에 못 알아봤을까. 정말 자네 판단이 옳아. 천상천하에 아무리 귀한 영약이 있다 하더라도 황궁에서 그걸 알아주지 않는다면 오히려 불충으로 화를 자초할 수도 있겠지. 그래, 맞아. 자네 말마따나 우선 북지나 파견군 최고사령부에 서면보고부터 해야겠어. 좋은 아이디어를 줘서 감사하네."

평소 냉혹하고 근엄한 태도로 일관 해 왔던 하시모토가 어쩌다 보니 순한 양처럼 변해 있었다.

"하시모토 대위님께서 허락만 하신다문 내레, 이런 분청을 얼마든지 채취해 드릴 테니까니 아끼지 마시고서리 최고사령부에도 상납하시라요. 그래야 쇼사少佐(소령)로 승진하실 거 아닙네까?"

형진이 이렇게 말하자 그만 감격한 하시모토가 양손으로 그의 손을 꽉 잡고 흔들면서 고개까지 숙이는 거였다. 비열한 쪽바리……

"혼쵸 분칸! 내 진작에 자네가 영민한 사람이란 걸 알아보지 못해 미안하이. 자네 은혜 절대 잊지 않을 것이네. 고마워. 정말 고맙고말고."

하시모토는 진정 마음속 깊은 데서 울어 나는 감흥을 주체하지 못해 연방 머리를 조아리기까지 하는 거였다.

그러나 그의 그런 마음과는 달리 형진에게는 다른 속셈이 도사리고 있었다. 분청에 미쳐버린 하시모토의 명령으로 분청 채집에 나설 때를 이용해 악마의 소굴을 빠져나가 얼마든지 탈출이 가능했기 때문이었다. 그야말로 절호의 기회가 아닌가. 그는 아무 미련 없이 하시모토에게 배낭째 분청을 넘겨주고 물러났다.

이후 분청의 효험을 단단히 봤다는 와타나베 중령을 비롯한 우에노 대위와 오노 중위 등이 형진이와 얼굴을 마주칠 때마다 '혼쵸 분칸! 자네야말로 다이닛폰 데이코쿠의 충신 중 충신이야' 하고 입버릇처럼 치켜세워 주곤 했다. 일이 이 정도로 진전되면 호랑이 사냥은 대단한 성공을 거둔 셈이었다.

19. 탈출

그로부터 한 사나흘쯤 지났나, 아마 그랬을 것이다. 형진은 내심 탈출의 기회를 노리며 '분청 채집에 나서라'라는 하시모토 대위의 명령이 떨어질 것을 손꼽아 기다렸으나 분청을 배낭째 차지한 하시모토는 좀체 그런 기색도 없이 평소처럼 지휘권 행사에만 정신이 팔려있었다.

그는 조급증이 나 견딜 수 없었다.

'저들이 아직도 나를 신뢰하지 않고 있단 말인가. 그렇다면 저들의 신뢰성을 시험해 보는 것도 나쁘지 않을게야. 피차에 신뢰성이 중요하니까.'

마침내 결심을 굳힌 그는 저들의 속내를 확인하기 위해 거침없이 제2단계 작전으로 들어가 속이 좋지 않다며 이틀을 내리 굶고 대신 미소시루(된장국) 그릇에 소금을 가득 담아 통째로 들이켰다. 숫제 의도적이었다. 이틀째 곡기를 입에 대지 않았던 탓에 기운이 빠져 비실거릴 수밖에 없는 데다 맨 소금까지 들이켰으니 속이 확, 뒤집어지는건 당연했다.

사흘째 되던 날 아침 식당에서 배식을 기다리던 중 갑자기 복통을 일으켜 양손으로 하복부를 움켜쥐며 데굴데굴 구르고 말았다. 엔도 하사가 서둘러 형진을 연구 병동의 응급실로 옮겼고 우에노 대위가 달려와 청진기를 들이댔으나 그는 세균학 전문의일 뿐 내과나 외과 전문의가 아니지 않은가.

형진은 흡사 급성 맹장염처럼 오른쪽 하복부에 통증을 느끼며 발열과 메스꺼움을 동반해 구토증세까지 일으키자 우에노 대위는 당장 충수염蟲垂炎(맹장염)이라는 진단을 내리고 외과 전문의가 있는 카이펑開封의 북지나 파견군 야전병원으로 긴급 후송을 명령했다. 자칫 지체하다간 복막염으로 번

질 경우 장천공을 일으켜 생명이 위태로울지도 모른다는 것이었다.

어쨌든 형진은 운이 좋았다. 그렇게 하여 카이펑의 야전병원으로 후송된 그는 멀쩡한 맹장을 잘라내는 데 일단 성공했던 것이다. 다행히도 백색 캠프에서는 우에노 대위를 비롯해 맹장 수술을 담당할 외과 군의관이 단 한 명도 없어 급성 맹장염을 핑계로 악마의 소굴을 빠져나오는데 의심하는 군의관은 아무도 없었다.

게다가 그동안 저들에게 분청까지 갖다 바치며 온갖 아첨을 다 떨고 신뢰를 쌓아온 것도 그가 그 지긋지긋한 악마의 소굴을 벗어나는 데 상당한 도움이 되었던 것이다. 어쨌든 그는 일단 저들이 추호도 자신을 의심하지 않고 있다는 사실을 확인한 셈이었다.

그러나 야전병원에서의 입원 기간이 불과 일주일 남짓해 완쾌되면 어쩔 수 없이 또다시 악마의 소굴 아니, 죽음의 캠프로 돌아가야 할 처지에 놓이고 마는 게 아닌가. 생각할수록 아찔하고 눈앞이 캄캄했다. 어쩌면 좋단 말인가. 그는 마침내 이를 깨물고 식음을 전폐한 채 야전침대에 늘어져 버렸다.

기진맥진한 상태에서 한 사흘을 지내고 보니 앙상하게 여위고 얼굴이 홀쭉해져 그야말로 피골이 상접한 중환자처럼 보였다. 사실 서둘러 맹장 수술을 한 데다 사흘 동안 물 한 모금 마시지 않고 보니 쇠약해 질대로 쇠약해져 말 한마디 건넬 기력조차 없었다. 형진은 자신을 돌이켜 봐도 지독하고 끈질긴 데가 있었다. 한창 먹을 나이에 사흘을 내리 굶다니 보통내기가 아니었다. 이런 생각을 할 때마다 스스로 경악하며 자지러지곤 했다.

'내레, 어케 하다가 이런 독한 놈으로 변해 버렸단 말이가.'

그나저나 기왕에 내친걸음이었다. 중간에 몇 차렌가 포기하고 싶은 유혹을 느꼈으나 이대로 물러설 순 없었다. 그는 갈 데까지 가보자는 심산으로 이빨을 깨물고 또다시 무지막지한 일을 저지르고 말았다. 그것이 불가능하다는 사실을 뻔히 알면서도 이때를 놓칠세라 파우치 편에 방역급수반 부대장 와타나베 중령에게 건강상의 이유로 사직원을 제출했던 것이다.

하지만 예측했던 대로 보기 좋게 반려되고 말았다. 군사기밀을 보호하는 차원에서도 종전이 되지 않는 한 그의 사직은 있을 수 없는 일이었다. 게다가 분청에 잔뜩 맛을 들인 와타나베 중령이 쉽사리 풀어줄 리 만무한 일이 아닌가. 더욱이 그를 대신한 다른 중국어 통역관을 구하기도 결코 쉬운 일이 아니었다.

사직원이 다시 파우치 편으로 반려돼 오자 그는 그만 현기증을 일으키며 의식을 잃고 말았다. 너무도 큰 충격을 받았기 때문이었다. 시간이 얼마나 흘렀을까, 기력이 쇠잔해 병상에 늘어진 채 비몽사몽 헤매다 식은땀이 등줄기를 타고 내리는 것을 의식하며 눈을 떠보니 소매를 걷어 올린 팔뚝에 링거가 꽂혀 있고 어렴풋이 낯익은 얼굴이 다가오는 게 아닌가. 백색 캠프의 부관 오노 중위였다.

"어이, 혼쵸 분칸! 이제 정신이 좀 드는가?"

형진은 대답 대신 간신히 고개만 끄덕여 주었다.

"와타나베 부대장님의 명령을 전하러 왔네. 건강이 안 좋으면 퇴원하는 대로 20일간의 병가를 줄 테니 고향에 가서 충분한 요양을 취하고 귀대하도록 특별히 배려하셨다네. 와타나베 부대장님이 평소 자네를 잘 보신 거야."

오노 중위는 형진의 머리맡에 휴가증과 제법 두툼한 봉투를 내놓았다.

"전시 휴가란 감히 꿈도 못 꾸는 일이지만 자넨 그래도 행운이야. 병가를 얻었으니 말이야. 여기 봉투는 하시모토 중대장님과 우에노 다이이님을 비롯한 군의관들이 십시일반으로 촌지를 모은 것이니 휴가비로 유용하게 쓰도록 하게."

"감사합니다."

간신히 떨리는 목소리로 오노 중위에게 감사의 뜻을 표하면서도 그는 내심 날아갈 듯이 기뻤다.

"특히 하시모토 중대장님께서 자네의 병가를 얻는 데 많은 노력을 기울여 주셨다네. 각별히 자네를 신뢰한다며 안부도 전하더군. 빨리 완쾌하여 분청을 따러 가야 할 거 아닌가 하고 말이야."

"예, 그러잖아도 분청 때문에 한시도 걱정을 덜어본 일이 없습네다."

"그래, 고맙네. 자네의 변함없는 충성심, 와타나베 츄사님과 하시모토 다이이님께 그대로 전하겠네."

'분청 좋아하네.'

저들의 얄팍한 수작을 형진이 모를 리 없지 않은가. 하지만 그는 뜻밖의 병가 소식에 그만 감격한 나머지 하염없이 눈물만 흘렸다.

참으로 천지신명의 도움인지도 몰랐다. 도무지 실감이 나지 않는 꿈같은 행운이 찾아온 것이다. 아마도 와타나베 중령과 하시모토 대위가 쾌히 병가를 허가한 것은 어쩌면 보물보다 더 귀한 분청을 갖다 바친 공로를 인정해준 데다 평소 형진이 입버릇처럼 나이센 잇타이內鮮一體를 외치며 황국신민으로서 덴노헤이카에 대한 충성을 맹세하기 일쑤였기 때문인지도 몰랐다.

어쨌든 그의 몸에 밴 처신이 저들에게 상당한 신뢰감을 준 것만은 분명한 것 같았다. 그는 마침내 고대하고 고대하던 절호의 기회를 잡은 것이다. 자칫 이때를 놓치면 영영 악마의 소굴을 벗어나지 못한 채 증발해 버릴지도 모른다는 생각이 뇌리를 스치자 또다시 등줄기에서 식은땀이 흘러내렸다.

그는 서둘러 와타나베 중령 명의로 발급된 휴가증과 여행증, 북지나파견군 지난지구 방역급수반의 군속 신분증 등을 챙겨 국민복으로 갈아입고 야전병원을 나섰다. 마침 보급품을 수령 하러 가는 야전병원 닛산 트럭에 편승, 카이펑을 떠나 톈진으로 빠져나올 수 있었다. 그리고 톈진발 한양(서울)행 열차에 몸을 싣고 꼬박 하루 밤낮을 달렸다.

1943년 11월 7일.

남행열차에 몸을 싣고도 누가 자꾸만 뒤를 쫓는 것 같아 쉽사리 불안감을 떨쳐버리지 못했다. 악몽 같았던 백색 캠프 생활, 놈들이 추적해 온다해도 언제까지나 광복의 그 날을 손꼽아 기다리며 은신하고 말리라.

형진은 몇 번인가 입술을 깨물며 마음속으로 다짐하고 또 다짐했다. 밤이 되자 전시 등화관제로 차창이 모두 차광막으로 가려진 데다 객차 내의 전등마저 커버가 씌워져 지척을 분간하기 어려웠다. 여기에다 열차가 기적소리도 죽인 채 캄캄한 어둠 속 레일 위를 한없이 달려 마침내 펑톈奉天 역으로 진입하고 있었다. 빨간 제모에 완장을 두른 일본인 차장이 흔들리는 객차 한가운데 서서 확성기로 안내 방송을 시작했다.

"승객 여러분! 이 열차는 곧 펑톈 역에 도착합니다. 만주 지린성이나 헤이룽장성 방면으로 여행하시는 승객은 하차하여 열차를 갈아타 주시고 잉커우와 다롄 방면으로 여행하시는 승객은 다음 역에서 하차해주시기 바랍니다."

한 서린 만주 땅, 지린성과 헤이룽장성은 예부터 초근목피로 연명하던 우리 조선인들이 두만강을 건너 살길을 찾아 뿌리내린 곳이었다.

그러나 잉커우와 다롄은 조선총독부의 강제 이주 정책으로 조선인 동포들이 최초로 중국대륙에 집단 정착한 곳이 아닌가. 뜬금없이 하루코가 생각났다. 하루코도 그곳에서 군수품 제조공장에 취업시켜 준다는 일본인 포주의 꾐에 빠져 위안부로 전락했기 때문이다.

형진은 잠시 마음의 갈등에 사로잡히기도 했다. 자신은 마침내 악마의 소굴을 벗어나 고향으로 돌아가는데 하루코는 지금쯤 어디에서 무엇을 하고 있을까?

'어쩌문 톈진에 머물다가 가네무라 부대를 따라 남방 전선으로 갔는지도 몰라. 어딜 가든, 몸이 만신창이가 되든 하루코 누이가 부디 살아 있어 준다면 우린 언젠가 또 만날 수 있을 게야. 기렇게 믿어야디 별 수 있갔어. 내레 하루코 누이의 은혜는 잊을 수 없시야.'

그는 내심 이렇게 자위하며 입술을 지그시 깨물었다.

열차가 펑톈 역에 도착하자 짐보따리를 챙겨 하차하는 승객과 플랫폼에서 승차하는 승객이 구름처럼 뒤섞여 잠시 혼란을 겪다가 열차는 다시 기적소리와 함께 서서히 레일을 미끄러져 나갔다. 남행열차는 그렇게 밤새 달리다가 새벽녘에서야 단둥을 거쳐 마침내 압록강 철교를 지나는가 했더니 신의주역으로 진입하며 기적을 울렸다.

'아 아, 고향이 가까워진다. 얼마나 그리워했던 고향 산천인가.'

형진은 차창을 열어젖히고 고국의 맑은 공기를 맘껏 들이마셨다.

이제 다시는 그 무서운 죽음의 캠프로 돌아가지 않으리라. 다시 한 번 입술을 지그시 깨물며 아스라이 밝아오는 동녘 하늘을 바라보았다. 바로 그때 빨간 제모에 완장을 두른 차장이 예의 객차 한가운데 서서 확성기에 입을 바싹 갖다 대며 큰소리로 외치는 거였다.

"승객 여러분! 곧 검문 검색이 있겠습니다. 각자 신분증과 여행증, 열차표를 미리 준비하셔서 당국의 검문 검색에 응해 주시기 바랍니다."

하기야 톈진에서 신의주까지 오는 동안 검문 검색을 다섯 차례나 받지 않았던가. 심지어 산해관山海關 역에서는 세관검사까지 받았었다. 그럴 때마다 무사히 통과했다.

주변의 승객들은 '검문 검색'이라는 소리만 들어도 죄인처럼 불안에 떨었다. 악명높은 일본 고등계 경찰의 검문이 지나치게 까다롭고 난폭했기 때문이었다. 코에 걸면 코걸이, 귀에 걸면 귀걸이 식으로 저들의 행동거지에 따라 승객들이 으레 시달림을 받기 일쑤였다. 하지만 그는 조금도 동요하지 않았다. 톈진에서부터 시작된 기나긴 여행 중 와타나베 중령이 빌급한 군속 신분증과 휴가증의 위력을 실감했던 덕분에 마음이 켕길 게 아무것도 없었다.

그러나 이게 웬일인가? 허리에 권총을 찬 겐페이憲兵와 당쿠즈봉(승마바지)에 지카다비地下足袋(운동화 종류의 신발)를 신고 도리우치鳥打 모자를 눌러 쓴 고등계 형사 두 명이 날카로운 눈동자를 번득이며 형진에게로 다가왔다. 저들은 그가 내민 신분증과 휴가증을 빼앗듯이 받아 유심히 살펴보는 거였다.

그는 으레 이번에도 무사히 통과할 줄 알고 태평하게 앉아 있었다. 감히 와타나베 중령의 직인職印과 실인實印이 찍힌 각종 증명서를 의심하겠냐고 말이다. 하지만 그게 아니었다. 호사다마랄까, 그의 신분증과 휴가증을 한참이나 들여보던 고등계 도리우치가 증명서를 모두 자신의 당쿠즈봉 호주머니 속에 집어넣고는 뭔가 회심의 미소를 띠며 운을 뗐다.

"잠깐 따라오시오."

"아니, 뭐가 잘못되었습네까?"

"글쎄, 다이닛폰 데이코쿠 준사巡査가 조사할 게 있어 따라오라면 순순히 따라올 것이지 웬 말이 많아?"

도리우치는 숫제 퉁명스러운 반말투였다.

그러고는 무조건 그의 팔 자락을 낚아채고 거의 반강제적으로 일으켜 세우는 거였다.

"아, 따라갈 테니까니 이 손부터 좀 놔 두시구레."

그는 저항하듯 손사래를 치며 자리에서 일어나 소지품을 챙겨 앞서가는 도리우치의 뒤를 따라갔다.

그의 등 뒤에는 또 다른 도리우치가 감시하듯 따라붙었다. 도리우치는 열차 맨 뒷 칸 자신들의 지정석에 형진을 떠밀 듯 앉히면서 쇠고랑부터 채우는 거였다. 참으로 어이가 없었다.

"이거이 무슨 짓이야. 내레 황군 북지나 파견군 지난지구 방역급수반 판임관(위관)급 군속이란 말이야. 내 신분증을 보고도 이러는 기야?"

순간 형진은 화가 치밀어 한 발도 물러서지 않고 도리우치처럼 숫제 반말지꺼리로 극렬하게 항의했다.

"야, 이 새꺄! 군속 좋아하지 말고 앉으라면 가만히 앉아 있어."

도리우치도 만만찮게 응수해 왔다.

"야, 너희 뭐 하는 놈들이야? 된통 당하구 싶어서 이러는 게야?"

형진은 그럴수록 길길이 뛰며 항거했다.

"그래, 몰라서 묻냐. 고등계다. 어쩔래?"

진작에 알아봤지만 놈들은 역시 그가 생각했던 대로 악명 높은 고등계 형사들이었다. 하지만 그는 조금도 기죽지 않고 버럭버럭 고함을 질러댔다.

"그래, 아무리 고등계라구 해도 그렇지. 너희들이 뭔데 죄 없는 사람을 함부로 수갑까지 채우는 게야. 이래도 되는 거냐구?"

"안 되면… 안 되면 어쩔 테야?"

"덴노헤이카의 군속을 이런 식으로 다루다니… 죽일 놈들! 하루 강아지 범 무서운 줄 모르고 함부로 까불어."

"코노야로(이 자식)! 좀 조용히 못 해? 뒈질라고 환장했냐?"

"너희들, 지금 큰 실수를 하고 있단 말이야."

"흥, 실수 좋아하네."

형진은 완강하게 항거했으나 도리우치들도 전혀 물러설 기색이 보이지
않았다.

그러는 사이 열차는 정주定州역에 도착했고 그는 쇠고랑을 찬 채 놈들에
게 개 끌리듯이 끌려가는 신세가 되고 말았다. 놈들에게 연행되어 플랫폼
을 막 빠져나오려는 데 맞은 편에서 또 다른 두 명의 도리우치가 형진처럼
국민복 차림을 한 사내를 끌고 와 합류하는 거였다. 그 사내는 구레나룻이
온통 얼굴을 뒤덮고 있었다. 도무지 무슨 영문인지 알 수가 없었다.

어쨌든 그는 구레나룻 사내와 함께 엮여 동일동시에 정주경찰서 유치장
에 갇히는 신세로 전락해 버렸다. 그는 어쩐지 구레나룻 사내와 함께 엮인
것이 미심쩍었다. 신분증이며 휴가증, 여행증 등을 위조한 것도 아니고 모
든 것이 합법적으로 발급되었으며 그의 휴가 또한 와타나베 중령의 정식
허가를 받고 이루어진 게 아닌가.

물론 멀쩡한 맹장을 들어내긴 했지만 카이펑의 야전병원에 후송된 것이
며 중환자로 진단을 받은 것 또한 합법적이었다. 그런데도 고등계 형사들
에게는 이 합법이 전혀 먹혀들지 않았다. 그렇다면 그를 합법적으로 풀어놓
고 이른바 백색 캠프의 비밀 유지를 위해 저들끼리 서로 짜고 엮어 넣겠다
는 수작이 아닌가. 설마 그럴 리가……? 별의별 생각이 머릿속을 파고들며
정신을 혼란스럽게 했다.

그가 타고 있던 열차 안에서 검문을 받을 때부터 북지나 파견군 지난지구

방역급수반의 군속이라며 극렬하게 항의하자 놈들이 '군속 좋아하지 말라.'고 코웃음을 치며 빈정거린 것도 예사롭지 않았다. 전시 판임관급 군속이라면 숨도 제대로 못 쉬는 게 경찰인데 놈들이 눈도 한 번 깜짝하지 않고 그의 속을 훤히 꿰듯 능청을 떠는 걸 보면 필시 무언가 믿는 구석이 있긴 있는 모양이었다.

그러나 형진은 저들에게 조금도 굽히지 않고 어디 해 볼 테면 해 보자 는 식으로 유들유들하게 배포를 부렸다. 솔직히 말해 꿀릴 게 아무것도 없었다. 그래서 그는 무혐의로 풀리는 날엔 반드시 저들에게 보복하고 말겠노라고 내심 몇 번인가 다짐하곤 했다.

정주경찰서 유치장은 초만원이었다.

형진은 정주역 플랫폼에서 함께 끌려온 구레나룻 사내와 5호 유치장에 수감 되었다. 그제야 형진은 구레나룻 사내의 모습을 찬찬히 뜯어 볼 수 있었다. 눈이 부리부리하고 귀밑에서부터 턱밑까지 무성하게 자란 수염 때문인지 몰라도 흡사 산도둑놈처럼 생겼다. 하지만 겉모습과는 달리 그는 비교적 유순했다.

그래서인지 몰라도 구레나룻 사내는 입창하자마자 고개를 푹 숙인 채 자신이 먼저 알아서 뺑끼통(변기)이 있는 곳으로 찾아가 자리를 잡는 거였다. 아마도 여러 차례 영창을 드나든 경험이 있는 모양이었다. 원래 뺑끼통 옆에는 신입新入들의 자리가 아닌가. 형진은 그 덕분에 구레나룻 사내와 조금 떨어진 곳에 자리를 잡고 앉을 수 있었다.

감방에는 더러 좀도둑이나 소매치기 등 잡범들도 섞여 있었으나 뚜렷한 죄목도 없이 끌려온 조선인들이 대부분이었다. 유치장 쇠창살에 걸려 있는 유치인 현황표를 보니 경제사범이 80%나 되었고 절도성 범죄 10%, 산림법 위반 5%, 주세법 위반과 잡범이 각각 2%, 기타 1%로 나타났다. 그중 기타 1%는 이른바 치안유지법 위반자로 독립운동가나 공산주의자 등 사상범을 지칭한다고 했다. 식민지 조센진의 설움이 절절히 묻어나는 곳이었다.

도리우치들은 형진과 구레나룻 사내를 강제로 유치장에 가둬 놓고는 한동안 코빼기도 보이지 않았다. 형진은 울분에 치받쳐 하루 종일 긴 한숨만 토해내다 보니 개구멍으로 저녁 식사가 배식 되었다. 펄펄 날아갈 듯한 좁쌀밥에 무청 두어 줄기를 띄운 소금국 한 그릇뿐이었다. 그는 배식 된 밥에 손도 대지 않았으나 구레나룻 사내는 며칠을 굶은 듯 눈 깜짝할 사이에 밥그릇을 싹 비워버리는 거였다.

하지만 형진은 분하고 억울해 허기가 져도 배고픈 줄 몰랐다. 산도둑놈처럼 생긴 구레나룻 사내는 겉모습과는 달리 좀처럼 말이 없었다. 그는 가끔씩 형진이와 눈이 마주치자 무언가 입을 떼려다 말고 고개를 돌리며 딴전을 부리기도 하는 것이 뭔가 미심쩍었다. 하지만 형진은 아예 관심을 두지 않았다. 혹시 고등계의 끄나풀 노릇을 하며 감방을 제집 드나들듯 하는 잡범인지도 몰랐기 때문이다.

형진이 손도 대지 않은 밥을 감방장이라는 자가 게 눈 감추듯 먹어 치우면서 '신입은 보통 이틀을 굶어야 입맛이 돌아온다'고 빈정거렸다. 주세법 위반으로 들어왔다는 감방장은 입창한 지 보름째라고 했다. 여동생 시집보

내며 어렵사리 잔칫상을 마련하느라고 '쌀 한 톨, 수수 한 톨 아껴가며 농주 한 말 담근 것이 죄가 되었노라'고 했다.

"조선총독부의 법이라는 거이, 이거이 코에 걸면 코걸이요, 귀에 걸면 귀걸이라니까 어데 안 걸리고 온전하게 살아 남갔어? 돈 없구 빽 없어 와이로(뇌물)도 못 쓰구서리 재수 없는 놈들만 모조리 끌려와 유치장에 처박히는 거라. 그러니까니 유치장이 만원일 수밖에 없다는 거 아니외까. 에잇, 나 원 더러워서 퉤…."

감방장이 유치장 복도 한 귀퉁이에서 의자에 앉아 감시하는 간수의 눈치를 살펴 가며 서북 사투리로 불평을 털어놓기 시작하자 여기저기서 목소리를 낮춰가며 불평불만이 쏟아지기 시작했다.

특히 농촌경제가 말이 아니라고 했다. 농사를 짓는 족족 쌀 한 톨 구경 못하고 공출供出이라는 명목으로 수탈당하기 일쑤라는 것이었다. 대신 굶주린 농민들에게 콩깨묵(대두박大豆粕)을 배급해 주며 생색을 내는 것이 조선총독부의 식량정책이라고 했다.

게다가 송지松脂 채취에다 아주까리(피마자) 기름까지 짜다 바쳐야 하고 전쟁물자를 만든다며 집마다 식기는 물론 제기祭器와 수저 등 놋쇠로 된 각종 유기류도 몽땅 수탈해가느라고 혈안이 돼 있다고 했다. 여기에다 태평양전쟁이 불리하게 돌아가자 청장년들을 인간 사냥하듯 잡아간다고 했다. 새파란 청년들은 황군이라는 명목으로 강제 징병해 총알받이로 최전선에 내보내고 장년들은 이른바 보국대報國隊로 징용해 강제노역에 동원한다는 거였다. 어디 그뿐인가. 나이 어린 처녀들에게 정신대라는 굴레를 씌워 황군 위안부로 삼았다. 따지고 보면 우리 조선 민족을 완전히 말살하려는 식민지정책과 무엇이 다른가. 바야흐로 다이닛폰 데이코쿠의 말기적 현상이 현실로 다가오고 있었다.

20. 애국자

정주경찰서 유치장에 갇혀 있던 형진은 자정이 넘어서야 취조실로 불려 갔다. 그를 부른 자는 전날 아침에 열차에서 검문 검색 중 무조건 쇠고랑을 채우고 연행했던 기무라木村라는 고등계 형사였다. 어떻게 보면 일본인 같기도 하고 조선인 같기도 한 그 자가 형진을 연행할 때 유창한 일본어를 구사하던 것과는 달리 조선말로 신문訊問을 시작하는 거였다.

기무라는 일본어보다 서북 사투리가 섞인 조선어를 어눌하게 구사했다. 어쩌면 조선인 출신 고등계인지도 몰랐다. 그러나 그가 조선인이든 일본인이든 형진은 상관할 바가 아니었다. 그 무렵 고등계에 몸 담고 있는 조선인 경찰관 중 일본인 경찰관보다 더 악랄한 자들이 부지기수였으니까. 그런 꼴을 보면 진작에 나라가 망하게 돼 있었다는 자괴감을 떨쳐버릴 수 없었다.

형진은 뜬금없이 백색 캠프에서 황군의 사냥개가 돼버린 자신을 준엄하게 꾸짖으며 의연하게 죽어가던 독립운동가 김광복 선생이 생각나 소스라치기도 했다. 친일 사냥개 노릇을 한 그에게 아직도 한 가닥 염치가 남아 있다는 말인가? 기억하기조차 두렵지만 가끔씩 김광복 선생이 생각날 때면 그는 자신도 모르게 소스라치며 속 부끄러움을 느꼈다.

"어이, 최형진!"

느닷없이 내뱉는 기무라의 말이 귓전을 때리는 순간 그는 적이 당황하지 않을 수 없었다.

'최형진이라니…? 내레 본명을 아는 자가 아무도 없는데 저자가 어케 알구서리 자신 있게 큰소리를 치는 게야?'

형진은 내심 뜨끔했다.

기무라에게 압수당한 각종 증명서에는 분명히 그의 이름이 '혼쵸本朝'로 기록돼 있고 지난 6년간 그는 일본식 이름 '혼쵸'로 살아오지 않았던가. 그런데 어떻게 자기 자신도 그동안 깜빡 잊고 지낸 본명까지 생판 처음 보는 기무라가 훤히 꿰고 있단 말인가? 참으로 황당하고 어이가 없었다.

"내레 피의자를 조사할 때 곤봉으로 때리거나 고문하는 것을 싫어하는 사람이외다. 그러니까 우리 신사적으로 하자우. 내레 묻는 대루 솔직하니 대답하문 되는 기야. 하디만 말이야. 자칫 거짓 진술로 이 기무라 형사님을 화나게 하문 당장 죽는 수가 있시야."

기무라는 책상 옆에 세워 두었던 시퍼런 닛폰도를 빼내 허공에 비춰 보곤 다시 칼집에 넣으며 겁부터 주기 시작했다.

그러나 형진은 애써 의연한 태도로 일관했다. 기무라와 마주 앉은 자리에서 대범하게 다리를 꼬고 닛폰도로 겁부터 주려는 그런 그 자의 어리석은 꼴을 바라보며 어이가 없어서 피식, 웃고 말았다. 기무라는 결코 호락호락하지 않은 형진의 태도가 매우 못마땅하다는 투로 정색을 하고 버럭 고함부터 질렀다.

"아니, 이 기무라 형사가 심각하게 니야기하는 데 웃음이 나와?"

"안 웃으문 어카갔다는 게야?"

형진은 여전히 한쪽 다리를 꼰 채 의자에 비스듬이 앉아 농담처럼 비아냥거렸다.

이 말에 기무라는 당장 화가 치밀어 얼굴이 붉으락푸르락 해지면서 주먹으로 책상을 '쾅' 치는 거였다.

"코노야로(이 자식)! 간댕이가 부었군. 닛폰도를 보고도 눈도 한 번 깜짝하지 않고 빈정거리다니…."

이에 형진이도 뒤질세라 정색을 하고 자세를 바로잡으며 분명한 태도를 취했다. 그리고 그는 일본어 대신 억양이 강한 서북 사투리로 단호히 말했다.

"이것 보시라요. 기무라 상! 내레 산전수전 다 겪으문서리 전쟁터를 누비다 온 사람이외다. 퉁저우 학살사건을 치르고 지난에서는 장제스의 국부군을 토벌한 사람이란 말이외다."

"……?"

"당신이 멀쩡한 닛폰도를 들고 폼을 잡는 데 내레 웃음이 안 나오갔시오? 내레 피묻은 닛폰도, 피비린내 풍기는 닛폰도를 역겹도록 봐온 사람이외다. 어디 촌놈한테 겁주는 것도 아니구서리 이거 왜 이러시우?"

"……."

"그러니까니 내 앞에설랑 그따위 허튼수작 떨지 말라우. 원칙대로 조사하라, 이 말이외다."

"야, 최형진! 여기가 어디라고 큰소리 치는 게야. 큰소리는… 당신만 전쟁터를 누볐어? 내레 중국대륙 어디 안 가본 데가 없이 돌아다녔다구. 당신 같은 반역자를 잡으려고 말이야."

"흥, 반역자…? 웃기구 있구만 기래."

참으로 기가 막혔다. 누가 반역자란 말인가. 대체 이 작자가 지금 무슨 꿍꿍이를 꾸미고 있는 건가? 순간적으로 이런 생각이 형진의 뇌리를 스쳤다.

"자, 묻는 대로 대답이나 하기요. 시비 걸 시간 없으니까니."

기무라는 판에 박힌 순서대로 본적, 주소와 직업을 묻고 형진이 중국으로 이주하게 된 동기며 국내의 연고 등등을 하나씩 캐기 시작했다.

하지만 형진은 기무라의 수법에 말려들 만큼 꿀릴 게 아무것도 없다고 다시 한번 다짐하면서 담담하게 사실 그대로 답했다. 기무라가 그의 본명까지 훤히 꿰고 있는 이상 달리 거짓 진술을 하다가 되레 궁지에 몰릴 수도 있기 때문이었다.

그러나 기무라는 신상 조사가 끝나기 무섭게 엉뚱한 질문부터 던지는 게 아닌가.

"최형진! 당신 진짜 신분이 뭐야?"

"진짜 신분이라니… 기거이 무슨 풍딴지 같은 소리야?"

"아, 말귀도 못 알아듣갔어? 황군 북지나 파견군 지난지구 방역급수반은 가짜 소속이구 진짜 소속은 충칭의 임시정부냐, 광복군이냐, 아니문 옌안의 조선의용군이냐 이 말이외다. 내 말은…."

"……?"

형진은 기가 막혀 얼른 말이 나오지 않았다.

"왜, 놀랬어? 내레 훤히 꿰고 있으니까니 놀랄 만도 하갔구만 기래."

형진은 기무라의 얼토당토않은 질문에 일일이 말대꾸를 하고 싶지 않았다. 그래서 놈이 제멋대로 말재주를 부리는 동안 그저 침묵만 지키고 앉아 있었다.

"기래, 무슨 사명을 띠고 국내에 잠입했냐구?"

"……."

"펑톈 역에서 합류한 구레나룻과는 무슨 관계야?"

"……?"

"아, 아침에 연행될 때 정주역 플랫폼에서 만나 같이 끌려온 구레나룻 사내 말이야. 그놈은 충칭의 임시정부 소속 특수공작원이라고 실토하던데 말이야."

'아하, 그럼 그렇지.'

형진은 역시 자신의 추측이 맞아떨어지고 있다는 사실을 처음으로 깨달았다. 놈들의 정탐꾼인 구레나룻 사내를 앞세워 자신을 엮으려는 수작? 그러나 그는 꿈쩍도 하지 않고 묵비권으로 일관하면서 기가 막히다는 투로 비웃음까지 머금었다.

"……."

"야, 코노야로(이 자식)! 왜 말이 없어? 내 말이 말 같잖아?"

"기무라 상! 당신 말 잘 했구만 기래. 어디 말도 말 같은 소리를 해야 대꾸를 하든가 말든가 할 거이 아니냐구."

"야, 이 새끼가 뒈질라구 환장했구먼."

"야, 기무라! 치사하게 굴지 말라우 쌩! 말 같잖은 말, 상대하기 싫어서라무네 내레 침묵을 지키고 있는 기야. 알간?"

"이 기무라 형사가 이미 네 똥구멍까지 훤히 꿰고 있거늘 엇따 대고 자꾸 오리발만 내밀어?"

"이것 보라우. 기무라 상! 당신이 압수한 증명서에 분명히 적혀 있디 않아? 내레 황군 군속으로 병가를 얻어 귀국 했노라구 말이야. 거기에 뭐가 더 필요한 기야. 정히 답답하문 우리 부대… 지난지구 방역급수반에 조회해 보문 다 알 걸 갯구서리 왜 이렇게 생사람을 괴롭히냐 말이야."

"여기 당신 증명서에는 최형진이가 아니라 혼쵸로 돼 있잖아?"

"여기레 아직 창씨개명創氏改名도 안 했구만 기랴. 내레 혼쵸란 이름은 가네무라 부대 모리 코쵸가 지어 준 일본 이름이야. 지금 남방 전선에 가 있디만 그것두 조회해 보라우."

"이거 안 되겠구먼. 아주 지독한 놈을 만났어."

"흐음…."

"야, 네가 아무리 그럴싸하게 위장을 해도 이 기무라 형사는 못 속여. 조만간에 본성이 드러나고 말 테니까."

"……."

"앞으로 24시간 여유를 줄 테니까 곰곰 생각해 보구 일찌감치 자수하여 광명을 찾는 게 신상에도 좋을게야."

기무라의 호출을 받은 유치장 간수가 형진을 인수해 감방에 집어넣고 '어이, 김만길金萬吉 나와!' 하고 구레나룻 사내를 불러 끌고 나갔다.

김만길…? 전혀 들어보지 못한 생소한 이름이었다. 형진이보다 나이는 한 너댓살쯤 많아 보였다. 20대 중후반… 아마도 서른은 넘지 않은 것 같았다.

어쨌든 형진은 무언가 심상치 않은 일이 벌어지고 있다는 사실을 직감할 수 있었다.

고등계가 정주역 플랫폼에서부터 생판 처음 보는 구레나룻 사내 김만길과 함께 형진을 끌고 와 유치장에 집어넣는 과정부터 그랬다. 그리고 기무라가 형진을 불러 신문하는 과정에서 김만길과 펑톈 역에서 합류하지 않았냐고 터무니없이 추궁한 것도 예사롭지 않았다.

어쩌면 형진을 임시정부나 광복군 요원으로 엮어 넣기 위해 김만길이라는 제3의 사나이를 프락치로 심어 두었는지도 몰랐다. 그러지 않고서야 기무라가 아무 소득도 없이 형진의 신문을 마치자마자 단박에 김만길을 취조실로 불러들이는 이유가 대체 뭐란 말인가?

형진은 그것이 궁금했다. 하지만 악랄한 고등계가 그를 엮어 넣겠다고 작정했다면 무슨 짓인들 못할까, 애먼 사람을 잡아넣는데 이력이 난 놈들이 아닌가 말이다.

형진은 유치장으로 돌아와 감방에 발을 들여놓는 순간 엉거주춤하지 않을 수 없었다. 김만길이가 누워 있던 뺑끼통 옆에도 어느 틈에 누군가 양다리를 쭉 뻗고 있었다. 그야말로 앉을 데도 없고 설 데도 없는 초만원이었다. 어쩔 수 없이 유치장 안에 선 채로 서성거리고 있을 때 간수가 다가와 코를 골며 곤하게 자고 있던 감방장을 깨웠다.

간수는 두 눈을 비비며 몸을 일으키는 감방장에게 형진의 잠자리를 마련해 주라고 거의 강압적으로 지시하는 거였다. 그 소리에 놀라 몸을 벌떡 일으킨 감방장은 뒤엉켜 자고 있던 사람들을 흔들어 깨우며 자리를 비집고 조그만 공간을 마련해 주었다. 형진은 내심 쑥스럽고 민망해 감방장에게 그저 고맙다는 투로 한마디 인사를 건넸다.

간수는 그가 자리에 털썩 주저앉는 것을 보고 연민에 찬 눈빛으로 운을 뗐다.

"선생님! 불편하시더라도 눈을 좀 붙이도록 하시라요."

선생님이라니…? 뜻밖에도 형진에게 선생님이라고 공손하게 존칭하는 간수는 하야시林라는 조선인 순사였다.

형진은 어리둥절한 얼굴로 그저 고맙다는 말밖에 달리 감사의 뜻을 전할 수 없었다. 아마도 하야시 간수는 형진을 독립운동가 정도로 착각하고 있는지도 몰랐다. 감방 안의 벽시계가 새벽 3시를 가리키고 있었다. 피로가 일시에 파도처럼 밀려왔다.

아침 6시 정각.

딸랑거리는 기상 종소리에 눈을 떠보니 간밤의 하야시 간수가 수감자들의 머릿수를 세며 인원 점검을 하던 중 또다시 형진에게로 다가와 모두 보는 앞에서 아침 인사를 건네는 거였다.

"선생님! 눈은 좀 붙였습네까?"

"예, 덕분에 잘 잤습네다."

"충칭에서 오셨다지요?"

"아니, 톈진에서 왔습네다."

"아, 그렇습네까. 충칭은 우리 임시정부가 있지만 톈진에서도 독립운동가가 많이 활동하고 있다고 들었습네다. 좀 고통스럽더라도 꾹 참으시라요."

"예, 고맙습네다."

이 같은 대화가 오가는 사이 형진은 본의 아니게도 하루아침에 독립운동을 하다 붙잡혀온 애국자로 변신하고 말았다.

나중에 알게 된 사실이지만 취조실에서 그를 호송하던 하야시 간수가 독하기로 소문난 기무라 형사와 그가 충칭 임시정부니, 광복군이니, 조선의용군이니 하며 대담하게 한판 설전을 벌이는 모습을 보고 '거물급 독립운동가'로 착각하고 입소문을 낸 모양이었다.

게다가 간밤에 철야를 한 하야시 간수와 교대한 일본인 구로다黑田 간수 역시 유치장의 인원 점검을 하면서 형진의 이름을 직접 호명하고 거물급 독립운동가라는 사실을 은근히 내비치는 거였다. 구로다 간수가 특별히 관심을 기울이고 돌아가자 엉뚱하게도 감방 안의 모든 시선이 형진에게로 집중되기 시작했다.

어디 그뿐이던가. 형진이 처음 입창할 때부터 감방장을 비롯한 수감자들로부터 비참한 농촌경제며 국민 생활에 관심을 기울이는 것을 보고 저들이 하나같이 '선생님이 독립운동가라는 사실을 진작에 눈치챘다'며 경이에 찬 표정으로 입을 모으기도 하는 거였다.

뜬금없이 일이 이렇게 돌아가자 처음부터 오만하게 굴던 감방장이 당장 자기가 차지하고 있던 상석을 형진에게 양보하며 그동안의 무례를 정중하게 사과했다.

"내레 선생님이 애국자이신 줄 모르구서리 무례하게 굴어 죄송하게 됐시다레. 내레 무식한 놈이니까니 기렇게 아시구서리 잘 리해해 주시라요."

세상 참 요지경으로 돌아가고 있었다.

우연히 입소문을 낸 하야시 간수의 말 한마디가 치안유지법 위반 혐의로 붙잡혀온 형진을 독립운동가로 둔갑시켜 버렸으니까 말이다. 그만큼 그들은 일제 식민지 조선의 독립을 갈망하고 있었다. 생각할수록 정말 기가 막혔다. 웃어야 할지, 울어야 할지…….

그저 목숨 하나 부지하려고 왜놈들의 사냥개처럼 따라다니며 그 끔찍한 양민학살 현장을 목격하고 진짜 독립운동가가 인체실험으로 처참하게 죽어가는 모습을 지켜본 그가 황군의 앞잡이요, 친일파인 것이 분명한데 어쩌자고 애국자로 둔갑해 버렸는지 정말 알다가도 모를 일이었다. 그것이 독립운동에 투신해오다 옥고를 치렀거나 순국한 애국열사들에게 얼마나 큰 죄를 짓는 일인가 말이다.

형진은 그런 자기 자신을 혐오하지 않을 수 없었다. 차라리 그가 스스로 황군의 사냥개였다고 솔직히 실토하고 이 순박한 유치장 동료들에게 실컷 두들겨 맞고 싶었다. 그런 한편으로 새삼스럽게 이제부터라도 선열들의 뜻을 기릴 수만 있다면 안중근 의사가 남긴 '대한국인大韓國人의 정신'을 자긍심으로 삼아 애국하는 속죄의 길을 찾고 싶은 마음 간절했다.

21. 고문백화점

24시간이 지나고 또 사흘이 흘렀으나 기무라는 더 이상 형진을 부르지 않았다. 하지만 김만길은 매일같이 취조실로 끌려갔다가 돌아올 때는 간수 두 사람이 부축할 정도로 초주검이 되기 일쑤였다. 아마도 김만길이가 놈들의 각본대로 말을 잘 듣지 않는 모양이었다.

'그럼, 그렇지. 자기 자신도 명색이 조선인인데 일말의 양심이 남아 있을 게 아닌가.'

형진은 그렇게 생각하며 김만길을 대견하게 봤다.

어쨌든 그는 김만길이 취조실로 끌려 나갔다가 돌아올 때마다 다음은 자기 차례가 될 것이라는 강박감에서 오금이 저려오고 가슴이 벌렁거려 견딜 수 없었다. 하지만 그는 자신을 명색이 애국지사로 알고 있는 유치장 동료들을 의식해서라도 애써 의연한 자세를 취하지 않을 수 없었다.

김만길은 날이 갈수록 악랄한 고문에 시달리며 어디 한군데 성한 구석이 없을 만큼 만신창이가 돼 가고 있었다. 종래엔 온몸이 물에 흠뻑 젖은 채 얼굴은 피투성이로 얼룩졌고 팔다리를 제대로 가누지 못해 마치 산송장과 다름이 없었다. 짐작컨대 물고문이며 전기고문이며 엄청난 고문과 추달을 당한 모양이었으나 그는 여전히 악취가 풍기는 뺑끼통 옆에서 모로 누워 끙끙 앓기만 할 뿐 아무 말이 없었다.

어쩌면 김만길을 기무라의 끄나풀 정도로 보고 미심쩍어했던 형진의 생각이 짧았는지도 몰랐다. 만약 그가 기무라의 끄나풀이었다면 아무리 악랄한 놈이라 하더라도 생사람을 저 지경으로 만들어 놓지는 않았을 것이기 때문이었다. 그렇다면 김만길의 정체가 대체 무엇이란 말인가?

짐작컨대 그의 혐의가 단순한 치안유지법 위반이라지만 사실 고등계 형사들이 사상범들을 연행할 때 애초부터 걸고 넘어지는 것이 치안유지법이 아닌가 말이다. 어쩌면 김만길은 형진처럼 가짜가 아닌 진짜 애국자인지도 몰랐다. 원체 입이 무겁고 으스대거나 남을 해코지할 줄도 모르고 주어진 여건 그대로 묵묵히 받아들이며 버티고 있는 것을 보면 평범한 소인배 같지 않았다. 뭔가 속이 꽉 차고 넓고 의지가 강하고 지조가 있어 보였다.

형진은 입창 나흘째 되던 날, 마침내 기무라의 소환을 받았다. 아니, 소환이라기보다 이번에는 간수가 아닌 기무라 형사가 직접 그를 데리러 온 것이었다. 기무라는 마지 못해 도축장으로 끌려가는 황소처럼 미적거리며 유치장 문을 나서는 그의 어깨를 툭 치고는 음흉한 미소까지 띠는 거였다.

"어이, 최형진! 그동안 잘 있었어?"

"……."

형진은 대답 대신 기무라를 툭 쏘아 봤다.

기무라가 무슨 꿍심으로 그러는지 몰라도 능글맞은 짐승처럼 보였다. 기무라에게 등을 떼밀려 끌려간 곳은 그가 처음 불려갔던 취조실이 아니라 희미한 백열등이 천장에 매달려 흐늘거리는 음침한 지하실이었다. 물기가 촉촉한 시멘트 바닥에는 찌그러진 물 주전자와 너절한 수건이 흩어져 있었고 울긋불긋한 고춧가루가 더덕더덕했다. 이른바 고문실.

지난 사흘 동안 김만길이 초주검을 당한 곳이라는 사실을 직감할 수 있었다. 작은 목제 책상 위에 놓여 있는 자석식 전화기와 몽둥이(야전침대봉)이며 짧고 길게 생긴 각종 가죽 채찍革鞭과 형구刑具, 흔히 고문 틀로 사용하는 목제 사다리梯子, 물 주전자 등등 당장 눈에 띄는 것들만 봐도 가슴이 섬뜩해지고 소름이 쫙 끼치는 것들이었다.

그가 그동안 근무했던 백색 캠프에서도 이런 종류의 형구들을 갖춰놓고 있었기 때문에 이 끔찍한 형구들이 그리 낯설지 않았다. 그야말로 고문백화점이 아닐 수 없었다. 흉측한 기무라가 결코 호락호락 넘어가지 않을 듯한 그를 고문실에 끌어다 놓고 잔뜩 겁을 주겠다는 건지, 아니면 실제로 악랄한 고문을 자행하겠다는 건지 뭔가 심상찮은 예감이 들었다.

기무라가 작은 목제 책상을 사이에 두고 형진이와 마주 앉자마자 서랍에서 조사기록을 꺼내 한 장, 한 장씩 넘기며 숫제 빈정거리는 투로 운을 떼기 시작하는 거였다.

"어이, 최형진! 애초 내가 24시간을 약속했지만 충분히 반성하라고 장장 사흘 간이나 여유를 줬다. 어떡할 거야? 이제 순순히 자백할 마음의 준비가 돼 있겠지?"

"……"

"내가 그동안 확인해본 결과 넌 말이야. 가증스러운 광복군 공작원이면서 빨갱이 집단인 중국 팔로군 산하 김무정의 조선의용군에도 선을 대고 있는 이중 스파이였더군. 그래 진짜 네 소속이 어디야?"

"황군 북지나 파견군 예하 지난지구 방역급수반에 배속된 중국어 통역 담당 판임관급 군속…."

형진은 비로소 침묵을 깨고 말문을 열었으나 대답은 한결같았다.

기무라는 당장 도끼눈을 치뜨고는 버럭, 화를 내며 불끈 쥔 주먹으로 책상을 '쾅' 치는 거였다.

"코노야로(이 자식)! 이거 안 되겠군. 손 좀 봐야 바른말이 나오겠어?"

기무라는 대뜸 몸을 반쯤 일으키며 쇠고랑을 차고 있는 형진의 양손을 끌어다 책상 위에 올려놓고 미처 저항할 겨를도 없이 다케바리竹針(죽침)로 엄지손톱 밑을 쿡 찌르는 거였다.

"아악!"

순간 형진은 자지러지듯 외마디 비명을 지르고 말았다. 엄청난 통증을 느꼈기 때문이다.

이때를 놓칠세라 기무라 형사 옆에서 다케바리 고문을 돕고 있던 시다(보조원) 아오키靑木 형사가 달려들어 책상 위에 놓인 그의 양손을 힘껏 누르는 거였다. 바로 그 순간 열 손가락 마디마다 손톱 밑으로 죽침이 꽂히기 시작했다.

"이래도 자백 안 할 거야?"

"아악…."

그 지독한 통증에 화들짝 놀라며 형진은 그만 까무러치고 말았다.

다케바리는 대나무를 바늘처럼 가늘게 다듬은 이른바 '죽침'으로 손가락 마디의 손톱 밑을 콕콕, 찌를 때마다 간단없이 극심한 통증이 잦아들기 마련이었다.

"그래, 이래도 바른말 안 할 거야? 야, 이거 아주 지독한 놈이구먼 기래."

그러나 형진은 이를 악물고 그 지독한 고통을 참아내느라고 안간힘을 다 썼다. 죽침이 꽂힌 손톱 끝에서 선혈이 뚝뚝 떨어졌다.

가까스로 의식을 되찾아 정신을 가다듬는 순간 이번에는 등줄기에 뜨끔한 통증이 느껴졌다. 기무라를 보조하고 있던 아오키가 그의 등짝을 향해 가죽 채찍을 휘두른 것이었다. 연거푸 휘두르는 아오키의 채찍에 또다시 까무러친 그는 시멘트 바닥에 그대로 나동그라지고 말았다.

뜨거운 선혈이 등줄기를 타고 흘러내리는 것을 의식했다. 그러나 그는 이빨을 깨물며 꿋꿋이 버텼다.

"야, 이 놈 이거, 독일 병정보다 더 독한 놈 아냐. 야, 이새꺄! 일어나. 일어나지 못해?"

하지만 형진은 꿈쩍도 하지 않고 시멘트 바닥에 사지를 뻗고 말았다.

의식이 몽롱해지고 천장에 매달려 흐느적거리는 백열등이 희미한 그림자처럼 어른거렸다.

"이 새끼, 좀 보라우. 이거 안 되갔어. 야, 아오키! 사다리 개지구 와."

"하이!"

기무라의 불같은 명령이 떨어지자 아오키는 벽에 걸려 있던 목제 사다리를 들고와 시멘트 바닥에 깔고 그 위에 초주검이 된 형진을 끌어다 눕히는 거였다. 그러고는 드는 솜씨로 그의 사지를 밧줄로 단단히 묶었다.

"요시, 코노야로(자, 이 자식)! 어디 내가 이기나, 네가 이기나 한번 해 보자우."

지카다비에 게다짝을 겹으로 신은 기무라가 기다렸다는 듯이 사지가 꽁꽁묶인 형진의 몸 위에 올라타고 마구 짓밟기 시작했다.

그럴 때마다 기무라의 체중에 실린 게다짝의 딱딱한 굽이 사다리 각목에 묶여 있는 형진을 짓이기는 바람에 이루 형언할 수 없는 고통과 함께 숨이 컥컥 막힐 지경이었다. 놈들의 죽침과 가죽 채찍에 맞아 손가락과 등줄기가 이미 피투성이가 되어 있는 데다 사다리에 짓눌려 그야말로 까무러치기 십상이었다.

형진이 저려오는 통증에 견디다 못해 비명을 지르고 몇 차례나 까무러치자 이번에는 의식을 잃고 쓰러진 그의 얼굴에 수건을 덮은 뒤 물 주전자를 들고 입과 코에 물까지 붓는 거였다.

짐승 같은 놈들! 그는 연방 숨이 막혀 고개를 좌우로 흔들었으나 놈은 막무가내였다. 물고문이 반복될 때마다 꿀꺽꿀꺽 물이 목구멍을 타고 뱃속으로 넘어가다가 심한 기침과 함께 그대로 토해내곤 했다.

기무라는 온갖 악랄한 방법으로 고문을 가했으나 결국 형진을 이겨내지 못했다. 그는 더 이상 고문을 포기하고 아오키와 함께 축 늘어진 형진의 양팔을 잡고 개 끌듯이 질질 끌고 지하실 계단을 빠져나와 유치장 간수 하야시에게 인계하는 거였다.

유치장 문이 열리자 형진은 마룻바닥에 그대로 엎어져 버렸다. 감방장을 비롯한 유치장 동료들이 우루루 몰려와 손가락이며 등줄기며 피범벅이 된 상처를 수건으로 싸매거나 덮어주는 등 온갖 정성으로 가료해 주었다. 어렴풋한 의식 속에서도 그는 이번에 진짜 애국자가 된 기분이었다. 새삼 동포애에 감격하면서도 울분을 참지 못해 이빨을 깨물며 흐느끼고 말았다.

"쯔쯧… 이거이 이거, 무시기 이런 꼴이람. 사람을 이 지경으로 맨들어 놓

다니. 내레 무지렁이 같은 목숨이레 이래 사나, 저래 사나 사는 거이 뭐, 별

거이 아니디만 선생은 오래 살아야디오. 애국자니까는….”

“…….”

“암, 오래 살아야 하구 말구, 조국 광복의 그날까지 말이야요. 뭐, 차라

리 허위자백이라두 해 놓구서리 우선 사람이나 살구 봐야디 않갔시오. 어

허… 생사람 다 죽게 되었시다레.”

감방장이 피투성이가 된 열 마디 손가락을 수건으로 감싸면서 안쓰러워

혀를 끌끌 찼다.

허위자백…? 그래, 허위자백이라도 하고 살아남을 수만 있다면… 잠깐

귓전을 스치는 감방장의 얘기가 솔깃하게 들려왔다. 하지만 그는 기무라가

주장하는 대로 임시정부나 광복군 또는 조선의용군의 실상에 대해 아는 것

이 아무것도 없었다. 만약 그 악랄한 자에게 허위자백을 했다가 나중에 들

통이라도 날 경우엔 이보다 더한 고통을 겪을지도 몰랐다.

형진이 점차 나약해지려는 마음을 다잡으며 끙끙 앓고 있을 때 이번에

는 또 김만길이 끌려 나갔다. 그는 이미 잇단 고문에 온몸이 망가지고 만

신창이가 되어 겨우 명줄을 부지하고 있는데 또다시 매타작으로 혼쭐이 나

게 생겼다. 터무니없는 혐의를 뒤집어씌워 자백을 받아내기 위한 놈들의 고

문이 본격적으로 시작된 이후 형진이와 김만길은 이렇게 번갈아 가며 고문

틀에 묶이는 신세가 되고 말았다.

초저녁에 끌려갔던 김만길은 이튿날 새벽 두 시가 되어서야 돌아왔다. 역

시 만신창이가 되어 사지를 가누지 못한 채 기무라와 아오키 형사의 부축

을 받고 질질 끌려와 구로다 간수에게 인계되었다. 그리고 놈들은 또다시 형진을 개 잡듯이 끌고 나가는 거였다. 형진은 계단에서 후둘거리며 미끄러지듯 등을 떠밀려 지하실로 내려갔다.

기무라는 단단히 결심한 듯 아예 웃통부터 벗어 붙이고 그를 향해 마치 권투선수처럼 주먹다짐의 시늉까지 해 보였다. 그러고는 아오키와 함께 그가 걸치고 있던 국민복을 홀랑 벗기고 양손에 쇠고랑부터 채웠다. 거의 강제적으로 알몸이 된 그는 그 와중에도 극도의 수치심마저 느꼈다.

"최형진! 나는 너를 지금까지 신사적으로 대해 줬다. 그러나 넌 나의 시혜를 무시한 채 우리 다이닛폰 데이코쿠 고등계를 우습게 알고 조롱하고 있다니… 오늘은 이 기무라 형사가 다이닛폰 데이코쿠 고등계의 맛이 어떤 것인가 진수를 보여줄 테니까 단단히 각오하라우."

둘은 이미 짜인 각본대로 실오라기 하나 걸치지 않은 알몸인 형진을 딱딱한 나무 의자에 앉힌 뒤 밧줄로 허리를 단단히 묶고 양팔과 발목까지 묶어 옴짝달싹 못 하도록 했다.

그러고는 머리끝에서부터 바케쓰(동이)째로 물벼락을 씌우는 거였다. 미리 온몸을 물로 적셔 두는 걸 보면 아마도 전기고문이 시작될 모양이었다. 그런 다음 기무라는 자석식 전화선의 한 가닥을 형진의 음경陰莖 귀두龜頭 부분에 연결하고 또 다른 한 가닥은 자신이 들고 있는 곤봉의 끄트머리에 연결하는 거였다.

기무라는 이 전기봉을 들고 옴짝달싹하지 못한 채 묶여 있는 형진의 앞을 서성거리며 뜸을 들였다. 그리고 곧이어 아오키가 책상머리에 앉아 자석식 전화기의 신호음을 돌리며 간단없이 스파크 현상이 일어날 때마다 기무라는 그의 머리며 얼굴에 전기 곤봉을 들이대곤 했다. 그럴 때마다 그는 전기 충격에 화들짝 놀라며 깜짝깜짝 자지러지곤 했다.

마치 와사증喎斜症 환자처럼 입과 눈이 한쪽으로 돌아가고 얼굴의 피부가 팽팽하게 당겨졌다. 게다가 스파크 현상과 함께 전류가 온몸의 혈관을 타고 흐르는 바람에 딱딱한 나무 의자에 옴싹달싹 못하게 묶여 있으면서도 팔딱팔딱 버둥질치기 마련이었다.

22. 치쿠쇼야로 畜生野郎

기무라의 지독한 고문에도 불구하고 형진은 일관되게 사실을 사실 그대로 주장할 뿐 어리석게 저들의 각본을 단 한마디도 수긍하지 않았다. 하지만 그는 기무라가 마지막 던진 말 한마디에 당장 기가 꺾일 수밖에 없었다.

"최형진! 마지막으로 한마디만 더 묻겠다. 최준식이가 누군가 말이야?"

최준식? 형진은 순간 가슴이 뜨끔했다. 바로 자신의 삼촌 최준식이 아닌가. 6년 전 톈진天津에서 헤어진 이후 지금은 행방조차 알 수 없는 삼촌의 이름 석 자가 뜬금없이 기무라의 입에서 튀어나오다니 이럴 수가… 놈은 그의 가족들 신상까지 훤히 꿰고 있는 모양이었다. 그렇지만 여기서 물러서다간 되레 궁지에 몰리게 될지도 몰랐다. 기왕에 내친걸음이라고 했다.

형진은 기무라에게 결코 꺾이지 않겠다는 의기가 발동해 배포 크게 맞서면서 기를 쓰고 대들었다.

"내레, 삼촌 이름이 최준식이외다. 기래, 최준식이가 어쨌다는 기야?"

"몰라서 물어?"

"야, 기무라! 하다하다 안 되니까니 똥개처럼 우리 가족들 뒤나 캐구 인차(이제) 삼촌까지 걸구 넘어지누만 야, 치사하게시리 이거 왜 이래?"

"야, 이 새꺄! 네 삼촌이 빨갱이 고수라는 것도 모른단 말이가?"

"빨갱이 고수라니…?"

"빨갱이 고수도 몰라? 빨갱이 두목 말이야."

"내레, 톈진에서 소금 도매상을 하던 삼촌과 헤어진 이후 6년 동안 소식 끊고 살았시야. 그런 삼촌이레 장삿꾼인데 어케 빨갱이 두목이 되었다는 기야?"

기무라 형사가 책상 서랍에서 조사기록을 꺼내 뒤적이면서 말하는 것을 듣고 형진은 새삼 자신의 귀를 의심하지 않을 수 없었다. 그동안 그토록 애타게 찾아 헤맸던 삼촌 소식을 정주경찰서 지하 고문실에서 듣게 되다니, 이럴 수가…….

기무라가 내민 조서 기록에 따르면 그의 삼촌 최준식은 그가 예측했던 대로 텐진에서 퉁저우通州로 오지 않고 산시성山西省 시안西安으로 건너갔던 것이다. 그동안 뒷돈을 대주며 항일독립운동의 아지트로 삼았던 타이항산太行山에서 화베이조선청년연합회華北朝鮮靑年聯合會와 합류, 중국항일유격대를 끌어들여 기존의 항일조중연합抗日朝中聯合을 확대, 개편하고 본격적인 항일무장투쟁에 나섰다고 했다.

이후 최준식은 장제스의 국민당 정부로 기운 중국항일유격대와 이념 갈등을 빚어오다 공산주의자들인 조선청년연합회의 무장병력을 이끌고 마오쩌둥의 팔로군 예하 조선의용군에 편입되어 항일전선의 최선봉에서 활약하고 있다는 것이었다.

게다가 준식은 조선의용군 사령관인 무정金武亭 장군의 핵심 참모로 조선공산당 세포조직을 책임지고 있다고 했다. 무정 장군이라면 마오쩌둥이 가장 신임하는 조선공산당의 거물이 아닌가. 형진은 평소 삼촌 준식을 통해 많은 이야기를 들어와 진작에 무정 장군을 잘 알고 있었다.

어쩌면 기무라가 꾸민 각본인지 몰라도 그동안 그가 예측해온 대로 제법 그럴싸한 최준식의 행적이었다. 어쩌면 기무라의 기록이 황군 특무대의 풍부한 첩보에 의존하고 있는지도 몰랐다. 그러나 이념적으로 빨갱이의 빨자도 모르는 형진은 삼촌에 대한 행적을 아예 조서 기록 그대로 받아들이고 싶지 않았다.

자칫 극우 집단인 왜놈들의 계략에 빠져 자기 자신이 빨갱이 누명까지 뒤집어쓰면 무슨 곤욕을 당할지도 몰랐기 때문이다. 하여 그는 기무라에게 극렬하게 저항했던 것이다.

"야, 기무라! 삼촌이 어케 되었던 간에 내레, 빨갱이의 빨 자두 모르는 사람이외다. 날 이런 식 으루 엮지 말라우 쌍!"

기무라는 형진의 극렬한 저항에 부닥치자 혀를 내두르며 더 이상 못 참겠다는 투로 마침내 들고 있던 전기봉을 신경이 예민한 음경의 귀두에 들이대기까지 했다. 순간 그는 발악하다시피 비명을 지르며 또다시 까무러치고 말았다.

"최형진! 넌 이제 사내 구실도 못하게 됐시야. 이 전기봉이 네 좆대가리에 꽂히면 영영 성불구가 되고 만단 말이야. 그래도 말 못 하갔어?"

기무라 역시 잔혹하기 그지없는 사디스트였다.

이런 사디스트가 악랄한 고문을 가하면서 말끝마다 '바카야로馬鹿野郎(바보자식)!'를 외치면 그는 의식이 있는 한 조금도 굴하지 않고 '치쿠쇼야로畜生野郎(짐승같은 놈)!' 하고 되받아 주곤 했다. 하지만 더 이상 버틸 재간이 없었다.

사경을 헤매던 형진은 가까스로 정신을 가다듬고 이러다가 정말 죽을지도 모른다는 생각이 퍼뜩 뇌리를 스치자 그만 악에 받친 나머지 놈을 향해 발악적으로 고래고함을 지르며 대들었다. 안간힘을 다한 최후의 발악이었다.

"야, 기무라! 내레, 풀려나는 날엔 네놈의 제삿날이 될 줄 알라우 쌍! 내레 뉘긴 줄 알구 감히 이 지경으로 생사람을 잡아? 아군도 적군도 모르는 돌대가리 같은 놈!"

"햐아… 이 새끼 뭐라구? 나를 보고 아군도 적군도 모르는 돌대가리라구? 이런 개새끼!"

"기래, 말 한번 잘했다. 이 가이(개)같은 새끼야! 내레 이래두 덴노헤이카로부터 군핫토 즈이호쇼勳八等 瑞寶章를 받은 사람이야. 덴노헤이카 반자이!"

최후의 발악으로 버티던 그는 극도로 흥분한 나머지 나오는 대로 내뱉고 말았다.

뜬금없이 역습을 당한 기무라와 아오키가 갑자기 주춤하면서 다급하게 자신들도 덩달아 양손을 번쩍 치켜들고 '덴노헤이카 반자이'를 복창하고 마는 게 아닌가. 참으로 황당하고 기가 막혔다. 맹목적으로 덴노헤이카를 외치는 광신도다운 놈들의 행동이 아닐 수 없었다.

'진작에 그럴 것이지 덴노헤이카의 충직한 사냥개들!'

형진은 고통에 못 이겨 끙끙 앓으면서도 놈들의 꼬락서니를 보자니 절로 코웃음이 터져 나왔다.

말로만 듣던 군핫토 즈이호쇼? 야전에서 무공이 뛰어난 병사들에게 수여하는 무공훈장이라지만 하사관급 이상 군속에게는 사회에 나와서도 인정받을 수 있는 최고의 수훈으로 알려져 있었다.

"아, 즈이호쇼 수훈자라는 사실을 진작 말해 줄 것이지 왜 이제야 그런 말로 사람을 놀래키나?"

서슬이 시퍼렇던 놈들은 새삼 충격을 받은 듯 경악한 표정으로 기세가 한풀 꺾이며 잠시 서성거리다가 마침내 밑도 끝도 없이 고개를 끄덕이고는 유감을 표하는 거였다. 무의식중에 튀어나온 형진의 공갈이 직방으로 먹혀든 셈이었다.

"내레 덴노헤이카로부터 받은 훈장에도 이름이 최형진이가 아닌 혼쵸로 돼 있어야. 그러문 내레 덴노헤이카가 수여한 군핫토 즈이호쇼도 가짜란 말이가?"

"⋯⋯."

"어디 한 번 다이닛폰 데이코쿠 고군大日本帝國 皇軍 최고사령부에 확인해 보라우 썅! 내레 지금두 방역급수반에서 극비의 임무를 수행하고 있다는 사실이 다 밝혀질 테니까니."

형진은 내친김에 누누이 덴노헤이카를 강조하며 대차게 공갈로 치고 나갔다. 이판사판인데 무엇이 두려우랴. 기왕 내친걸음, 갈 데까지 가보자는 심산이었다.

"⋯⋯."

"내레, 방역급수반에 있다니까니 우습게 알갔디만 기거이 다 위장된 특수부대란 말이야. 그 비밀은 내레 눈에 흙이 들어가두 말 못해야. 더욱이 네 따위 고등계한테는 말이야."

"미안하게 되었소. 혼쵸 상! 실은 우리한테도 그럴 만한 사정이 있었소."

"까구 있네. 썅! 내레 이래 뵈도 덴노헤이카의 칙령에 따라 다이닛폰 데이고쿠 총본영의 1급 비밀임무를 수행하는 사람이야. 조선인은 나밖에 없시야. 더러운 자식! 까불어도 뭘 알구 까불어야지."

"⋯⋯."

그렇게도 서슬이 퍼렇게 설치던 기무라와 아오키는 형진이 발악하듯 워낙 대차게 나오니까 갑자기 기가 죽어 안절부절 어쩔 줄을 몰라 후들거리기만 했다.

"야, 기무라!"

"하이!"

"너두 보아 하니 조센진인 모양인데 조센진이 아무리 식민지 쓰레기라 해도 동족의식도 없이 마구잡이로 끌어다 이런 식으로 골병을 들이다니 요절을 내도 시원찮을 놈이 아니냐구. 나이센 잇타이(內鮮一體)도 모르는 놈! 내레 상부에 니야기(얘기)해서라무네 당장 네놈의 목부터 잘라 놓구서리 감방에 쳐넣어 썩도록 할 끼야."

"……."

"아니, 그럴 만한 사정이라니? 맹목적으로 덴노헤이카에게 충성을 바친 답시고 비열하게 이따위 짓거리로 조센진을 괴롭힌단 말이지. 어디 두고 보라우. 진짜 덴노헤이카의 충신인 이 혼쵸 분칸이 단단히 본때를 보여줄 테니까."

그러나 따지고 보면 기무라에게도 상당한 이유가 있었다.

그가 비로소 형진에게 김만길이가 스스로 자백했다는 진술조서까지 보여주는 거였다. 기무라가 설명해준 그럴 만한 사정이란 김만길이가 임시정부 산하 만주국 주둔 대한독립단 사령부의 특수 공작책이라고 했다. 특히 그는 소련의 연해주 일대에서 스탈린의 지원을 받고 있는 조선공산주의자들의 빨치산부대와도 밀접한 관계를 맺고 있다는 것이었다. 게다가 좌우익에 양다리를 걸치고 이중 첩자 노릇도 해왔다고 했다.

그뿐만 아니라 김만길은 최근 중국 본토에서 팔로군 예하 조선의용군 사령관 김무정과도 선이 닿아 바로 형진의 삼촌 최준식과도 접선하고 있는 사상도 불투명한 거물급 특수공작원이라고 했다. 때문에 김만길은 수년 전부터 고등계와 겐페이에 지명수배돼 있던 인물로 펑톈 역에서 불심검문 끝에 검거될 당시 열차에 타고 있던 형진을 일행으로 지목했다는 거였다.

글쎄 그 말을 액면 그대로 믿어야 할까? 어쨌든 김만길은 펑톈 역에서 조선의용군 핵심 간부 최준식의 조카이자 광복군 스파이로 활약 중인 형진과 접선 하여 함께 국내로 잠입하려 했다는 게 아닌가. 이럴 수가…?

기무라의 주장마따나 형진은 그렇다 치고 김만길, 그자는 어쩌면 기무라가 작성한 조서 내용대로 대한독립단사령부에 관계한 진짜 독립운동가인지도 몰랐다. 그러나 그런 거물급 독립투사라면 설마한들 형편없는 일본군의 사냥개 노릇이나 해온 형진을 같은 조직책으로 걸고넘어질 리 만무한 일이 아닌가. 아마도 김만길과 형진이와 접선하려 했다는 말은 나름 기무라의 추측이거나 일부러 지어낸 말인지도 몰랐다.

어쨌든 형진은 비록 덴노헤이카로부터 군핫토 즈이호쇼를 받은 수훈자라 해도 임시정부의 거물급 특수 공작책과 엮여 있는 만큼 원칙대로 조사 절차를 밟아 상부에 보고하지 않을 수 없다는 것이 놈들의 수작이었다. 갑자기 태도가 싹 바뀐 놈들은 도가 지나칠 정도로 성질을 누그러뜨리긴 했으나 여전히 형진을 치안유지법 위반 피의자로 취급했다.

형진은 어쩐지 불안감이 쉽사리 가지 않았다. 만약 놈들이 북지나 파견군 사령부에 그의 신원을 조회한다면 당장 군핫토 즈이호쇼를 받았다는 사실이 가짜로 들통나고 백색 캠프에서도 극비임무를 노출했다는 이유로 무슨 일을 당할지 몰랐기 때문이었다. 그나저나 진퇴양난이 아닐 수 없었다.

갑자기 고문을 중단한 기무라는 쇠고랑을 풀어주고 초주검이 된 그를 유치장으로 데려가면서 '미안하게 되었다'는 말과 함께 몇 차례나 어깨를 가볍게 토닥여 주곤 했다. 그러고는 갈탄 난로 옆에서 몸을 좀 녹이도록 유치장 간수 하야시에게 특별히 지시하는 거였다.

그러나 그는 저들의 호의를 뿌리치고 유치장으로 들어와 버렸다. 유치장을 지키고 있는 간수들의 태도도 싹 달라지고 있었다. 그들은 그만큼 형진에게 관심이 많았고 또한 그를 조심스러워하고 있는 눈치였다.

　사경을 헤매고 있는 김만길은 초주검에서 좀체 깨어날 줄 몰랐다. 그는 입창된 첫날부터 벌써 몇 날 며칠이고 매일같이 지독한 고문에 시달렸는데도 지금까지 명줄을 놓지 않고 있다는 사실만 봐도 기적 같았다.

　하지만 그는 전혀 운신을 하지 못했다. 밥 먹을 기운조차 없어 유치장 동료가 물에 말아 몇 모금씩 입에 넣어 주는 것으로 연명했다. 형진은 그런 김만길이 어쩐지 존경스러워졌다. 둘은 지금까지 서로 얼굴을 맞대고 통성명할 여유조차 없지만 형진은 은근히 김만길이가 위대한 존재로 여겨졌다. 김만길은 어쩌면 진짜 민족주의자이자 애국지사인지도 몰랐기 때문이다.

　그런데 정작 최형진, 자신은 뭐란 말인가. 가짜 애국지사로 행세하며 고작해야 수감자들의 환심이나 사고 고문에 견디다 못해 덴노헤이카나 팔아먹는 파렴치한 친일파 사냥개에 불과하지 않은가 말이다. 이해심 많은 맏형처럼 보이는 김만길에게 그는 속 부끄러움을 금할 수 없었다.

　밤이 깊어가자 유치장 안에도 정적이 감돌았다. 그러나 김만길이 간단없이 토해내는 신음소리가 무거운 정적을 깨뜨리곤 했다. 형진은 내심 김만길이 의식이 있을 때 몇 마디 대화라도 나눠 볼 요량으로 그의 자리로 더듬어가 보니 웬걸 사경을 헤매고 있는 게 아닌가.

　머리가 불덩어리 같았고 온몸이 식은땀으로 후줄근했으며 비몽사몽에 헛소리까지 내뱉곤 했다. 그가 사경을 헤매면서도 내뱉는 소리가 '살려달라'는 게 아니라 바로 '대한독립 만세!'였다. 가슴이 뭉클해졌다. 그대로 방치했다간 밤을 넘기기가 어려울 것 같았다. 형진은 벌떡 몸을 일으켜 유치장의 쇠창살에 매달리면서 급히 하야시 간수를 불렀다.

"큰일났시오. 여기 사람이 죽어가고 있시오. 사람 좀 살려주시구레."

이렇게 외치는 형진의 목소리에 놀라 감방장을 비롯한 동료들이 모두 깊은 잠에서 깨어났다. 갈탄 난로 옆 책상머리에 앉아 졸고 있던 하야시 간수가 벌떡 일어나 급히 달려오는 거였다.

"의사… 빨리 의사를 불러주시구레."

감방으로 달려왔던 하야시 간수가 다시 제자리로 돌아가 급히 전화기를 돌렸다.

"모시모시(여보세요)! 여기 5호 감방에 응급환자가 발생했습네다. 위급합네다. 빨리 공의公醫를 불러 주시구레."

유치장에 비상이 걸리고 얼마 후 공의가 진료 가방을 들고 달려왔으나 김만길은 이미 명줄이 끊어진 후였다. 안타까운 죽음이었다. 형진은 김만길의 말 없는 시신을 바라보며 뽀드득 이를 갈았다.

'기무라 놈! 어디 두고 보자. 내레, 이 빚을 철저히 갚아주고 말 테니까니.'

김만길의 안타까운 죽음을 슬퍼하는 사람은 아무도 없었다. 다만 유치장 동료들이 그의 시신을 바라보며 무거운 한숨만 삼킬 뿐이었다.

그로부터 일주일 후 기무라와 아오키가 문책당해 시골 주재소로 쫓겨가고 다나카田中라는 고등계 형사가 새로 부임해 왔다. 그는 기무라와 교대하자마자 형진에게 찾아와 석방을 통고하는 거였다.

다나카가 전하는 얘기에 따르면 기무라가 그동안 형진의 본적지를 비롯해 지난濟南지구 방역급수반과 카이펑開封 야전병원 등에 신원조회를 했으나 아무런 통보가 없었다고 했다. 그래서 다시 텐진 주재 일본 영사관과 북지나 파견군 특무대에까지 그의 사상 동향을 조사의뢰 했지만 별다른 혐의가 없다는 통보를 받고 석방하게 되었다는 것이었다. 어쨌든 그에겐 기적 같은 행운이었다. 마음속으로 꺼림칙했던 가짜 수훈 군핫토 즈이호쇼도 비켜갈 수 있었으니까 말이다.

형진은 기무라에게 강제연행 당한 지 열흘 만에 자유의 몸으로 풀려나 각종 증명서 등 압수품을 되돌려 받고 정주경찰서장 명의의 신원 확인증까지 발급받아 그 길로 다시 톈진행 열차에 올랐다. 짐승 같은 왜놈들로 들끓는 조국 땅에 진저리가 났기 때문이었다.

그러나 그는 갈등을 느끼지 않을 수 없었다. 정주경찰서 유치장에 갇혀 있느라고 벌써 휴가 기간을 열흘이나 까먹은 데다 다시 악마의 소굴인 방역급수반으로 귀대하자니 스스로 죽음을 맞이하기 위해 인간도살장을 찾아가는 것 같아 선뜻 마음이 내키지 않았다. 그가 그동안 목격한 수많은 인체실험을 생각만 해도 몸서리가 났다.

북상하는 열차의 객석에 등을 기댄 채 곰곰 생각하다가 우선 소식이 끊긴 삼촌의 행적부터 찾아봐야겠다는 생각이 간절해 톈진역에 내렸다. 삼촌이 과연 산시성으로 건너가 공산주의자들과 항일투쟁에 나섰다가 항일전선에서 조선의용군의 핵심 지휘관으로까지 변신했는지 어땠는지 그것도 직접 확인해 보고 싶었다.

그는 톈진역 플랫폼에 발을 내딛는 순간 뜬금없이 모리 중사의 얼굴이 떠올라 자신도 모르게 소스라쳤다. 하루코의 모습도 눈에 밟혔다. 만감이 교차했다. 가네무라 부대가 지난으로 이동할 무렵이었던가. 황군의 군용열차가 톈진역에 정차했을 때 삼촌 소식이 궁금해 모리 중사에게 잠시 다녀오겠노라고 말했다가 귀싸대기에 불이 나도록 얻어맞은 일도 불현듯 떠올랐다.

"바카, 바카, 바카야로!"

모질게 외치던 모리 중사의 목소리가 아직도 귀에 쟁쟁했다.

그러나 삼촌의 모습은 톈진 시내 어디에서도 찾을 수가 없었다. 퉁저우 학살사건이 일어나기 전까지 경영했을 것으로 보이는 삼촌의 소금 도매상은 이미 일본인의 손에 넘어가 있었다. 삼촌은 애초 동업을 하던 중국인 상인에게 가게를 넘겼으나 그동안 여러 손을 거쳐 결국 일본 상인에게 수탈당하고 말았다고 했다.

평소 민족주의자임을 자처하면서도 사상적으로 공산주의에 가까웠던 삼촌 최준식은 형진이 예측한 대로 산시성의 시안으로 갔다는 사실도 중국인 상인들을 통해 전해 들을 수 있었다. 그렇다면 기무라 형사가 전해준 얘기와 별반 차이가 없지 않은가. 물론 기무라는 김만길을 고문하는 과정에서 자백을 받아냈을 테고… 형진은 그렇게 생각했다. 그 외에도 별의별 생각이 다 들었으나 더 이상 상세한 이야기를 전해 들을 수 없었고 결국 그는 삼촌을 만난다는 실낱같은 희망마저 포기해야 했다.

이후 휴가 기간도 끝나고 어디 갈 곳이 없었던 그는 다시 남행열차에 몸을 싣고 고등계의 눈을 피해 고향 의주로 숨어들었다. 혹여 밀고를 당할까 봐 이웃 주민들과도 담을 쌓고 다락방에 숨어 전전긍긍하던 끝에 마침내 8 · 15 광복을 맞았으나 조국의 허리는 남북으로 갈라지고 말았다. 이른바 해방군인 미 · 소美蘇공동위원회가 그어 버린 38선.

북에는 해방군으로 진주한 로스케(소련군)들에 의해 빨갱이 천지로 변해 가기 시작했다. 그동안 지하에 숨어 있던 빨갱이들이 제 세상을 만난 듯 지주계급층의 인사들과 친일파 인사들을 붙잡아다가 인민재판을 열고 재산을 몰수하는 데 혈안이 돼 있었다. 그러나 삼촌 최준식의 소식은 종래 감감무소식이었다. 만약 기무라가 주장했던 것처럼 삼촌이 마오쩌둥의 팔로군 예하 조선의용군의 일선지휘관이었다면 다시 불붙기 시작한 국공國共내전에 참전하느라고 중국대륙에 그대로 눌러있을지도 몰랐다.

그 무렵 소련 진주군과 함께 먼저 입성한 김일성이 조선민주주의 인민공화국 건국의 주도권을 행사하는 바람에 뒤늦게 귀국한 조선의용군 사령관 김무정과 권력투쟁의 조짐마저 나타나고 있었다. 이른바 소련파와 연안파로 갈라진 이념투쟁과 권력투쟁에서 점차 밀려나기 시작한 연안파가 조만간에 소련파에 의해 숙청될 것이라는 소문까지 공공연히 나돌았다.

그런 와중에 공산주의자들의 선전 선동에 고무된 인민들이 서로 앞다퉈 빨간 완장을 두르고 살기등등해 무조건 프롤레타리아 혁명을 외치며 설치고 다녔다. 지주계급과 친일파는 말할 것도 없고 사회지도계층이나 중산층의 인사들까지 인민의 적인 부르주아로 몰아 인민재판에서 만장일치로 처형하기 일쑤였다.

그만큼 세상은 혼돈의 늪에 빠져 허우적거렸고 도처에서 아비규환의 생지옥이 연출되면서 역겨운 피비린내와 함께 많은 사람이 죽어갔다. 하나같이 억울한 죽음이었다. 퉁저우 대학살을 자행한 일본군의 인종청소와 조금도 다름이 없는 스탈린과 김일성의 인종청소였다.

삼촌이라도 옆에 있었더라면 보호막이 돼 줄 수도 있겠지만 형진은 그런 처지도 되지 못했다. 자칫 잘못해 양민학살과 인체실험을 자행해온 황군의 사냥개 노릇을 한 사실이 탄로 날 경우에는 친일 반동에다 인민의 적으로 몰려 곱다시 개죽음을 당할 수밖에 달리 살아날 방도가 없었다.

광복의 환희가 채 가라앉기도 전인 8월 24일부터 불과 사흘 만에 경의선

京義線과 경원선京元線을 비롯한 남북을 잇는 주요 간선철도가 폐쇄되고 38도 선 이남으로의 교통·통신을 제한하거나 봉쇄하는 이른바 철의 장막을 치기 시작했다는 소식도 들려왔다. 38도선 이남과 분리하기 위한 소련 진주군의 군정 정책이라고 했다.

완전히 폐쇄된 사회로 변해버린 북한은 그 당시 남한에서 볼 때 한 번 가면 두 번 다시 돌아올 수 없는 엄혹한 땅이 되고 말았다. 내 나라, 내 땅이면서도 자유롭게 왕래할 수 없는 땅이 되어버린 한반도, 강대국에 의한 남북분단과 민족 분열로 해방된 국가의 존재의의마저 불투명해지고 있었다.

그러나 피는 물보다 진하다고 했던가. 그러나 남북한의 주민들은 돌아올 수 없는 그 위험한 길을 부모 형제와 자유를 찾아 목숨을 걸고 넘나들었다. 드높은 철의 장막을 뚫고 한동안 그런 탈북의 모험이 계속 이어졌다. 어떤 때에는 그 위험한 모험을 감행하는 사람들이 하루 평균 1000여 명에 달했다고 했다. 북한 전역을 빨갛게 물들이는 급진적이고 혁명적인 제도개혁에 진저리가 났고 난폭한 붉은 군대의 횡포가 두려웠기 때문이다.

그 무렵 북한에서는 붉은 군대에 의한 강간·약탈·불법감금·고문이 다반사로 자행되고 있었다. 특히 부녀자들은 더욱 전전긍긍하지 않을 수 없었다. 집안에 틀어박혀 있어도 안전하지 못했다. 총검을 들이대며 예사로 가택수색을 벌이고 겁탈하기 일쑤였다. 게다가 공산정권은 사유재산을 몰수해 모조리 국유화하고 말았다. 저항하면 반동으로 몰아 인민재판을 열고 공개 처형했다. 그야말로 암흑천지였고 공포의 도가니였다.

그래서 형진은 모진 목숨 살아남기 위해 궁여지책으로 생각해낸 것이 고향을 등지고 탈북하는 길밖에 없었다. 그대로 눌러있다가 무슨 봉변을 당할지도 몰랐기 때문이었다. 고민하던 끝에 광복 8개월 만인 1946년 4월 17

일 밤, 마침내 삼엄한 경계망을 뚫고 홀홀단신 38선을 넘어 남으로 내려와 아무 연고도 없는 대구에 정착하게 된 것이다.

The JoongAng　정치

종전 44년만의 충격…일군 중국어 통역관이 폭로 |중국 제남에 「제2 세균전부대」

중앙일보 | 입력 1989.07.20 00:00　　　　　　　　　　　　　지면보기 ⓘ

제2차 세계대전 당시 중국 산동성의 성도 제남에 주둔했던 일본 북나 파견군 제남 지구 방역 급수반은 중국군 포로 등의 인체에 페스트균 등 각종 세균을 주사하고 발병 후 죽음에 이르기까지의 과정을 관찰하면서 왁친(백신) 개발실험을 자행해온 인체실험 부대.

제남 지구 방역 급수반은 2차대전 당시 세균실험으로 악명 높았던 제731부대와는 전혀 다른 별개의 캠프였다. 이 캠프 속에서 중국군 포로 및 한국 유랑민 등 1천여 명이 인체실험의 대상이 되어 비참하게 숨져갔다는 사실이 당시 이 부대에서 중국어 통역관으로 근무했던 한국인 최형진 씨(68)에 의해 종전 44년만에 최초로 폭로돼 충격을 던져주고 있다.

『군의관들은 심지어 페스트균을 포로들에게 주사했습니다. 주사를 맞은 포로들은 오한과 고열로 심한 고통을 겪었고, 이중 10여 명은 끝내 숨지고 말았습니다.』
최씨는『제남 지구 방역 급수반에서 근무했던 1년 10개월은 악몽 같은 나날들이었다』고 회고한다.

평북 의주 태생인 최씨는 중국 하북성의 청진 시립 초급중학교 2년에 재학 중이던 1937년 7월 중일전쟁이 일어나자 16세의 어린 나이로 일본군 통주 수비대 중국어 통역관으로 징발됐다.
그가 이곳 방역 캠프에 중국어 통역관으로 배속된 것은 1942년 2월.
이 부대는 부대장인 「와타나베·가즈오」(도변일부) 중좌를 제외한 세균 연구팀과 배양 팀·인체실험 팀 등 20여명의 군의관들이 한결같이 흰 가운만 착용해 백색 캠프로도 불려지기도 했다.

이중 철망의 삼엄한 경계 속에서도 최씨는 각종 임상과정의 통역 때문에 인체실험 과정에서 행해졌던 비인간적인 만행을 낱낱이 목격할 수 있었다.
최씨가 이곳 백색 캠프에 배속될 당시 수용 중이던 인체실험용 포로는 모두 1백여 명. 이른바 장개석 군대인 중국 중앙군 소속이 대부분이었고 이 가운데 일제의 수탈정착에 문전옥답을 잃고 중국 대륙으로 건너간 한국인 유민들도 상당수 포함돼 있었다고 한다.

백색 캠프의 주임무는 토벌 부대에 투항해온 포로들을 인수, 수용하면서 각종 전염병원균을 투여, 발병에서 죽음에 이르기까지 투병 과정을 관찰하는 등의 임상실험을 거쳐 세균을 배양한 뒤 왁친(백신)과 세균포탄을 제조하는 것.
군의관들은 실험용 포로가 부족할 경우 인접한 중국인 부락을 돌며 어른·아이 할 것 없이 마구잡이로 잡아들이는 인간 사냥까지 서슴지 않았다.
최씨가 최초로 목격한 인체실험은 포로 10명에게 천연두 병원균을 주사한 후 반응을 관찰하는 임상실험.
온몸에 두독이 번져 탈진상태에 빠진 포로들이『살려 달라』고 아우성치는 모습은 처절했다. 이 과정에서 3명이 목숨을 잃었고 시신들은 소각장으로 실려가 한 줌 재로 변했다.

장티푸스 왁친(백신)을 개발할 때엔 포로들의 급식인 주먹밥에 병원균을 혼합, 급식했다.
심지어 발진티푸스 병원균을 배양하기 위해 포로들의 때 절은 몸에서 들끓고 있는 이(풍) 를 유리병에 수집, 병원균을 검출하고 병원균을 다시 포로들에게 주사했다.
최씨는 이 때문에 포로들은 백색 캠프에 수용되는 순간부터 자신도 모르게 서서히 병마에 시달리며 죽어갔다고 몸서리쳤다.
군의관들은 중국 대륙의 풍토병 왁친(백신) 개발을 위해 인근 부락에서 개똥을 수집해 병원균을 검출, 배양한 뒤 주먹밥에 병원균을 혼합, 포로들에게 먹이는 만행도 자행했다.

또 개똥에서 콜레라균이 검출되자 백색 캠프에서 8km쯤 떨어진 일대 마노 주민 50여 가구 3백 여 명을 대상으로 인체실험을 시도했다.

콜레라 병원균이 묻은 돼지고기 등 개 먹이를 마을에 뿌려놓고 철수한지 보름만에 온 마을에 콜레라가 번져 20명이나 숨지는 사태가 빚어지자 기다렸다는 듯 이곳 일대 마로를 전염병 발생지구로 선포한 뒤 주민들에게 방역을 실시, 치유과정을 관찰하는 것이다.

이 같이 인체실험의 희생물이 되어 참혹하게 죽어간 사람은 3개월에 평균 한 차례씩 1백 여 명의 포로들을 보충 받는 것으로 미루어 연간 4백~5백 명. 최씨는 자신이 이곳 백색캠프에 배속된 지 1년 10개월 동안 직접 목격한 희생자만도 1천명은 될 것으로 추정했다.

최씨는 백색캠프에서는 「와타나베」 중좌의 지시로 비밀유지를 위해 『통역관도 징발되고 만다』는 사실을 뒤늦게 알고 탈출을 결심, 1943년 12월 7일 맹장염으로 위장해 야전병원에서 멀쩡한 맹장을 잘라내고 병가를 얻어 이 악마의 소굴을 빠져나오는데 성공한 것이다.

최씨는 『일본 군국주의의 엄청난 죄악을 역사의 뒤 안에 묻어둔다는 것이 죄스러워 뒤늦게나마 사실을 털어놓는다』고 말했다. <대구=이용우 기자>

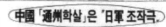

中國「通州학살」은 「日軍 조작극」

유언비어 퍼뜨려 朝鮮·中國人 이간질
'日간첩·中통조자」로 동포들 이중참변

묻혔던 湖南義兵史 되살아나

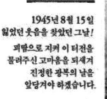

『臨戰日錄』에 전투상황 일기체로 기록
우국충정 토로한 詩·월기축구 懷文도

중국 「통주학살」은 "일군조작극"|현장목격자 최형진옹 52년만에 진상밝혀|유언비어 퍼뜨려 조선·중국인 이간질|"일간첩·중동조자"로 동포들 이중참변

중앙일보 | 입력 1989.08.15 00:00   지면보기 ⓘ

『중일 전쟁중 가장 잔혹했던 통주(하북성)학살사건은 한국인과 중국인을 이간 질하기 위한 일본군 계략에 의해 저질러진 참극으로 그 피해자는 중국인도 일 본인도, 아닌 바로 우리 동포들이었습니다.』

37년 7월 29일 3백여 명이 중일 양측에 의해 학살당한 통주사건 당시 16세의 나이로 현장을 목격한 최형진씨(68)가 그동안 잘못 알려진사건내막을 바로잡 기 위해 52년만에 입을 열었다.

이 사건은 당시 요미우리(독매)·아사히(조일)신문등 일본언론을 통해 「중국인들 의 폭동」으로 기록되어있고 지금까지도 가장 많은 피해자는 중국인들로 알려 져 있다.

최씨는 『나라를 잃은 설움을 딛고 살아보려고 찾아간 우리 동포들이 일본군 계략에 말린 「중국인 자치 공안요원」들에게 일본군 스파이로, 일본군에게는 중 국인 동조자로 각각 몰려 2중으로 참변을 당하는것을 보고 치를 떨었다』고 당 시를 회상했다.

최씨가 중일전쟁을 피해 북경서 1백여리 떨어진 통주로 간 것은 전쟁이 일어 난지 18일째인 37년 7월 22일.
평북이 고향인 최씨는 학업을 계속하기 위해 천율에 있는 삼촌에게 가있다가 중일전쟁이 일어나자 난을 피해 통주로 간것이다.
당시 최씨와 함께 통주로 피신한 사람들은 일본인 30여명과 그들에게 고용된 한국인 70여명.
통주에는 이들이 가기 이전부터 이미 우리 동포 50여 가구가 중국인 가명을 쓰며 살고 있었다.

일본은 중일전쟁을 일으킨 후 중국 대륙 점령지마다 만주국이라는 괴뢰 정권 을 만들어 치안을 유지하도록하고 만주 곳곳에 흩어져 일본 요인 암살과 군사 기밀을 극비리에 입수, 서서히 세력을 키울 움직임을 보이는 조선독립운동가들 을 눈의 가시처럼 생각하기 시작하던때였다.
이때문에 일본인들은 조선인과 중국인이 손을 잡아 세력을 형성할것을 우려, 이들 양쪽을 이간시키는데 혈안이 됐었다.

제남을 비롯한 산동생·하북생등 중국 곳곳에서 일본은 유언비어를 퍼뜨려 중국인·조선인들끼리 반목하게하고 양민을 학살하기에 이른것도 이같은 이유 때문이었다.

통주에서도 이간질 조짐이 나타나 중국인 두명만 모여도 『일본군이 장개석군에 의해 전멸됐다』『일본군이 들어오면 일본에 협력한 조선인들은 모두 처형당할 것』이라는 등의 소문이 나돌았다.

천율 시립 초급중학 2년생인 최씨가 통주로 온지 1주일만인 7월29일밤 드디어 학살의 막이 올랐다.
자정무렵 칠흑같은 어둠 속에 자치 공안요원 30여명이 일본군 단골여관·식당은 물론 우리 동포 주거지역으로 몰려다니며 닥치는대로 일본인·조선인들을 처형하기 시작했다.

『까오리펑즈 (고려방자) 나오라.』 죽창·쇠고랑등으로 중국인들은 조선인을 일본 스파이로 몰아 무참히 살육했다. 이른바 「중국인 폭동」이 일어난 것이다.
최씨는 현장을 탈출, 일본군 수비대에 이 사실을 알렸고 긴급 출동한 수비대가 통주마을에 갔을때는 피살자 97명 가운데 우리동포 부녀자가 67명이나 희생당한 뒤였다.

「폭동주모자 색출」 구실을 내세운 일본군은 「중국인 박멸작전」을 개시, 2백여명의 중국인을 체포했다. 이들 중에는 중국인 가명을 쓰며 중국인 행세를 한 조선인 40여명이 끼어있었다.
우리동포들은 자신들이 조선인임을 밝혔지만 일본 군인들은 이들을 제일 먼저 처형했다.

『중일전쟁 수행에 장애가 되는 조선인을 제거하자는 자신들의 계략이 틀림없다』고 최씨는 주장했다.

「중국인 폭동」을 신고한 공로로 중국어 통역으로 일본군을 따라다닌 최씨는 이후 여러차례 이같은 광경을 목격, 43년 12월 더 이상 일본에 협조할수 없어 일본군을 탈출했다.

『차라리 보지 않았으면 좋았을것』이라며 최씨는 당시의 참혹한 광경에 요즘도 몸서리칠때가 많다고 했다. 【대구-이용우기자】

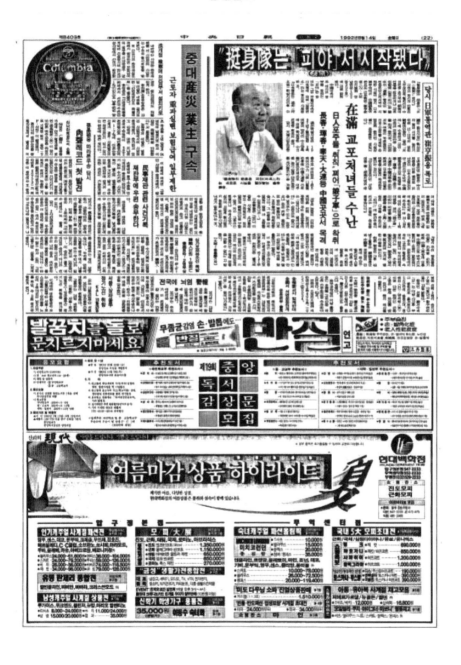

The JoongAng 정치

당시 일군 통역관 최형진옹 폭로

중앙일보 | 입력 1992.08.14 00:00   지면보기 ⓘ

◎"정신대는 「피야」(비옥)서 시작됐다"/재만 교포처녀들 수난/일인포주들 "취직" 꾀어 「낭자군」으로 착취/장춘·혼춘·봉천·대련 등 중국 곳곳서 목격
『정신대의 전신은 「피야(비옥)」였다.』

일제의 정신대 만행은 태평양전쟁 훨씬이전 중일전쟁 초기부터 조선여인들을 회유하거나 강제징발해 일명 「피야」로 불리는 「유곽」형태의 군전용 위안소에서부터 시작된 사실이 당시 일본군부대에서 중국어통역관으로 근무했던 최형진옹(72)에 의해 밝혀졌다.
중국 비속어로 여자의 음부를 뜻하는 「피야」란 용어는 그뒤 우월의식속의 일본군에 의해 「공중변소」라는 뜻으로 사용됐던 것.

『일본군부는 통주(하북성) 학살사건이후 중국의 배일사상이 확산되자 군의 사기를 높이기 위해 15~16세의 앳된 조선여인들만 골라 「피야」에 수용하고 군인·군속의 전용위안부 노릇을 하게 했지요. 그러면서도 여론이 두려웠던지 일본인 포주를 내세워 운영토록 했지만 사실상 군이 운영했던 것입니다.』
통주학살사건은 1937년 7월 29일 밤 3백여명의 양민이 중일양측에 의해 학살당한 중일전쟁중 최초의 참극.

당시 천진시립초급중 2년생이던 최옹은 중일전쟁을 피해 통주로 피난갔다 일본 북지나파견군 통주지구수비대 중국어 통역관으로 징발돼 장춘·혼춘·산해련·봉천·대련 등 중국대륙을 전전하면서 일본군의 이같은 만행을 일일이 목격하게 됐다는 것이다.

『중일전쟁초기인 37년 여름 영·호남지역의 대홍수로 우리동포 1천5백여가구가 그해 11월을 전후해 중국 대련항 근처 영구해안지역으로 이주해 농지(일명 안전농장)를 개간했지만 곧 겨울이 닥쳐 파종도 못한채 초근목피로 연명했던 일이 있었지요. 바로 그때 일본군이 보낸 포주들이 찾아와 「군수품제조공장에 취직시켜 돈을 벌게해 주겠다」며 14~16세의 어린 소녀들만 1백여명을 꾀어 「낭자군」이라는 미명을 붙여 대련항을 통해 상해·천진 등의 일본군 주둔지역 「피야」에 분산 수용시키고 저들의 욕심을 채웠습니다.』

『당초 놈들의 간악한 계략을 전혀 눈치채지 못했던 우리 동포들중에는 「입이나마 덜어야겠다」는 심정으로 딸자식을 넘겨주는 이도 있었으나 돈은 커녕 몸값으로 받은 군표마저 일본인 포주들에게 착취당했습니다. 그 만행을 어찌

일일이 말로 다 표현할 수 있겠습니까….』

일본군들은 그나마 이같은 사실이 소녀들의 부모·가족들에게 점차 알려져 조선 여인을 구할 수 없게 되자 그후에는 헌병이나 주재소 순사, 심지어 고등계 형 사들까지 동원해 위안부 사냥에 나서기 일쑤였다는 것.

『당시 우리 동포들은 이같은 치욕을 피하기 위해 중국인 복장에 이름을 중국 식으로 바꾸기도 했지만 소용이 없었습니다. 주로 검문검색에서 우리 고유의 헐렁한 속옷이 탄로나 무자비하게 끌려가는 일이 수없이 많았지요.』 최옹은 당시를 회상하며 눈가에 맺힌 이슬을 닦는다.

한편 최옹은 그후 43년 7월 중순 한국 광복군과 중국군 포로 등의 인체에 페 스트·발진티푸스 등의 각종 세균을 주사한뒤 발병 후 죽음에 이르기까지의 과 정을 관찰, 왁친(백신) 개발을 자행해온 이른바 인체실험부대인 제남지구방역 급수반(일명 백색캠프)으로 배치됐다가 「이 부대의 비밀유지를 위해 조선인 통역관도 인체실험에 징발되고 만다」는 사실을 뒤늦게 알고 43년 12월 부대 를 탈출했다고 말했다.
이 부대는 태평양전쟁 당시 인체 세균실험으로 악명 높았던 제731부대와 전혀 다른 별개의 부대다.
최옹은 『일본 군국주의의 엄청난 죄악상이 지금까지 역사의 뒤안길에 묻혀왔 다는 사실에 전율을 금할 수 없다』고 말했다. <대구=김기찬기자>

Memo: 추가 설명을 드리자면, 당시 저는 국장직을 수행하고 있었던 때라 현장취재가 불가했 기에 김기찬 기자를 보내 마지막 후속 보도 인터뷰를 진행 시켰습니다.

2차세계대전_지난지구_
백색캠프 세균전부대 빌딩 1

2차세계대전_지난지구_
백색캠프 세균전부대 빌딩 2

2차세계대전_지난지구_
백색캠프 세균전부대 빌딩 3

기동방공자치정부 사령부 모습

일본군에 의해 함락된 퉁저우

퉁저우 학살 희생자의 시체
(한쪽 팔과 하반신 잘려나감)

통저우 학살의 희생자들 1

통저우 학살의 희생자들 2

통저우사건 당시 일본군 1

통저우사건 당시 일본군 2

통저우학살 희생자들

著者 이용우

저자 이용우는 이 시대의 영원한 저널리스트!
중앙일보 사회부 기자로 언론계에 투신하여 사회부장과 편집
부국장, 영남 총국장으로 정년퇴임 후 현재 프리랜서로 취재
현장을 지키며 저술가로 활동하고 있다.

주요 저서로는
『삼성인도 모르는 삼성가의 창업과 수성 秘史』
『동해물과 백두산이 마르고 닳도록』
『악어를 잡아먹은 악어새』
『진짜 실세 가짜 실세』
『혼돈의 세월』
『붉은 수레바퀴가 남긴 상처』
『어글리 양키즈』
『기자 그거 아무나 하는 게 아니야』
『전쟁과 수녀』
등이 있다.